VENGEANCE PAR PROCURATION

DU MÊME AUTEUR

CHEZ LE MÊME ÉDITEUR

Si près de vous, 2016.

Puis-je vous dire un secret?, 2016.

MARY JANE CLARK

VENGEANCE PAR PROCURATION

traduit de l'américain
par Mathieu Périers

ARCHIPOCHE

Ce livre a été publié sous le titre
Dying for Mercy
par William Morrow, New York, en 2010.

Notre catalogue est consultable à l'adresse suivante :
www.archipoche.com

Éditions Archipoche
34, rue des Bourdonnais
75001 Paris

ISBN 978-2-35287-971-8

À Elizabeth et David,
comme toujours.
Et à Steve Simring, qui m'a permis
de terminer mon propre puzzle.

Prologue

Quelques heures après le début…

La pleine lune éclairait l'intérieur de la serre. Il tira un immense pot en terre cuite vers le centre de la pièce et s'assit contre lui, sur le sol froid. Alors, il enleva ses chaussures, puis ses chaussettes.

Afin que la reconstitution fût parfaite, il lui aurait fallu de larges clous et une lance – mais il devrait se contenter du couteau de chasse. Il s'en empara de la main droite et plia les genoux contre son torse, de telle manière que ses pieds soient le plus près possible du reste de son corps. Il posa la pointe du couteau sur son pied gauche, ferma les yeux et appuya d'un coup sec.

Il émit un gémissement sourd en retirant la lame de ses chairs meurtries. Puis il répéta l'opération avec son pied droit. Pendant ce temps, il essayait de faire refluer de son esprit l'atroce douleur, ne voulant se concentrer que sur les conséquences positives de son acte.

Il ouvrit ensuite sa paume gauche et y planta la lame, qui s'introduisit au milieu de sa ligne de vie. Il lui fallait agir vite, ne sachant pas avec quelle rapidité le sang s'écoulerait de son corps. Sa main gauche meurtrie prit le couteau, qui s'enfonça dans sa main droite.

Il ne lui restait plus qu'un ultime geste à accomplir…

DIMANCHE 4 OCTOBRE

1

— Tu es très jolie, maman.

Eliza regarda dans le miroir le reflet de sa fille qui se tenait derrière elle dans la salle de bains. Janie portait sa tenue de football. L'une de ses genouillères pendouillait le long de sa cheville, ses genoux étaient couverts de boue et ses cheveux bruns s'échappaient de sa queue-de-cheval. La fillette avait encore les joues rosies d'avoir tant couru sur le terrain.

Eliza se retourna, s'agenouilla et déposa un baiser sur le front de sa fille de sept ans.

— Merci, ma chérie.

Eliza résista à la tentation de prendre Janie dans ses bras et de l'enlacer. La serrer très fort contre elle, comme pour empêcher qu'elles soient de nouveau séparées, était devenu pour elle une urgence. Trois mois après l'enlèvement de sa fille unique, Eliza se réveillait encore en sursaut au milieu de la nuit, le corps couvert d'une sueur glacée. Elle avait été à deux doigts de perdre son bien le plus précieux, le centre de son existence, cette fille qui n'avait pas connu son père décédé de manière tragique peu de temps avant sa naissance.

— Je veux venir avec toi, dit Janie.

— J'aimerais, moi aussi. Mais tu sais bien que c'est impossible, ma chérie. C'est une soirée entre adultes. Il n'y aura pas d'enfants.

— Je suis sûre que Valentina et Vincent voudraient que je vienne. Ils m'aiment bien. Et quand on est allé chez eux, la dernière fois, ils ont dit que je pouvais revenir quand je voulais, insista Janie.

Eliza fit face au miroir et prit un tube de mascara.

— Je sais, ma chérie, mais tu auras d'autres occasions de retourner chez eux. Et puis tu te souviens de ce petit cottage que nous avons loué près de chez les Wheelock? Je récupère les clés cette semaine. Je suis certaine que tu auras l'occasion d'aller rendre visite à Vincent et Valentina quand nous irons passer nos week-ends là-bas.

Les yeux de Janie se mirent à briller.

— On ira dans la maison aux oiseaux? s'enquit la fillette.

— Ça s'appelle une volière, rectifia sa mère. Mais je crois bien que ça va pouvoir s'arranger.

— Tu sais qu'ils ont un oiseau qui parle.

— Un perroquet?

— Oui, c'est Vincent qui me l'a montré. Il peut répéter n'importe quoi.

— Vraiment? s'exclama Eliza en se mettant du rouge aux lèvres.

— Il peut dire soleil, air, et même raisin. Il adore manger du raisin, paraît-il. C'est Vincent qui me l'a dit.

— Il faudra que tu me fasses voir ça.

Sa déception passée, Janie suivit sa mère dans sa chambre. Eliza sortit son coffret à bijoux du coffre mural.

— Qu'est-ce que tu me conseilles? demanda Eliza à sa fille, qui s'était assise à côté d'elle sur le lit. Les perles ou les grenats?

Janie étudia la question avec sérieux avant de donner son avis.

— Les grenats. Ils sont de la même couleur que ta robe.

— Très bon choix, approuva Eliza, qui fixa les pierres à ses oreilles.

Elle rangea ensuite le coffret, enfila ses escarpins et jeta un dernier coup d'œil dans le miroir en pied.

— C'est quoi cette fête chez les Wheelock, maman ? C'est un anniversaire ? demanda Janie tandis qu'elles gagnaient le rez-de-chaussée.

— Pas vraiment, lui répondit Eliza. C'est une soirée en l'honneur de saint François d'Assise, dont c'est aujourd'hui la fête.

— Et tu vas lui apporter un cadeau ?

Eliza partit dans un éclat de rire.

— Mais non, ma puce. Saint François d'Assise est mort depuis bien longtemps.

— Pourquoi alors organiser cette fête ?

— En hommage à son action. Saint François a toujours été un homme d'une bonté infinie, aussi bien envers son prochain qu'envers les animaux. Il a toujours fait ce qu'il fallait pour répandre le bien autour de lui. C'est pourquoi il est le saint patron de l'Italie. C'est là que Valentina et Vincent ont eu connaissance de son existence. Et, depuis, ils lui portent une dévotion toute particulière.

— Et les gens organisaient déjà des fêtes pour lui quand il était vivant ? s'enquit Janie.

— Non, je ne crois pas, ma chérie, répliqua Eliza en souriant. Je crois même qu'il les aurait plutôt fuies.

— Mais pourquoi ? C'est dommage, non ?

— Je ne pense pas. Saint François d'Assise aimait la simplicité, la nature et les animaux. Il voulait que les disciples qui le suivent respectent ses principes, vivent d'une manière simple et harmonieuse, se préoccupent de leur prochain, du salut de leur âme… Il prônait le repentir. Je pense même qu'il aurait jugé ces fêtes bien trop frivoles.

— Ça veut dire quoi frivole? demanda la fillette en fronçant les sourcils.

— Superflu, futile, inutile… Quelque chose qui n'est pas essentiel.

Janie eut une moue dubitative, le temps de digérer l'information.

— Mais quand on organise une fête pour mon anniversaire, ce n'est pas frivole! C'est même très important…

— Bien sûr, ma chérie. À ton âge, oui. Mais tu verras qu'en grandissant on se passerait bien parfois de fêter son anniversaire! Je sais que c'est difficile à croire… Et puis, au-delà de ces considérations, je pense que saint François aurait préféré que l'argent dépensé pour cette soirée soit redistribué aux pauvres.

Tandis que Janie méditait les paroles de sa mère, cette dernière se rapprocha de la fenêtre et vit une nouvelle voiture passer au ralenti devant leur maison. Depuis l'enlèvement de Janie, leur lieu de résidence attirait les curieux. Voir où habitait une femme célèbre, dont le kidnapping de sa fille avait fait la une des médias, était en quelque sorte devenu un lieu de pèlerinage pour bon nombre de voyeurs en mal de sensations.

Eliza détestait ce qu'elle considérait comme une intrusion dans sa vie privée. Planter une haie de thuyas serait bien un rempart contre les regards indiscrets, mais cela n'empêcherait en rien la ronde des badauds…

Depuis le drame, elle avait été contrainte de louer les services d'une société de protection privée pour surveiller les alentours de sa maison. La voiture dans l'allée la rassurait. Elle savait qu'à l'intérieur un garde armé veillait sur elles. De même que la rassurait le fait que la police municipale ait augmenté la fréquence de ses patrouilles. Mais, malgré toutes ces mesures, Eliza n'ignorait pas que la sécurité de sa fille n'était pas garantie à cent pour cent. Et il lui fallait désormais vivre avec cette épée de Damoclès au-dessus de la tête…

— Madame Garcia, lança Eliza au moment où elle vit son chauffeur arriver, je file.

La nounou de Janie sortit aussitôt de la cuisine et passa son bras autour des épaules de la fillette. Eliza remercia une fois de plus la providence. Mme Garcia avait elle aussi réchappé aux ravisseurs. Une chance que le FBI ait pu intervenir à temps et que toutes deux s'en soient tirées saines et sauves.

— On va passer un bon moment toutes les deux. Et si on en profitait pour préparer des brownies ?

— Je ne rentrerai pas tard, promit Eliza en enfilant son manteau.

Janie se précipita alors vers elle et agrippa le bas de sa robe.

— Que se passe-t-il, ma puce ? s'enquit Eliza, qui regrettait déjà d'avoir accepté cette invitation.

Valentina Wheelock s'était montrée si insistante qu'Eliza n'avait pas pu refuser de participer à leur fête. Et leur propriété, située au cœur de Tuxedo Park, n'était qu'à vingt minutes en voiture de Ho-Ho-Kus. Mais devant l'air perdu de sa fille, elle regretta son choix.

— Qu'y a-t-il, ma chérie ? lui demanda-t-elle en s'agenouillant pour être à sa hauteur.

— Ça veut dire quoi le repentir ?

— Pardon ?

— Oui, tout à l'heure tu as dit que saint François prônait le repentir ? Ça veut dire quoi, repentir ?

— Ah, la repentance, ma chérie, c'est faire en sorte de réparer les erreurs qu'on a pu commettre, lui répondit Eliza, soulagée que sa fille soit préoccupée par une question de vocabulaire plutôt que par son absence.

— Mais quel genre d'erreurs? insista la fillette.
— Des fautes graves, des péchés…

2

Il fallait que tout soit parfait, ce soir.

Vincent Wheelock descendit les marches en marbre de l'imposant escalier en colimaçon qui desservait les étages de la maison de maître. Au rez-de-chaussée, les employés du traiteur s'affairaient dans la grande salle à manger, afin que tout soit prêt quand arriveraient les premiers invités. De magnifiques bouquets d'orchidées provenant de la serre étaient disposés sur la longue table qui servirait de buffet, au milieu de rutilants chauffe-plats en argent.

Vincent emprunta la longue galerie voûtée qui menait au grand salon. Il se dirigea vers l'immense cheminée, dont il caressa le manteau en bois poli, admirant les fines ciselures des artistes qui l'avaient sculpté. Quatre cubes en bois avaient été incrustés dans le manteau de la cheminée; sur chacun d'eux avait été gravée une lettre majuscule afin que le mot ROME se détache majestueusement. Un hommage de Vincent à la ville qu'il chérissait.

Il s'assit dans un fauteuil et observa la pièce, repensant aux événements passés qui avaient mené à cette soirée: des mois à concevoir les plans, les nombreux voyages en Italie pour sélectionner avec soin les matériaux qui seraient ensuite acheminés aux États-Unis par containers. Vincent avait planifié et conçu chaque détail afin que les éléments de son puzzle s'emboîtent à la perfection.

Les travaux de rénovation et d'aménagement avaient demandé l'aide de toute une équipe de professionnels:

architecte, charpentiers, maçons, plombiers, électriciens et paysagistes. Vincent avait coordonné et supervisé le travail de chacun. Mais le résultat en valait la peine. Pentimento était une demeure unique, qui conservait le charme et le caractère de l'ancien, tout en offrant les avantages du confort moderne.

La propriété ne s'était pas toujours appelée Pentimento. Chacun, au sein du parc privé, la connaissait sous le nom de la maison des Abbate. Valentina y avait grandi et n'avait pas compris la lubie de son mari, quand ce dernier avait décidé de la rebaptiser une fois les travaux d'embellissement achevés. Mais elle ne s'était pas opposée à son souhait. « Le mot *pentimento* ne désigne-t-il pas, en italien, l'altération d'une peinture laissant apparaître les traces d'une œuvre antérieure, montrant ainsi que l'artiste a changé d'idée en cours de route ? Qu'est-ce que cela a à voir avec notre maison ? », lui avait-elle pourtant demandé. « Le cours qu'a pris ma vie n'est peut-être pas le bon, très chère, lui avait-il mystérieusement répondu. Il me faut le modifier. Et la fin des travaux marque ce nouveau point de départ. »

Valentina s'était contentée de hausser les épaules sans lui réclamer plus d'explications. Et Vincent en avait déduit que son épouse avait trouvé plus simple et plus sûr de ne pas le presser de questions. Après trente-cinq ans de mariage et une brillante carrière politique, largement orchestrée en coulisses par Vincent, Valentina semblait satisfaite de son existence et n'avait nulle envie de quelconques changements – à part peut-être se débarrasser des oiseaux qui hurlaient dans la volière, une lubie dont il n'avait voulu démordre.

La volière, tout comme la plupart des transformations effectuées à Pentimento, lui avait été inspirée par saint François. En observant les magnifiques fresques de Giotto couvrant les murs de la basilique d'Assise, qui retracent la vie du saint, Vincent était tombé en admiration devant celle où l'on voyait François adresser son prêche aux nombreux oiseaux massés au pied d'un arbre, le long d'une route italienne. Aimantés par la puissance de sa voix, les oiseaux semblaient l'écouter avec attention. Et lui, sans doute, de leur rappeler qu'ils étaient des créatures de Dieu, à qui Il avait tout donné – des lacs et des rivières pour étancher leur soif, des arbres pour y construire leurs nids, des montagnes et des vallées pour y trouver leur nourriture – et qui devaient sans cesse remercier et prier ce Créateur à qui ils devaient tout.

Vincent s'était demandé si cet épisode avait réellement existé ou s'il appartenait juste à la légende. Quoi qu'il en fût, c'est en observant cette fresque qu'il s'était décidé à entreprendre ce qui devait l'être.

Il n'était pas certain d'avoir toujours œuvré dans le sens voulu par Dieu. Il était même sûr d'avoir commis des actes qu'Il aurait condamnés. Il était à présent l'heure d'expier ses fautes et, si possible, de se racheter pour tous les forfaits commis. Il faudrait aussi veiller à ce que justice soit rendue…

Pentimento est issu de *pentire*, le mot italien qui désigne le repentir. L'heure de la repentance avait à présent sonné. Mais, avant cela, il lui fallait cacher la caméra vidéo. La dernière pièce de son puzzle.

3

Alors que le soleil disparaissait derrière le mont Ramapo, l'homme qui se tenait dans la guérite en pierre se pencha en avant vers la vitre baissée et se tordit le cou pour apercevoir l'occupante assise sur la banquette arrière.

— Eliza Blake est l'invitée des Wheelock, l'informa le chauffeur.

Le gardien du parc privé fit en sorte de n'exprimer aucune émotion particulière. Même avec la lumière déclinante, Eliza était parfaitement reconnaissable avec ses beaux yeux bleus, son nez fin et ses cheveux foncés qui tombaient sur ses épaules. L'homme de la sécurité eut un pincement au cœur quand Eliza lui adressa son plus beau sourire, celui qu'elle lui avait déjà adressé des centaines de fois depuis le petit écran.

— Bonsoir, lui dit-elle.

— Bonne soirée, madame, lui répondit-il.

S'il fut un instant tenté de lui dire qu'elle était sa journaliste préférée, il n'en fit rien. Il aurait pourtant aimé lui dire qu'il était l'un de ses plus grands admirateurs, que selon lui elle était la meilleure présentatrice des matinales d'informations, qu'il appréciait son point de vue sur l'actualité, qu'il aimait tout simplement qu'elle lui tienne compagnie chaque matin tandis qu'il avalait sa première tasse de café… Mais il se devait de rester à sa place et ce n'était pas à lui d'engager la conversation avec les habitants de Tuxedo Park ou avec leurs invités. On lui avait bien fait comprendre, quand on l'avait embauché, que son job se limitait à filtrer les entrées afin que tous les importuns qui n'avaient rien à faire à Tuxedo Park n'en franchissent pas les barrières. Il fallait qu'il se montre en toutes circonstances professionnel, poli et discret, surtout.

Après avoir vérifié que le nom d'Eliza Blake figurait bien sur sa liste, il indiqua au chauffeur la direction à suivre, puis appuya sur le bouton pour relever la barrière. Il regarda ensuite la voiture s'éloigner vers le sommet de la colline.

4

Quand Vincent eut achevé son tout dernier préparatif, il trouva sa femme au pied de l'imposant escalier. Valentina sembla soulagée de le voir.

— Où étais-tu passé ? Ça fait un moment que je te cherche. Nos invités vont arriver d'une minute à l'autre…

— J'avais un dernier détail à régler. Ce soir, tout doit se dérouler à la perfection. Et tout se déroulera suivant le plan que j'ai imaginé.

Sa femme se dirigea vers lui et redressa sa cravate.

— Tu parles comme si nous préparions une campagne électorale, pas comme si nous nous apprêtions à accueillir nos hôtes.

Il l'observa longuement, étudia chaque détail de son visage, pour s'en imprégner et les conserver en mémoire.

— Qu'y a-t-il, Vincent ? Pourquoi me regardes-tu de la sorte ? J'ai du rouge à lèvres sur les dents ?

— Non, ma chérie. Tout est absolument parfait. Tu es resplendissante et cette robe de velours noir te va à merveille. Je repensais juste au long voyage que nous avons fait côte à côte, et à la chance qui fut la mienne de toujours t'avoir près de moi.

— Ça n'a pas toujours été un long fleuve tranquille, lui répondit-elle en souriant. Nous avons même traversé quelques périodes agitées…

— Je n'ai rien oublié.

Valentina se retourna et lui demanda de bien vouloir remonter la fermeture éclair de sa robe. Vincent déglutit en apercevant la peau fine et diaphane de sa nuque. Il allait l'abandonner, la laisser seule, vulnérable et sans protection. Mais il ne devait pas flancher, il fallait au contraire qu'il se montre déterminé.

— J'ai toujours fait en sorte de te protéger, Valentina, murmura-t-il. Mais un jour il nous faut affronter le passé. Tôt ou tard...

— Je croyais que nous nous étions mis d'accord pour ne plus jamais évoquer cela, lui dit-elle en le regardant dans les yeux.

— Ne plus parler de quoi ? l'interrogea Vincent. Il y a tellement de sujets que nous avons enterrés ! Sans compter ceux dont tu n'as jamais eu connaissance...

— Écoute, Vincent, ce n'est vraiment pas le moment ! dit-elle en arrangeant ses cheveux blonds. Tu ne veux quand même pas que nous ayons une dispute alors que nous nous apprêtons à recevoir une centaine d'invités...

5

Eliza s'enfonça sur la banquette arrière et observa les arbres teintés d'ombre qui bordaient la route sinueuse. Elle s'extasia en pensant que cette voie avait été défrichée à flanc de coteau à une époque où n'existaient pas encore l'électricité ni aucun autre engin de déblaiement. Aucun ordinateur n'avait tracé les contours de cette route dans cette forêt alors vierge, et aucun camion n'avait par la suite acheminé les matériaux de construction nécessaires à l'édification des premières demeures.

Plusieurs hectares de terrains rocailleux et inhospitaliers avaient ainsi été défrichés par le projet visionnaire et la volonté de Pierre Lorillard, l'héritier d'une grande dynastie ayant fait fortune dans le tabac. Et ce qui à l'origine n'était qu'une réserve de chasse et de pêche située à moins de soixante-dix kilomètres au nord-ouest de New York s'était transformé, à la fin du XIXe siècle, en une enclave ultra protégée abritant les résidences secondaires de nombreuses personnalités du monde des affaires, de l'industrie ou de la politique.

Les architectes et les entrepreneurs les plus réputés de l'époque avaient alors été mandatés pour construire ces maisons de pêcheurs et ces relais de chasse avec une vue imprenable sur la montagne et le lac qui, au fil du temps et des modifications successives, étaient devenus ces splendides propriétés. Tuxedo Park était désormais classé au patrimoine national, ce qui réjouit Eliza. Passant devant toutes ces demeures somptueuses, elle se dit qu'elles méritaient en effet d'être préservées. Elles représentaient une page de l'histoire américaine. Elles parlaient d'une époque où d'immenses fortunes se constituaient tandis que le pays profitait de la révolution industrielle.

À cette époque, si vous étiez fortunés, la vie était idyllique. Mais le gouvernement commença alors à taxer les plus riches. Puis vint la crise de 1929, et une décennie de grave récession. Les privilégiés qui possédaient une propriété à Tuxedo Place eurent du mal en ces temps troublés à l'entretenir. Et ceux qui avaient subi des revers de fortune connurent bien des difficultés pour vendre leur bien, même à un prix sacrifié. Arriva ensuite la Seconde Guerre mondiale et avec elle un manque de main-d'œuvre tel que la plupart de ces immenses maisons devinrent inhabitables. Et ce n'est qu'à l'orée du XXIe siècle, quand d'immenses fortunes se battirent dans les médias, le sport et les nouvelles technologies, que Tuxedo Park retrouva de son lustre. Toutes les demeures furent de nouveau prisées, et occupées.

Ce parc privé redevint cette oasis pour privilégiés, un endroit où les habitants ne verrouillaient jamais leur porte et laissaient même les clés de contact de leurs voitures sur le tableau de bord. Tuxedo Park possédait sa propre unité de police et les enfants pouvaient courir en toute sécurité dans les allées, d'une propriété à l'autre, sans que les parents aient à s'en préoccuper. Jusqu'à récemment, les maisons n'avaient même pas de numéro ; elles n'étaient connues que par le nom que leur avaient donné leurs nouveaux occupants, ou par celui de la famille qui les avait fait construire.

Avant la première interview qu'Eliza avait réalisée de Valentina, elle s'était renseignée. Elle savait par exemple que Valentina Abbate et Vincent Wheelock avaient tous deux grandi à Tuxedo Park, qu'ils avaient été à l'école ensemble. C'est aussi là, sur les hauteurs de la colline surplombant le lac de Tuxedo, qu'ils s'étaient mariés dans la demeure d'inspiration italienne appartenant à la famille de Valentina. Et c'est là qu'ils étaient retournés vivre après avoir occupé l'hôtel particulier du gouverneur d'Albany et la résidence de l'ambassadeur des États-Unis en Italie.

Soudain, un daim bondit hors des bois et se matérialisa dans le faisceau des phares de la voiture, obligeant le conducteur à piler. Eliza fut projetée en avant contre l'appui-tête. Elle reprit ses esprits en voyant l'animal quitter la route pour de nouveau disparaître entre les arbres.

— Une chance que vous l'ayez évité, Charlie, dit-elle à son chauffeur. Écraser cette pauvre bête aurait donné un bien funeste présage à cette magnifique soirée qui s'annonce.

6

Les invités arrivaient les uns après les autres, accueillis peu après leur descente de voiture par Valentina et Vincent Wheelock. Quel couple d'hôtes parfait ! Aux yeux de tous, ils personnifiaient la réussite et le pouvoir. Pourtant, ils détenaient un secret. Et quel secret !

Oui, ils s'aimaient ; oui, ils prenaient soin l'un de l'autre. Mais leur mariage était loin d'être parfait. Et ils cachaient des choses. Ils n'avaient pas été entièrement honnêtes avec les citoyens qu'ils administraient, ni avec ceux dont ils étaient supposés s'occuper.

Mais il fallait cependant rendre à César ce qui appartenait à César. Vincent avait insisté pour qu'ils aient cette conversation en tête à tête dans son bureau, où sa colère avait pu éclater à l'écart de toute oreille indiscrète, de même que son ressentiment à son égard. Vincent n'avait pas paru particulièrement surpris par tout ce flot de bile. Au contraire, on aurait même dit qu'il s'y attendait et qu'il s'en moquait. En y réfléchissant après coup, Vincent avait même eu l'air d'apprécier que toutes les saloperies du passé lui soient recrachées à la figure.

Il avait répondu avec calme à cette diatribe en promettant que tout serait révélé au grand jour, et qu'il veillerait personnellement à ce que justice soit rendue.

Mais était-ce une promesse ? Ou fallait-il n'y voir qu'une menace ? Que comprendre quand il disait que tout serait révélé, que le monde allait enfin savoir ?

Une autre menace se fit jour dès qu'il quitta le bureau de Vincent.

Eunice se tenait juste derrière la porte, et il comprit aussitôt, à son expression gênée et à son étrange comportement, que la gouvernante n'avait pas perdu une miette de leur conversation.

Cela ne le surprenait pas plus que ça qu'Eunice se soit livrée à ce genre d'exercice. En laissant traîner ses oreilles, on pouvait toujours glaner des informations intéressantes.

Et, à Pentimento, ces informations valaient souvent de l'or...

7

La voiture d'Eliza avançait lentement sur l'allée gravillonnée, suivant celles qui déposaient les invités. Des spots avaient été dirigés vers la demeure et illuminaient son imposante façade aux vitres ornées pour l'occasion de couronnes décoratives. De majestueuses colonnes corinthiennes encadraient la porte d'entrée, derrière laquelle Valentina et Vincent Wheelock accueillaient leurs hôtes dans le hall.

— Eliza ! s'exclama Valentina en la voyant gravir les marches.

Le sourire de Valentina, toujours aussi incroyablement séduisante, illumina son visage. Ses cheveux blonds étaient ramassés en un chignon banane du plus bel effet. Son maquillage impeccable mettait en valeur sa peau douce et crémeuse, ainsi que ses yeux, d'un bleu si pénétrant. À ses oreilles pendaient deux saphirs qui lui allaient à ravir. Et la robe de cocktail noire qu'elle portait, pourtant d'une simplicité extrême, était une merveille.

Valentina tenait un verre de Martini dans sa main gauche. Aussi tendit-elle la droite vers Eliza pour l'attirer vers elle et l'embrasser sur la joue.

— Je suis si heureuse de te voir, ma chérie, lui dit-elle, le bras passé autour de ses épaules. Tu es resplendissante !

Valentina Wheelock était connue de tous pour son grand tact et son sens aigu de la diplomatie, qui lui permettait d'adresser à chacun le compliment qu'il avait envie d'entendre. Ces qualités naturelles, elle avait su les développer quand elle avait pris la tête d'une puissante association chargée de collecter des dons et de lever des fonds en organisant des galas de charité pour diverses causes – dont celle du futur président, qui pour la remercier de ses bons services l'avait nommée ambassadrice des États-Unis en Italie. Valentina était la première femme depuis Clare Booth Luce, sous la présidence d'Eisenhower, à accéder à ce poste de prestige.

— Regarde qui est venue nous honorer de sa présence, Vincent, dit Valentina à son époux en prenant Eliza par le bras. Notre nouvelle voisine !

— Votre future voisine, la corrigea Eliza. Nous ne prenons possession des lieux que le week-end prochain.

Eliza eut un mouvement de surprise en découvrant le visage émacié de son hôte. Vincent Wheelock avait les traits tirés et les yeux injectés de sang. Il avait maigri et pris un sérieux coup de vieux depuis la dernière fois qu'elle l'avait vu. Et quand il posa sa main sur elle pour l'embrasser, Eliza sentit un léger tremblement.

— Quel plaisir de vous voir, très chère. Je suis heureux que vous ayez accepté notre invitation.

— C'est moi qui vous remercie de m'avoir conviée, lui répondit-elle en lui souriant. Je n'avais encore jamais assisté à une soirée en l'honneur d'un saint.

— Pour être franc, lui dit-il en esquissant une sorte de grimace, pour moi aussi c'est une première. Mais j'ai pensé qu'il était temps de rendre hommage aux personnes qui avaient réellement compté pour moi, et en particulier à celle qui a bouleversé mon existence…

— Vous êtes énigmatique, Vincent. Il va falloir que vous m'en disiez un peu plus.

— Avec plaisir, très chère, lui dit-il de manière solennelle. J'ai d'ailleurs vraiment envie que vous compreniez de quoi il s'agit.

Puis il se retourna et vit d'autres invités arriver.

— Veuillez m'excuser, je dois vous laisser. Mais je vous retrouverai plus tard…

Alors qu'elle se dirigeait vers la salle de réception, Eliza entendit Valentina l'apostropher :

— Et merci encore d'avoir accepté de te joindre à notre manifestation de dimanche prochain pour supporter la cause des handicapés. Tout le monde est vraiment excité à l'idée de ta présence.

— C'est tout naturel, tu sais combien soutenir une noble cause comme celle-ci me tient à cœur.

Tandis qu'elle s'avançait vers la pièce principale, Eliza se demanda si Vincent n'était pas malade. Comment expliquer sinon son teint cadavérique, sa subite perte de poids et ses tremblements ?

Elle alla au bar et commanda un verre de vin blanc. En attendant qu'on la serve, Eliza observa l'immense salle de réception qui fourmillait de monde. Sofas et fauteuils d'époque avaient été disposés en divers endroits pour créer des espaces où pouvoir s'asseoir en petits groupes. Aux murs, les tableaux bénéficiaient chacun d'un éclairage qui les mettait en valeur. Des bouquets de fleurs et des chandeliers égayaient la pièce. Mais le plus impressionnant était ces immenses portes-fenêtres qui ouvraient sur le jardin et offraient une vue à couper le souffle sur le lac de Tuxedo, en contrebas.

— Merci, dit-elle au serveur qui lui tendait un pinot gris.

— Je vous en prie.

Éliza trempa les lèvres dans son verre.

— Quelle magnifique réception, murmura-t-elle comme pour elle-même en observant les grappes d'invités.

— Oui, c'est une très belle soirée, madame, lui répondit le serveur.

— Je suppose que vous assistez pourtant à bien d'autres.

— J'y travaille, madame, je n'y assiste pas vraiment…, répliqua le barman avec un sourire un peu triste, révélant un espace entre ses deux dents de devant. Cela fait des années que je…

— Bill ! intervint un homme en smoking qui se dirigeait vers le bar. Qui vous a autorisé à monopoliser l'une de nos plus charmantes invitées ?

Eliza se sentit aussitôt mal à l'aise par cette apostrophe. Mais pas autant que le serveur, qu'elle vit rougir avant de s'affairer à ses bouteilles.

— C'est moi qui lui posais une question, à laquelle monsieur répondait obligeamment.

— Je me présente, Peter Nordstrut, lui dit l'homme en lui tendant la main.

Sa poigne était ferme, et son ton assuré. Les fines ridules autour de ses yeux et son teint hâlé, même s'il avait perdu son bronzage de l'été, semblaient indiquer qu'il passait une partie de ses journées au grand air. Ses cheveux étaient blonds, parsemés de quelques flammèches blanches. Et Eliza supposa qu'il devait avoir autour de cinquante-cinq ans.

— Eliza Blake, lui dit-elle en retour.

— Oui, je sais. Comme n'importe qui ici ce soir. Tout le monde sait qui vous êtes.

Eliza lui adressa un sourire poli.

— Et comment connaissez-vous les Wheelock ? s'enquit-elle.

— Par le club, évidemment ! s'exclama-t-il, d'un ton hautain. J'ai vainement essayé d'enseigner à Vincent les rudiments du tennis royal... Mais je crains qu'il ne soit une cause désespérée...

— Le tennis royal ? N'est-ce pas là un sport que plus personne ne pratique de nos jours ? s'étonna Eliza.

— Comme s'il fallait mesurer la qualité d'un sport au nombre de ses pratiquants ! lui rétorqua-t-il avec un sourire condescendant. Le tennis royal, ou jeu de paume, pelote basque, comme l'appellent encore les Français quand il se pratique avec une chistera, n'est pas un sport de masse ! Les règles sont bien trop compliquées pour que le commun des mortels les assimile. Et il n'existe que très peu de terrains où le pratiquer !

— Et Tuxedo Park possède le sien ? lui demanda Eliza, en essayant de se montrer intéressée par la discussion.

— Naturellement, oui ! Et je serais ravi à l'occasion de vous apprendre à y jouer. Venez donc au club, je vous montrerai.

— Si Vincent n'y parvient pas, comment y arriverais-je ? lui répondit Eliza en partant dans un grand éclat de rire. Tiens, quand on parle du loup..., enchaîna-t-elle en voyant Vincent approcher, espérant que son interlocuteur n'avait pas remarqué son embarras.

Tous les trois bavardèrent un instant avant que Vincent ne prenne Eliza par le coude.

— Veuillez nous excuser, Peter. J'aimerais présenter Eliza à quelques-uns de nos autres invités de marque.

— Comment vous remercier ? Vous me soulagez, comment dire, d'un énorme poids...

— Je n'en doute pas un instant, Eliza ! Peter Nordstrut est l'un des types les plus pompeux et les plus arrogants que j'aie jamais vus. Un snob de la pire espèce. Dieu me pardonne, mais j'ai perdu trop de temps en sa compagnie au cours de ces dernières années. Peter est un fin stratège politique, c'est même un génie. Mais, humainement parlant, ce n'est pas quelqu'un de bien. Maintenant, si vous le voulez bien, je souhaiterais m'entretenir avec vous, en privé, quelques instants.

Eliza suivit Vincent sur la terrasse. Après avoir emprunté les immenses portes-fenêtres, ils se dirigèrent vers le jardin.

— Il n'y a que vous, Vincent, pour posséder la réplique d'une fontaine de Bernini, s'exclama Eliza en admirant les petites tortues de bronze qui essayaient d'atteindre le bassin supérieur.

— C'était la place que je préférais à Rome. Je pouvais y flâner pendant des heures. Même si, je l'avoue, j'ai été quelque peu déçu le jour où j'ai appris que la fontaine n'était pas l'œuvre du Bernin. On ne lui doit que les tortues.

Le fond de l'air avait fraîchi et Vincent offrit sa veste à Eliza.

— Je vous remercie, lui dit-elle.

Vincent semblait si frêle et vulnérable qu'il donnait l'impression qu'un mauvais rhume aurait pu l'emporter.

— Êtes-vous vraiment certaine de vous sentir bien, Eliza ? s'enquit son hôte. Je me souviens des menaces d'enlèvement que nous avions reçues pour Russell quand Valentina était gouverneur. C'est à peine si elle arrivait à dormir. Elle était traumatisée...

— J'essaie d'oublier et de faire face, Vincent, lui répondit-elle. C'est aussi la raison pour laquelle j'ai loué ce pied à terre ici, sur Clubhouse Road, afin que Janie et moi puissions enfin passer des week-ends en paix. Tout a l'air si tranquille et protégé ici. On s'y sent vraiment en sécurité. Comme si rien ne pouvait nous arriver.

Elle laissa passer quelques instants avant de poursuivre, d'un air las :

— Vous n'imaginez pas, Vincent. Même après tout ce temps, les badauds, que dis-je les voyeurs, n'arrêtent pas de défiler devant chez nous chaque week-end. Je vois leurs voitures ralentir devant nos fenêtres… Je pensais que l'affaire se tasserait bien vite, mais non, ils sont toujours là, à l'affût, qui nous observent. C'est insupportable…

— Vous avez raison, Eliza. On dit que le temps guérit toutes les blessures, mais il n'en est rien. Certaines ne peuvent cicatriser…

Un peu interloquée par sa réponse, Eliza préféra ne rien répliquer.

— Ce n'est un secret pour personne, mais j'ai beaucoup changé depuis notre séjour en Italie, continua Vincent. Valentina était prise par son travail à l'ambassade, moi j'étais libre de me promener à ma guise. D'abord dans la cité éternelle, avant de découvrir toute l'Italie. Au Vatican, je me souviens en particulier des fresques de la chapelle Sixtine. Une splendeur ! Au-delà de toute description ! Avez-vous jamais admiré ce chef-d'œuvre de Michel-Ange ?

— Il y a bien longtemps, avant qu'il ne soit restauré. Il paraît que le plafond est depuis resplendissant. Il faudra que j'y retourne.

— Retournez-y, Eliza, retournez-y, l'exhorta Vincent avec enthousiasme. Vous allez en avoir le souffle coupé. Il y a tant de splendeurs en Italie. Et je ne parle pas que des chefs-d'œuvre antiques. Leur art culinaire, par exemple ! Un régal. Une merveille. L'une des meilleures cuisines au monde… Ah, ne me lancez pas sur le sujet, la cuisine italienne, je suis intarissable…

— Je vous crois, Vincent, lui assura-t-elle, amusée par tant d'emphase.

— Entre nous, lui glissa-t-il avec une voix de conspirateur, je vous conseille de goûter ce soir aux *ravioli alla norcina* et aux gnocchis à la crème de truffe blanche, qui seront servis un peu plus tard. Un régal ! Un délice pour les papilles !

— Je n'y manquerai pas, lui répondit-elle en attendant qu'il revienne au vif du sujet.

Vincent lui indiqua un banc de pierre, devant la fontaine, sur lequel ils s'assirent. Regardant l'eau s'écouler, il reprit :

— Après la chapelle Sixtine, j'ai visité la plupart des églises de Rome. La basilique Sainte-Marie-Majeure, où est conservée la première crèche en pierre, inspirée de celle de Bethléem, Saint-Paul-hors-les-Murs, où certains apôtres auraient été enterrés, et aussi Sant'Andrea della Valle, cette église baroque où se déroule le premier acte de la *Tosca* de Puccini. Ensuite, j'ai découvert Florence, dont je suis tombé amoureux, surtout du baptistère Saint-Jean, puis je me suis rendu à Orvieto, où j'ai admiré la somptueuse cathédrale gothique, sa splendide rosace, ses fresques de Fra Angelico… Tout ce voyage m'a permis de me familiariser avec l'histoire de l'Église catholique. Mais c'est seulement quand je suis arrivé à Assise que ce périple a pris un tour bien plus personnel. Il s'est alors transformé en questionnement spirituel… En étudiant les fresques représentant la vie de saint François, j'ai soudain pris conscience de la vacuité de mon existence… Et j'ai eu honte de moi, lâcha-t-il dans un dernier souffle.

Puis, il se tut et baissa le regard.

— Qu'entendez-vous par une existence vide, Vincent ? Et de quoi pouvez-vous avoir eu honte ? lui demanda Eliza avec douceur.

— Oh, simplement de la vie que j'avais menée jusque-là, déclara-t-il, la tête toujours baissée. Saint François était issu d'une famille riche, il aurait pu hériter des biens de ses parents et mener une existence oisive, sans avoir à se préoccuper des contingences, vivre dans le faste et l'opulence. Un peu comme moi… Mais, contrairement à moi, il a renoncé à tous les biens matériels, à tout confort, pour se consacrer aux autres. Il est venu en aide aux pauvres et aux démunis. Puis il a créé cet ordre religieux, qui a ensuite permis d'aider encore plus de laissés-pour-compte…

— Entre nous, je vous imagine mal en robe de bure, marchant pieds nus sur les chemins poussiéreux, lui glissa Eliza pour essayer de détendre l'atmosphère. Ou bien dormir à même la pierre dans un quelconque monastère…

Vincent esquissa un léger sourire.

— Oh, moi non plus ! Très peu pour moi. Et puis je n'ai pas cette passion qu'avait François pour les animaux. Je m'imagine mal, par exemple, aller au-devant d'un loup pour lui parler et lui demander d'arrêter de s'en prendre aux habitants d'une ville qui, terrorisés, n'osaient plus en sortir.

— J'avais complètement oublié cette histoire. Croyez-vous qu'elle se soit réellement déroulée ?

— Qui sait ? lui répondit Vincent. Quelle est la part de vérité ? Quelle est la part de légende ? Mais peu importe que cet épisode ait été inventé ou non, et qu'il ait ensuite contribué à asseoir sa renommée. L'essentiel est ailleurs. Cet homme a bel et bien existé, et il a vraiment mené une vie exemplaire, au service des autres... Il a répandu le bien autour de lui. Et, maintenant que la fin de ma vie approche, j'éprouve le besoin de me fondre dans ses pas, de suivre son exemple... Pour que l'avenir soit meilleur que le passé...

Eliza ne fut pas certaine de comprendre ce que Vincent voulait lui dire, aussi louvoya-t-elle.

— Mais vous aussi, Vincent, vous avez réalisé des choses d'importance dans votre vie, des choses qui ont compté...

— Comment pouvez-vous dire cela ! s'emporta-t-il en la regardant de manière incrédule. Qu'y a-t-il d'admirable dans ma vie ? Qu'ai-je construit ? Qu'aurais-je seulement accompli de remarquable ? De charitable ? Rien ! conclut-il sans lui laisser le temps de protester.

— Mais c'est faux, le contredit Eliza, une fois sa diatribe terminée. Vous avez généreusement aidé de nombreuses œuvres caritatives...

— N'importe qui dans notre milieu est capable de signer un chèque ! lui dit-il d'une voix désabusée. Mais qu'ai-je fait pour venir en aide à mon prochain ? Sauver la vie de quelqu'un ? Rien ! Au contraire. J'ai détruit beaucoup d'existences. La politique est une jungle. Et longtemps, pour aider Valentina à atteindre les sommets, je me suis comporté comme un être amoral. Il est désormais trop tard pour revenir en arrière...

— Vincent, pourquoi me parlez-vous de tout cela ? lui demanda-t-elle.

— Parce que je sais, hélas, comment mon monde fonctionne, Eliza. Des actes répugnants, barbares et illicites y sont commis chaque jour, et pourtant ils demeurent sous le boisseau, personne n'en parle. Donc ils restent impunis… Ce n'est pas juste. Vous savez que ce n'est pas juste. Vous connaissez la frontière entre le bien et le mal. J'en suis sûr. Je suis certain que vous savez où se trouve le bien…

Sa voix se brisa.

— De quoi me parlez-vous, au juste, Vincent?

— Soyez patiente, Eliza, vous allez bientôt l'apprendre. Vous verrez…, dit-il en se levant du banc. Et je sais alors que vous saurez comment vous y prendre… Vous accomplirez ce qui doit être accompli… Mais vous tremblez, très chère. Vous avez froid. Venez, rentrons et allons rejoindre les autres.

8

— Voilà pour vous, monsieur, dit Bill O'Shaughnessy en posant un verre de vodka sur le bar. Passez une excellente soirée.

L'invité s'empara de son verre et partit sans un merci ni un regard pour le serveur. Puisqu'il n'avait plus personne à servir pour le moment, Bill s'attaqua à un nouveau citron, qu'il découpa en rondelles. Alors qu'il s'essuyait les mains, il vit Vincent Wheelock qui rentrait du jardin accompagné de cette présentatrice vedette de la télévision.

Elle n'était pas la seule célébrité présente ce soir. Les Wheelock avaient invité un nombre considérable d'amis et de relations. Bon nombre étaient des gens du voisinage qui possédaient une propriété dans le parc, mais la plupart venaient de l'extérieur, de Manhattan sans doute. Bill ne comprenait toujours pas la raison de cette soirée – à sa connaissance personne n'avait jamais organisé une fête en l'honneur d'un saint ! Mais il est vrai que les gens riches ont parfois de ces idées saugrenues… Depuis le temps qu'il officiait en tant que serveur lors de soirées huppées, il était bien placé pour ne plus s'étonner de rien. Ce soir, pourtant, il ne put s'empêcher de décerner aux Wheelock la palme de l'originalité.

Bill se pencha derrière le bar pour ouvrir un nouveau sac de glace. Quand il se redressa, il vit Valentina Wheelock, qui patientait. Bien qu'elle ait désormais dépassé la soixantaine, Bill la trouvait toujours aussi séduisante. Et sans doute en serait-il encore de même dans quelques années. Ce n'était pas selon lui quelques rides qui pouvaient lui ôter sa beauté et son charme.

— Tout va bien ? Nos convives passent un agréable moment ?

— Oui, madame. J'en suis certain.

— Vous ne manquez de rien ?

— Non, madame, aucun problème.

— Parfait, repartit Valentina en examinant l'assemblée. C'est une belle réception, Bill, n'est-ce pas ?

— Très belle, madame Wheelock.

— Pensez-vous que saint François d'Assise aurait approuvé une telle soirée ?

Bill fut aussitôt sur ses gardes. Il devait se montrer prudent. On ne savait jamais comment ces gens-là pouvaient réagir. L'expérience lui avait appris à bannir tout humour ou ironie dans ses réponses. Il ne pouvait pas non plus se permettre la moindre familiarité ou ce qui aurait pu être pris pour une critique, même voilée. Ils n'appartenaient pas au même monde. Et lui devait rester à sa place. Il était là pour servir des boissons et se montrer déférent, rien d'autre.

— Je vous avoue que je n'en ai pas la moindre idée, madame Wheelock, lui répondit-il en se sentant rougir.

— Oh, si, vous avez bien une opinion, Bill. Et croyez bien que je ne serai pas choquée de l'entendre. Cette soirée est l'idée de Vincent, pas la mienne. Et je n'ai pas voulu le contrarier. Il y tenait tellement ! Dites-moi le fond de votre pensée.

Bill aurait alors aimé qu'un invité vînt lui demander un verre pour s'éclipser. Il aurait préféré qu'elle ne le pousse pas à exprimer son opinion, qu'elle ne le titille pas.

Il se rappela la première fois où il l'avait vue. Elle venait d'entrer au Club des cravates noires, un autre soir d'automne, il y a environ trente ans de cela.

Le bal d'automne avait toujours lieu le troisième samedi d'octobre. La légende voulait que lors du premier bal, qui se tint en 1886, le petit-fils de Pierre Lorillard et quelques-uns de ses amis vinrent vêtus d'une queue-de-pie, lançant ainsi la mode du smoking. Depuis, la présentation des débutantes lors de ce traditionnel bal d'automne marque l'ouverture de la saison new-yorkaise.

À l'époque, Bill O'Shaughnessy était nouveau au Club des cravates noires. Son père, qui travaillait ici comme jardinier, lui avait trouvé cet emploi de serveur. Bill se souvint combien il était nerveux. Il ne se sentait pas à sa place, se considérant comme un étranger, un spectateur. Et c'est du reste ce qu'il avait été une bonne partie de la soirée. Il avait observé ces gens de Tuxedo Park et s'était émerveillé de leur monde.

Ce ne furent pourtant pas les jeunes filles de son âge qui faisaient là leur entrée dans la bonne société, toutes élégamment vêtues d'une somptueuse robe de soirée, qui l'impressionnèrent le plus. Ce fut une femme âgée d'une quinzaine d'années de plus que lui qui attira son attention. Lorsque Valentina pénétra dans la salle au bras de son époux, Bill, comme la majorité des hommes présents, fut ébloui. Il la regarda avec admiration, Vincent avec envie. Et, quand elle foula la piste de danse dans sa belle robe bleue assortie à ses yeux, ses cheveux blonds détachés dans le dos, Bill ne put s'empêcher de lui jeter de nombreux coups d'œil. Elle évoluait avec tant de grâce qu'il eut l'impression qu'elle ne faisait qu'un avec la musique.

Toujours aussi nerveux, Bill eut ensuite envie de disparaître sous terre quand il renversa de sa main tremblante quelques gouttes de vin sur la manche de sa robe. Personne d'autre qu'elle à la table ne remarqua la maladresse de Bill. Et, au lieu de provoquer un esclandre ou de le sermonner en public, Valentina eut la délicatesse de masquer les taches sous sa serviette tout en lui adressant un clin d'œil complice. Bill se sentit aussitôt devenir rouge pivoine. Et c'est à ce moment-là qu'il tomba éperdument amoureux d'elle.

Valentina l'avait pris à part un peu plus tard.

— Ne vous inquiétez pas pour ma robe. Ce sont des accidents qui arrivent…

— Mer… merci, madame, parvint-il à bafouiller. Je suis désolé, tellement désolé. Si vous voulez me la confier, je vous la rendrai une fois nettoyée.

— Ce ne sera pas nécessaire, je vous remercie, lui répondit-elle en souriant. Comme je vous le disais, ce sont des accidents qui arrivent.

— C'est vraiment gentil de votre part. Et j'ai aussi beaucoup apprécié que vous ne déclenchiez pas de scandale à table ou que vous ne soyez pas allée trouver le chef de rang pour vous plaindre de moi.

— Ça se serait mal passé ?

— Oh, certainement ! Et j'ai vraiment besoin de ce job.

— C'est un petit boulot pour financer vos études ?

— Non, madame, objecta-t-il en se sentant de nouveau rougir.

Valentina comprit instantanément.

— Vous êtes encore jeune, vous devriez y réfléchir. Un diplôme universitaire pourrait vous ouvrir de nombreuses portes.

Bill se sentit plus fort en la regardant s'éloigner. Pendant quelques semaines, ensuite, il caressa l'idée de reprendre ses études. Mais son père eut une attaque cardiaque, et s'inscrire à l'université ne fut évidemment plus d'actualité. Aussi ne put-il mettre en pratique le conseil de Valentina. Mais son admiration et sa fascination pour elle ne firent que croître à partir de ce jour-là.

Valentina possédait un charme fou. Et un sens aigu de l'empathie. Bien qu'elle n'ait jamais eu besoin de recourir à un emprunt ni connu la moindre difficulté pour boucler ses fins de mois, elle avait le don de se mettre au niveau de ses interlocuteurs, qui avaient l'impression qu'elle comprenait leur vie, endurait leurs souffrances, partageait leurs rêves... Bill savait que le président des États-Unis en personne avait été séduit par Valentina Wheelock.

— Bill?

Valentina le fixait de ses beaux yeux bleus. Et il mit deux ou trois secondes avant de reprendre pied avec la réalité.

— Bill, vous n'avez toujours pas répondu à ma question!

— Oui, madame, laquelle? bafouilla-t-il.

— Pensez-vous que saint François d'Assise aurait approuvé une telle soirée?

— Eh bien, pour être tout à fait honnête avec vous, madame Wheelock, mes souvenirs de catéchisme sont assez vagues et je ne connais pas vraiment la vie de ce saint mais, si mes souvenirs sont exacts, il est connu pour avoir mené une existence des plus simples. Je ne suis donc pas certain que toute cette profusion de champagne et de caviar aurait fait partie de son régime…

Valentina laissa percer un éclat de rire.

— C'est ce que j'ai toujours apprécié chez vous, Bill, votre franchise. Et votre manière de tourner les choses pour ne jamais vous montrer ouvertement critique. Car, vous avez raison, organiser une soirée en l'honneur d'un saint mort il y a plus de huit cents ans est totalement déplacé. Mais Vincent tenait tellement à cette fête, lui qui est si sombre depuis notre retour d'Italie, que je ne voulais pas le contrarier. Au contraire, je l'ai même encouragé. Il y a si longtemps que nous n'avions pas donné une telle réception.

9

Tandis qu'Eliza et Vincent patientaient dans la file qui menait au buffet, un homme de taille moyenne aux longs cheveux poivre et sel vint les saluer.

— Eliza, permettez-moi de vous présenter Zachary Underwood, lui dit Vincent. Zack est l'architecte qui a su rendre une âme à cette vieille bâtisse.

— Pour commencer, cette vieille bâtisse, comme vous dites, possédait une superbe ossature et de très beaux restes. Et puis, poursuivit-il en souriant à Eliza, Vincent avait un cahier des charges si précis que je n'ai guère eu à déployer mes talents.

— Zack, vous êtes bien trop modeste ! Je vous ai mis face à un véritable challenge et vous l'avez relevé au-delà de toutes mes espérances, le tança Vincent avant de s'excuser pour aller saluer d'autres convives.

Eliza prit une assiette et des couverts en bout de table.

— Eh bien, en tout cas, je sais qui contacter si jamais j'ai besoin des services d'un architecte. Tout est fantastique. Quand on pénètre dans le Park, quand on entre ensuite dans cette demeure, on se sent aussitôt propulsé dans un autre monde.

— Les résidents de Tuxedo ne souhaitent pas autre chose, assura Zachary. La plupart d'entre eux viennent ici depuis des générations, et ils ne souhaitent pas que leur univers change. Quant aux nouveaux arrivants, ils n'aspirent qu'à échapper à la vie extérieure, souvent stressante. Ils veulent le calme, l'authenticité et la sérénité. C'est pourquoi personne n'a envie que le Park se transforme en profondeur. Tous s'y sentent ici en sécurité.

Une fois sa phrase terminée, Eliza eut un instant le sentiment que Zachary allait enchaîner sur le kidnapping de Janie, qui avait tenu en haleine tout le pays cinq jours durant. Heureusement, il n'en fit rien, et Eliza se sentit soulagée.

— Ces raviolis ont vraiment l'air délicieux, dit-il en se saisissant d'une louche en argent. Et quel fumet ! Voulez-vous que je vous serve ?

— Avec grand plaisir, acquiesça Eliza en lui tendant son assiette, avant de le relancer. Et quel est le détail architectural le plus intéressant que vous ayez découvert ici ?

— Il m'est très difficile de vous répondre. J'ai effectué des travaux de rénovation dans bon nombre de demeures du Park, et chacune possède sa propre personnalité, ses spécificités, sans parler de l'histoire des familles qui les ont occupées. Mais Pentimento est un chantier dont je suis particulièrement fier. J'ai l'impression d'avoir ici travaillé pour l'avenir…

— Comment ça ? s'enquit Eliza en prenant une serviette et une fourchette.

— Vincent avait des idées très précises pour Pentimento. Il m'a demandé d'effectuer un nombre incroyable de transformations. Pourtant, j'avoue n'avoir pas une vision globale des travaux que j'ai supervisés. Pour des raisons que j'ignore, il n'a pas voulu que je sois au courant de tous ses plans. Et puis il m'a aussi fait signer une clause de confidentialité, afin que je ne révèle aucun des détails de mon intervention…

— N'est-ce pas là assez inhabituel dans votre profession ? Les architectes sont-ils souvent soumis à de telles clauses de confidentialité ?

— Très rarement, admit Zachary. Mais cela arrive parfois. Nos clients font appel à nous pour construire la résidence de leurs rêves. Ils la veulent unique. Et certains n'ont pas forcément envie que leurs proches voisins bénéficient des mêmes conseils que ceux prodigués par leur propre architecte.

— Cela peut en effet se concevoir, admit Eliza. Mais, étant donné que vous n'avez pas connaissance du plan d'ensemble, m'avez-vous dit, vous pouvez bien me livrer quelques détails de conception sans que cela remette en cause votre devoir de réserve…

— Vous n'obtiendrez rien de moi ! lui rétorqua Zack dans un sourire. De plus, Vincent m'a confié qu'il nous réservait une énorme surprise ce soir. Je ne voudrais surtout pas lui gâcher ce plaisir.

10

Près d'une centaine d'invités, tous élégamment vêtus, étaient réunis dans la grande galerie pour écouter le discours de leur hôte.

— Je souhaite tout d'abord remercier Valentina, qui m'a supporté toutes ces années, d'avoir accepté que nous organisions cette soirée. Elle sait l'importance qu'elle revêt à mes yeux. Merci ensuite à vous d'avoir répondu présent à notre invitation et à celle de notre fils Russell.

Les têtes se tournèrent vers un jeune homme au corps athlétique, adossé à un mur. Ce dernier adressa en retour un léger signe de tête et un sourire à son père. Vincent, qui se tenait sous un immense lustre vénitien, leva son verre, aussitôt imité par les invités.

— Chacun ici compte pour nous, reprit-il. Valentina et moi connaissons certains d'entre vous depuis des années, pour ne pas dire des décennies. D'autres sont des amis de plus fraîche date, que nous avons appris à connaître et à apprécier depuis notre retour d'Italie. Et votre présence, ce soir, nous honore autant qu'elle nous comble.

Des gouttes de sueur perlaient sur son front, mais il poursuivit :

— Valentina, *carissima*, viens me rejoindre, s'il te plaît.

Il embrassa son épouse sur la tempe et passa un bras autour de ses épaules.

— Je voudrais prendre quelques minutes de votre temps pour vous expliquer la raison de notre présence ce soir : saint François d'Assise.

— Oh, Vincent, je t'en prie ! le taquina Valentina. Tu ne vas pas gâcher la soirée avec tes exposés moralisateurs sur la religion.

L'assemblée se mit à rire. Vincent esquissa un faible sourire, qui tenait plus du rictus, avant de déclarer :

— Je ne serai pas long, très chère, je te le promets, lui dit-il avant de s'adresser à l'assemblée. La plupart d'entre vous savent que je voue désormais une passion pour ce saint homme. Et je suppose que vous êtes nombreux à vous interroger, à trouver cette *lubie* étrange.

Il observa ses invités, qui l'écoutaient en silence.

— Nous avons tous commis, au cours de notre vie, des actes que nous regrettons. Et, si l'occasion nous en était donnée, nous agirions autrement. Mais, ce n'est malheureusement pas possible. On ne peut pas revenir en arrière. On doit alors vivre avec un fardeau sur les épaules. Et la seule façon d'avancer est de se repentir. Si le passé ne peut pas être modifié, il faut faire en sorte que l'avenir, lui, soit préservé…

Vincent baissa le regard et resta sans voix quelques instants. Puis il releva la tête et reprit :

— Pour conclure, car je vous ai promis d'être bref, ce que j'essaie de vous dire, c'est que j'ai eu la chance de pouvoir donner un nouveau sens à ma vie. Et c'est ce saint italien, qui a vécu humblement, dans le dénuement, qui m'a montré la voie… Comme le disait saint François : « Nous sommes responsables de nos actes ; seul le Ciel nous jugera… »

Un silence de mort s'abattit sur l'assemblée tandis que Vincent, les yeux brillants, scrutait son auditoire.

— Je propose que nous trinquions en l'honneur de saint François, lança l'un des convives pour détendre l'atmosphère.

Aussitôt, les invités levèrent leur verre et le portèrent à leurs lèvres avec enthousiasme et soulagement.

*

Eliza entendit le commentaire de ses proches voisins.

— Vincent a-t-il totalement perdu la raison ? Je le savais excentrique, mais à ce point… Il a un comportement vraiment inquiétant. Pauvre Valentina…

— D'autant qu'elle n'a jamais été une grenouille de bénitier. L'église, elle n'y va que lorsque c'est vraiment nécessaire…

Tous deux partirent d'un éclat de rire entendu.

11

Il était quasiment certain que personne ne l'avait vu se faufiler hors de la salle de réception. En se dirigeant vers la serre, Vincent jeta un regard derrière son épaule. Pentimento brillait de mille feux au milieu de la nuit. À travers les portes-fenêtres, il pouvait voir les invités qui discutaient et riaient, insouciants.

Il contourna la haie qui masquait la serre de la maison de maître et pénétra à l'intérieur. La lumière de la pleine lune filtrait à travers le toit et les murs de verre de la structure, mais Vincent aurait pu s'en passer. Même dans l'obscurité la plus complète, il aurait su où tout se trouvait.

Le couteau de chasse était toujours dans le tiroir de la table italienne aux pieds savamment ouvragés, là où il l'avait déposé après en avoir aiguisé la lame. Si effilée qu'elle pénétrerait sans difficulté dans ses chairs.

12

Pourquoi Vincent se glissait-il subrepticement dehors à cette heure de la soirée en prenant garde que personne ne le remarque ? Et pourquoi s'enfonçait-il vers le fond de sa propriété ?

Cet homme en savait trop. Cet homme savait tout. Et, si l'on interprétait ses propos, on pouvait en conclure qu'il ferait en sorte que le monde entier soit au courant...

Vincent voulait que justice soit rendue.

Cela ruinerait tout. Cela balaierait tous les plans si méticuleusement élaborés, et les mensonges accumulés au fil du temps seraient découverts. Si jamais il parlait, le rêve s'effondrerait.

Où avait-il bien pu disparaître? Il était introuvable. Soudain, le bruit d'une porte qui se refermait indiqua sa position. Il venait d'entrer dans la serre.

13

J'ai tellement commis d'actes impies. Aidez-moi, Dieu, à trouver le chemin de la repentance.

Vincent s'entendait ânonner ces paroles.

Aidez-moi, Dieu, je vous en supplie. Donnez-moi la force d'accomplir ce qui doit l'être.

Il s'empara du couteau de chasse, le tint un moment devant lui par le manche, et ferma les yeux pour trouver en lui le courage d'aller jusqu'au bout.

J'ai tellement commis d'actes impies. J'ai tellement péché...

Il fallait qu'il mette son plan à exécution. Il ne voyait pas d'autre solution pour que justice soit rendue. Vincent était désolé des conséquences de son acte, des secrets qui seraient révélés et de la peine qu'il allait infliger à Valentina, qui devrait faire face. Mais de terribles crimes avaient été commis, et il était temps désormais que les coupables expient leurs fautes.

J'ai tellement péché...

Il aurait bien sûr pu laisser une longue lettre pour expliquer son geste et dénoncer les coupables – mettant ainsi un point final à cette sordide affaire. Mais Vincent avait choisi une autre voie. Une sorte de puzzle dont les pièces seraient découvertes au fur et à mesure. Un puzzle qui permettrait aux coupables, dès qu'un nouvel élément serait découvert, de se confesser et de demander pardon…

Ils ont tellement commis d'actes impies. Aidez-les, Dieu, à trouver le chemin de la repentance.

Vincent allait mourir, mais il ne voulait pas quitter ce bas monde sans que puisse être découvert – et puni – ce qui avait été commis. Ce qui adviendrait par la suite dépendrait des desseins du Tout-Puissant, et d'Eliza Blake qui, l'espérait-il, serait choisie pour exécuter Sa volonté.

*

Lorsque le sang commença à couler de ses pieds et de ses mains, maculant sa peau, Vincent se fit la réflexion qu'il ne faisait pas partie des élus de Dieu, ceux dont les stigmates les avaient élevés au rang de saint. Ses blessures n'avaient rien de divines, il était lui-même en train de se les infliger.

Il se mit à pleurer, à transpirer et à se convulser, tant la douleur était atroce. Mais il ne fallait pas qu'il abandonne si près du but, il lui restait un dernier geste à accomplir.

Mon Dieu, aide-moi. Et que Ta volonté soit respectée…

Respirant avec difficulté, désormais, il prit le couteau de chasse à deux mains. Mais elles tremblaient et saignaient. Le geste qu'il avait maintes fois répété ne semblait plus aussi facile à effectuer. Mais il réussit enfin à placer l'extrémité de la lame entre deux côtes de son flanc gauche et enfonça le couteau de toutes ses forces.

Allongé sur le sol de la serre, suffoquant, Vincent se demanda, tandis que la vie le quittait, si saint François avait ressenti la même chose que lui, éprouvé les mêmes sentiments au moment de rejoindre son Créateur. Et surtout si les stigmates qui étaient mystérieusement apparus sur son corps aux mêmes endroits avaient provoqué une douleur identique…

14

Eliza se tenait devant la cheminée, dont elle admirait le manteau finement ciselé, quand son regard fut attiré par une pendule qui se mit à sonner. 22 heures. Il était temps de rentrer. Tandis qu'elle était à la recherche de ses hôtes pour les remercier de la belle soirée, elle fut arrêtée à plusieurs reprises par d'autres convives qui tinrent à la féliciter pour « Key to America », l'émission d'information qu'elle présentait chaque jour sur Key News.

— Si le pourcentage des personnes ici présentes qui me disent apprécier l'émission était représentatif de notre audience nationale, nous n'aurions plus rien à craindre des sondages et de l'Audimat, répondit-elle en riant au couple qui venait tout juste de l'aborder.

— Mais je vous apprécie *vraiment*, rétorqua une toute petite femme aux cheveux gris acier, coiffés en chignon, qui portait une robe bleu marine rehaussée d'un élégant carré Hermès et de superbes escarpins de cuir noir. Fitzroy et moi sommes des fidèles de « Key to America ». Nous vous regardons chaque matin.

— Alors, je vous en suis extrêmement reconnaissante, la remercia Eliza. Maintenant, sans vouloir vous offenser, il faudrait que nous arrivions à attirer les plus jeunes téléspectateurs. Les audiences sont en baisse, même le matin. Le câble est un rude concurrent pour nous, les chaînes généralistes. Mais nous devons aussi nous battre contre Internet. De plus en plus de personnes se contentent d'informations glanées sur la toile, au détriment de la télévision.

— Fitzroy et moi n'avons pas le câble. Quant à Internet, nous ne savons même pas comment cela fonctionne… N'est-ce pas, Fitzroy? dit-elle en voulant prendre son époux à témoin. Mais… Mais où est-il passé? poursuivit-elle en se retournant pour le chercher du regard. Ah, le voilà! Mais où étais-tu passé? Juste au moment où je voulais te présenter Eliza Blake…

L'homme qui s'approchait d'elles en boitant légèrement avait de fins cheveux blancs et le visage ridé, mais il était encore séduisant.

— Fitzroy Heavener, enchanté de faire votre connaissance, se présenta-t-il d'une voix agréable en lui tendant une main ferme. Nous sommes de fervents admirateurs.

— Je le lui ai déjà dit, le coupa son épouse. Elle sait que nous la regardons tous les jours, dit-elle d'un ton qui se voulait conspirateur. Et sachez que nous avons suivi avec beaucoup d'intérêt les événements de juillet dernier. Nous étions rivés à l'écran dans l'attente des dernières nouvelles concernant votre fille… J'ai prié chaque soir pour elle avant de…

— Felicity, ma chérie! la coupa Fitzroy Heavener. Mme Blake n'a sans doute aucune envie d'évoquer ce terrible épisode…

— Appelez-moi Eliza, je vous en prie, dit-elle pour ne pas poursuivre sur ce terrain glissant qu'était l'enlèvement de Janie. Et croyez bien que j'aimerais prolonger cette conversation mais un chauffeur m'attend pour justement aller embrasser une ravissante petite fille avant qu'elle s'endorme. Je vais trouver Valentina et Vincent pour les remercier de leur accueil, et je me sauve…

Au même moment, elle entendit quelqu'un crier au milieu de l'assemblée.

— Dans la serre, vite ! Vincent baigne au milieu d'une mare de sang.

Tous les invités se ruèrent vers les portes-fenêtres pour se précipiter dans le jardin.

15

— Excusez-moi, pardon…

Eliza essayait de se frayer un chemin à travers la foule qui s'était massée devant la porte de la serre. Quand elle réussit enfin à l'atteindre et à pénétrer à l'intérieur, elle avança au milieu des jardinières de fleurs, des sacs d'engrais et de terreau. Elle remarqua d'abord une seule et unique chaussure noire, qui gisait par terre au pied d'un plan de travail.

Eliza entendit ensuite Valentina, qui murmurait :

— Oh, Vincent, Vincent… Qu'as-tu fait ? Pourquoi ?

Valentina était assise à même le sol. Elle se balançait doucement d'avant en arrière, tenant la tête de son mari sur ses genoux. Ses jambes et ses mains étaient couvertes de sang. Toute couleur avait abandonné son visage.

Vincent était également d'une pâleur cadavérique. Sa bouche était ouverte, sa tête était mollement inclinée, ses bras pendaient le long de son corps. Ses mains et ses pieds nus saignaient encore. Du sang s'écoulait également de la blessure qu'il s'était infligée au flanc gauche.

Il fallut quelques instants à Eliza pour appréhender dans son ensemble la scène qui se jouait sous ses yeux. En tout, la chair de Vincent avait été meurtrie à cinq endroits. Et il était fort probable qu'il se soit lui-même infligé ces blessures.

Pauvre homme. Fallait-il qu'il soit hanté par d'affreux démons pour parvenir à de telles extrémités…

Eliza eut un léger mouvement de recul en repensant à la conversation qu'elle avait eue un peu plus tôt avec Vincent, près de la fontaine. Elle avait bien perçu son immense détresse, son ton enfiévré quand il parlait de religion, d'exemplarité et de rédemption. Mais elle était alors à mille lieues d'imaginer qu'il avait en tête de mettre fin à ses jours. Qu'avait-il donc bien pu se passer pour qu'il en arrive à cette terrible issue ? Pour que le suicide représente la seule porte de sortie possible ?

En voyant le personnel médical s'affairer autour du corps de Vincent, Eliza prit conscience qu'elle était sans doute la dernière personne avec qui il avait eu une conversation sérieuse, autre que les simples banalités qu'on échange lors d'une soirée mondaine. Si elle avait pu mesurer toute la profondeur de son anxiété, elle aurait alors cherché à l'aider. Mais elle avait cru qu'il avait seulement besoin de s'épancher. Aussi s'était-elle contentée de l'écouter d'une oreille compatissante.

— Le cœur a sans doute été transpercé.

En entendant le commentaire des secouristes, Eliza sentit monter en elle un sentiment de culpabilité. Si elle avait réagi différemment, toute cette horreur aurait sans doute pu être évitée. Elle essaya de se remémorer avec précision chaque mot de leur conversation. Il lui avait parlé de la frontière entre le bien et le mal. Il lui avait dit être persuadé qu'elle savait où se trouvait le bien, avant de conclure qu'elle saurait comment s'y prendre… Qu'elle ferait ce qui est juste… Que pouvait-il bien attendre d'elle ?

Son instinct de journaliste refit alors surface. Quelqu'un devait rendre compte de ce qui venait de se produire. Eliza sortit son téléphone portable et se mit à photographier la scène. Tout en s'efforçant de ne pas déranger le personnel médical, elle prit plusieurs photos du corps et de la serre sous différents angles avant qu'un policier de Tuxedo Park ne l'interrompe.

— Les photos sont interdites, madame, lui intima-t-il d'un ton ferme indiquant qu'il ne plaisantait pas.

Eliza observa le corps recouvert d'un drap blanc étendu sur le brancard, le visage en larmes de Valentina, soutenue par son fils qui tentait manifestement de la réconforter de manière maladroite. Elle ne protesta pas et rangea le mobile dans son sac.

Eliza ne dirait pas à Linus Nazareth qu'elle avait pris ces photos. Si le producteur exécutif de « Key to America » apprenait leur existence, il insisterait pour qu'elles soient diffusées à l'antenne.

Malgré cela, pour une raison qui lui échappait, Eliza était contente d'être en leur possession.

16

Au cours de la dernière conversation qu'ils avaient eue dans le bureau de Vincent, ce dernier avait menacé de tout révéler, afin que chacun sache ce qui s'était passé et apprenne la vérité. Oui, il aurait sans doute agi de la sorte s'il avait vécu.

Ce n'était pourtant pas facile d'observer le brancard quitter la serre. Leur histoire commune était telle que les regrets et le chagrin affluaient. Malgré tout, le soulagement dominait. Il ne serait pas nécessaire d'éliminer Vincent pour l'empêcher de parler. Il s'en était lui-même chargé et ne pourrait plus désormais jouer les redresseurs de tort.

La vie allait pouvoir reprendre son cours radieux, sans qu'aucun nuage assombrisse le ciel.

À moins que son suicide grotesque ne marque le début d'ennuis à venir? Peut-être a-t-il ainsi voulu attirer l'attention de tous avant que soit dévoilé au monde entier le terrible secret, comme il menaçait de le faire? Qu'avait-il bien pu planifier?

Et puis, il y avait aussi Eunice, dont il faudrait s'occuper. La bonne, qui avait la fâcheuse habitude d'écouter aux portes, avait surpris tous les détails sordides de l'histoire. Si elle parlait, tout pouvait s'écrouler.

Autre point gênant: Eliza Blake. Elle ne ressemblait pas à ces hordes de journalistes assoiffés de scoops, qui mitraillent le cadavre encore chaud d'une victime – a fortiori *quand il s'agit du corps d'un ami. Pourtant, c'est bien ce qu'elle venait de faire.*

LUNDI 5 OCTOBRE

17

— J'en ai ma claque de ces journées à rallonge, grogna B.J. D'Elia.

— Ne me dis pas que tu préférerais rester vissé toute la journée sur une chaise à te morfondre dans un bureau en regardant les heures défiler ! le railla Annabelle Murphy tandis qu'ils pénétraient dans une des salles de montage du siège de Key News. Voyons les choses du bon côté. Nous avons un job qui nous plaît et le jour va bientôt se lever. De temps en temps, il faut bien qu'on remplace une équipe au pied levé…

— Tu n'as pas remarqué qu'en ce moment *de temps en temps* rime bien trop souvent avec *tout le temps* ? ironisa B.J. Il y a toujours quelqu'un en vacances ou en déplacement, et on nous demande de boucher les trous…

Annabelle prit une gorgée du liquide noir et amer dont elle s'était servi une tasse.

— Pouah, fit-elle après l'avoir avalée. Tu te souviens du bon vieux temps, quand la cafétéria était ouverte vingt-quatre heures sur vingt-quatre et qu'il était toujours possible de s'y faire servir un café digne de ce nom ?

— C'est ce que je pointe depuis tout à l'heure, répliqua B.J. Manque de personnel. C'est pourquoi on nous a encore collé ces heures sup' cette nuit. Restrictions budgétaires, coupes dans le personnel, des heures supplémentaires de moins en moins bien payées... La même charge de travail – voire une charge plus importante – à assumer avec de moins en moins de moyens...

— Monsieur Le Râleur a repris du service!

— Tu peux bien te moquer de moi, Annabelle, mais je suis sérieux. La réalité est là : on nous réclame toujours plus.

— Je sais que tu dis vrai, B.J., lui répondit Annabelle. Mais quel autre choix avons-nous? Tu crois que les conditions sont meilleures à CBS, NBC ou ABC? Toutes les chaînes ont resserré leurs budgets. Estimons-nous heureux d'avoir un travail et croisons les doigts pour le conserver!

— Je suppose que tu as raison, admit-il de mauvaise grâce, mais ça me fait du bien de râler. Et, si je ne me plains pas auprès de toi, auprès de qui vais-je pouvoir m'épancher?

— Tu n'as qu'à aller te plaindre auprès de Linus..., lui suggéra-t-elle avec malice.

— Vas-y, c'est ça, prends-moi pour un imbécile!

— Qui est un imbécile?

Tous deux sursautèrent en entendant une voix derrière eux, mais Annabelle fut vite rassurée en voyant qui se tenait dans l'encadrement de la porte.

— Que fais-tu là de si bonne heure? Tu n'as pas dû dormir beaucoup? demanda-t-elle à Eliza.

— Non, en effet, la nuit a été des plus courtes, confirma cette dernière en fermant la porte de la salle de montage derrière elle. Mais je voulais arriver avant Linus et vous montrer ceci.

Eliza sortit son téléphone, qu'elle tendit à B.J.

— Peux-tu télécharger les dernières photos, s'il te plaît?

Eliza se sentait rassurée à leurs côtés. Eux trois, ainsi que Margo Gonzalez, avaient connu bien des mésaventures au cours des mois précédents. Ils avaient d'abord résolu le meurtre de l'ancienne présentatrice de « Key to America », Constance Young, à qui Eliza avait succédé. Puis ils l'avaient tous soutenue et entourée l'été dernier, quand Janie et sa nourrice, Mme Garcia, avaient été enlevées[1]. Ensemble, ils avaient traversé des épreuves et bravé le danger.

Tandis que B.J. s'activait sur l'ordinateur, Eliza leur raconta ce qui s'était passé.

— J'ai entendu dans le taxi, en venant ici, que Vincent Wheelock s'était suicidé hier soir, mais j'ignorais que tu assistais à la réception, commenta Annabelle. J'imagine que Linus doit être surexcité à l'idée qu'un témoin direct de la scène s'exprime tout à l'heure en direct.

— Tu n'imagines pas à quel point ! Mais je ne lui ai pas parlé de ça, conclut Eliza en pointant du doigt l'écran de l'ordinateur sur lequel apparaissaient les premières photos prises la veille au soir.

L'image pixélisée montrait le corps ensanglanté de Vincent étendu sur le sol au pied d'un immense pot en terre cuite.

— Dégueulasse ! lâcha B.J. en étudiant la photo. Sur l'échelle de Richter du gore, on atteint des sommets... Mais, je pense qu'en la recadrant et en effectuant quelques retouches, on pourra la rendre moins effrayante et sanguinolente...

— Ne te donne pas cette peine, B.J., lui expliqua Eliza. Ces photos n'ont pas pour vocation d'être diffusées à l'antenne.

---

1. Voir *Quand se lève le jour* et *L'Été de toutes les peurs* (L'Archipel, 2010 et 2011).

B.J. et Annabelle se tournèrent vers Eliza, surpris.

— Je suppose que tu es la seule à avoir pris des photos? avança Annabelle.

— La police en a pris, évidemment. Mais, à part ça, je ne pense pas qu'un autre invité ait osé sortir son téléphone pour immortaliser la scène.

— Ce qui signifie donc qu'on a l'exclusivité!

— Oui, je suppose, répondit Eliza.

— Alors tu plaisantes quand tu dis qu'on ne va pas les montrer! On doit les diffuser, on tient là un scoop d'enfer, s'enflamma Annabelle.

— Vincent Wheelock était un ami, Annabelle, répliqua calmement Eliza. Et j'assistais hier à une soirée privée. C'est mon instinct de journaliste qui m'a poussée à prendre ces photos, même si je le regrette un peu, à présent.

Annabelle regarda de nouveau l'écran, sur lequel était toujours affichée l'image d'une rare violence. Elle se demanda quelle serait sa réaction si l'un de ses amis venait de se suicider. Par respect pour la famille et les proches, elle non plus n'accepterait pas que de telles photos se retrouvent en une des médias. Elle ne dit rien tandis que B.J. faisait apparaître la photo suivante.

Celle-ci révélait en gros plan l'une des mains de Vincent Wheelock.

— Qu'a-t-il entre les doigts? interrogea le cameraman.

— Aucune idée, répondit Eliza. Je n'avais pas remarqué ce détail la nuit dernière.

— Ça semble logique, intervint B.J. Il y avait tellement de choses à observer.

— On dirait une poignée de terre, intervint Annabelle.

Sur la photo suivante apparut la chemise blanche de la victime, maculée de sang.

— C'est pas joli à voir, lâcha B.J.

— La plaie mortelle ne peut être que celle qu'il a au flanc, commenta Annabelle. Il se serait donc transpercé la paume des mains avant de s'enfoncer le couteau dans les côtes…

— Les pieds aussi!

Un silence de plusieurs secondes accueillit la précision d'Eliza.

Annabelle le brisa.

— La radio n'a pas fait mention de ces étranges blessures, ce matin…

18

En voix off, Eliza lança les titres de l'émission :

— Le président est à Londres pendant trois jours pour participer à un sommet pour la paix au Moyen-Orient. La confiance des ménages est en hausse et la consommation reprend depuis que de bons indicateurs économiques ont été divulgués. Enfin, une triste nouvelle : la mort tragique et dans des conditions pour le moins étranges de l'époux d'une des grandes figures de la nation, qui visiblement se serait donné la mort. Bonjour, nous sommes lundi 5 octobre, bienvenue sur le plateau de « Key to America ».

Le réalisateur appuya sur un bouton et le logo de l'émission fut remplacé par l'image des deux animateurs assis derrière leur pupitre.

— Bonjour, je suis Eliza Blake et voici Harry Granger. Harry, les nouvelles sont nombreuses ce matin.

— En effet, Eliza, à commencer par le délicat voyage de notre président à Londres, où il est arrivé au cours de la nuit. La diplomatie américaine fonde de grands espoirs sur cette rencontre au sommet entre le gouvernement israélien et les représentants de plusieurs pays arabes. Le monde occidental espère et retient son souffle. Rejoignons sur place notre correspondant en Angleterre, Mack McBride…

Eliza écouta avec attention les premiers mots de Mack, soulagée d'entendre sa voix – même si le ton qu'il employait était neutre et professionnel. Une vidéo montrait le président des États-Unis descendre de *Air Force One*, accueilli à sa descente de l'appareil par le Premier ministre britannique. Eliza se pencha sur un moniteur de contrôle quand Mack apparut à l'écran. Il se tenait sur les rives de la Tamise, l'abbaye de Westminster dans son dos.

Elle sourit en le voyant. Il était bronzé, il avait l'air en forme et sûr de lui-même. Il lui manquait tellement ! Cela faisait un mois qu'ils ne s'étaient pas vus, et Eliza comptait les jours avant leurs prochaines retrouvailles. Eliza comptait aussi les semaines avant que le contrat de Mack prenne fin et qu'il entame de nouvelles négociations avec la chaîne. Mack était déterminé à refuser tout nouveau poste de correspondant à l'étranger. Il n'avait qu'un seul objectif : revenir à New York – ce qui était également le souhait le plus cher d'Eliza.

Après le premier sujet, Harry enchaîna sur le volet économique du journal, expliquant à l'aide de nombreux graphiques pourquoi tous les clignotants économiques étaient au vert. Pendant ce temps, Eliza, qui n'était pas à l'écran, relisait en silence le texte qui accompagnerait le montage illustrant la mort de Vincent.

Cinq secondes !

La voix de l'assistant plateau se fit entendre dans son oreillette. Eliza se redressa et s'éclaircit la voix tandis que Harry concluait le sujet économique.

C'est à toi !

— Vincent Wheelock est décédé cette nuit. Connu de tous pour être l'époux de l'ancienne gouverneur de l'État de New York et ex-ambassadrice de notre pays en Italie, Valentina Wheelock, il était aussi son pygmalion, celui qui a construit dans l'ombre sa brillante carrière. La manière spectaculaire qu'il aurait choisie pour se suicider a créé une véritable onde de choc…

Une vidéo issue du service des archives de Key News apparut à l'écran, représentant Vincent à côté de son épouse alors qu'elle prêtait serment à Albany lors de son investiture, plus de vingt ans auparavant. Cette image avait cela de remarquable qu'elle montrait la première femme à devenir gouverneur de l'État de New York – et que celle-ci était visiblement enceinte de plusieurs mois.

— Vincent Wheelock, poursuivit Eliza, a été retrouvé gisant dans la serre de leur propriété de Tuxedo Park, État de New York. Les plaies qu'il avait aux mains, aux pieds et sur le flanc gauche imitent à la perfection celles du Christ après sa crucifixion. On les appelle des stigmates.

Eliza savait qu'Annabelle s'était creusé la tête pour illustrer cette partie du sujet, aussi fut-elle satisfaite de voir à l'écran une vidéo de Vincent et Valentina tournée au Vatican le jour où ils furent reçus en audience par le pape Jean Paul II.

— Afin d'être complète, je me dois de vous signaler que j'assistais en personne à la soirée donnée hier par les Wheelock quand Vincent Wheelock s'est vraisemblablement donné la mort. À l'heure où les médecins légistes sont en train de déterminer si oui ou non Vincent Wheelock s'est lui-même infligé les blessures ayant causé son décès, sa famille, ses amis, ses proches s'interrogent. Pourquoi un homme aussi brillant se serait-il suicidé ? Pourquoi avoir imaginé une mise en scène aussi macabre ? Ils se demandent surtout s'ils auraient pu faire quoi que ce soit pour empêcher le drame...

La dernière séquence du reportage, qui n'avait jamais été diffusée par le passé, exposait Eliza et le couple Wheelock marcher tout en discutant dans les jardins de l'ambassade des États-Unis, à Rome. La scène avait été enregistrée lors de la première interview que Valentina avait accordée à Eliza, peu après sa prise de fonction. Depuis ce premier contact professionnel, Eliza avait noué des relations amicales avec le couple. Jusqu'à cette ultime conversation avec Vincent, au bord de la fontaine, quand il lui avait dit qu'elle connaissait la différence entre le bien et le mal et, surtout, qu'elle saurait comment agir...

Tandis que Harry prenait le relais et changeait de sujet, Eliza eut la désagréable sensation qu'elle était d'une manière ou d'une autre liée à cette tragédie. Mais comment ? Cela, elle l'ignorait...

19

Susannah Lansing éteignit son poste de télévision et sortit de son lit. Elle se servit une tasse de café et gagna la terrasse de sa demeure où elle resserra les pans de sa robe de chambre pour se protéger de la fraîcheur matinale. Quand elle atteignit la balustrade en fer forgé, elle laissa son regard errer sur les montagnes. En contrebas, elle apercevait le toit de tuiles rouges de Pentimento.

La veille au soir, elle était au même endroit et observait le défilé de voitures venant déposer les invités. Elle s'était alors une nouvelle fois sentie abattue, rejetée et humiliée… Ce matin, elle tentait au contraire de refréner son immense satisfaction.

Vincent Wheelock était de ceux qui avaient toujours refusé qu'elle et son mari John soient admis au sein du très sélect Club des cravates noires. Aucun motif officiel ne leur avait jamais été donné. Mais elle pensait en connaître la raison…

20

— Tu me confirmes que les jumeaux sont bien partis à l'école ? demanda Annabelle à son mari.

— Oui, le plancher est évacué ! sourit Mike. Et tout s'est à peu près bien passé si ce n'est qu'ils se sont encore chamaillés à propos d'Halloween. Tara persiste à vouloir se déguiser en Hannah Montana, et Thomas ne cesse de lui répéter que c'est une idée débile.

— La routine, quoi… Mais, au moins, ils sont partis, et tu vas pouvoir dormir un peu. Si tout va bien, je ne vais pas tarder à rentrer à la maison et je pourrai m'écrouler dans le lit à côté de toi…

Annabelle n'aimait pas quand Mike et elle travaillaient de nuit. Cela désorganisait tout, d'autant que son horloge interne avait du mal à s'adapter à ces changements de rythme. Tout tournait alors autour de la recherche de plages de sommeil. Car, avec deux enfants scolarisés en primaire, leurs différentes activités extrascolaires, les devoirs qu'il fallait surveiller, sans oublier les courses et les différentes tâches domestiques, le temps était compté.

Annabelle se sentait plus peinée pour Mike que pour elle-même. Les vacations de nuit de son mari étaient bien plus fréquentes que les siennes à Key News. Pourtant, Mike ne se plaignait jamais. Il avait assimilé dès le début que travailler de nuit faisait partie de la vie de pompier. Il en était d'ailleurs conscient avant même de s'engager.

Annabelle regarda sa montre. L'émission touchait à sa fin. Avec un peu de chance, elle n'en avait plus que pour une heure, environ, avant de passer le relais à l'équipe de jour. Elle ferait le point avec le producteur qui suivrait l'affaire Vincent Wheelock, lui transmettrait tous les éléments du dossier et pourrait rentrer chez elle.

Annabelle effectuait un peu de rangement dans la salle de rédaction quand B.J. lui fit signe d'approcher.

— Viens, il faut que je te fasse voir quelque chose, lui dit-il.

Ils quittèrent la pièce, traversèrent le hall et appelèrent un ascenseur pour gagner la salle de montage.

— Que se passe-t-il ? lui demanda-t-elle.

— J'aimerais que tu jettes un coup d'œil sur un truc.

— Quel truc ?

— L'une des photos prises par Eliza chez les Wheelock.

B.J. ferma la porte derrière eux et alluma un ordinateur. Il fit apparaître à l'écran le premier cliché où l'on voyait Vincent étalé de tout son long sur le sol de la serre.

— Tu ne remarques rien ?

Annabelle se concentra sur l'image pixélisée.

— Rien. Rien de plus en tout cas que ce matin.

— Regarde le pot en terre cuite.

— Oui ? Et alors ?

— Tu ne vois pas cette inscription sur le côté ? insista B.J.

— Maintenant que tu me la montres, oui. Ça pourrait bien être des chiffres. Mais ils sont absolument illisibles.

B.J. zooma et une autre image apparut.

— Oui, ce sont bien des chiffres, dit Annabelle, qui lut à haute voix : 41-11 8-3508 et 74-13 9-0552. Deux séries de neuf chiffres. Qu'est-ce que cela signifie ? Les seuls numéros à neuf chiffres que je connaisse sont les numéros de sécurité sociale…

— Oui, mais les espacements ne sont pas bons, la coupa B.J. Et les tirets ne sont pas non plus placés au bon endroit.

— Alors, ça me dépasse, conclut Annabelle. Et, pour être tout à fait franche avec toi, je suis tellement à court de sommeil que je n'ai pas la force de réfléchir à ce qu'ils pourraient bien signifier. Quoi qu'il en soit, poursuivit-elle en se levant de sa chaise, assure-toi que personne d'autre ne voie ces photos. Elles ne doivent pas être diffusées à l'antenne tant que nous n'avons pas l'aval d'Eliza.

21

Pendant tout le reste de l'émission, dès qu'elle n'était pas à l'écran, Eliza scrutait les moniteurs des agences de presse pour prendre connaissance des derniers détails concernant la mort de Vincent Wheelock. Un peu avant 9 heures, juste avant qu'ils rendent l'antenne, une dépêche de l'Associated Press tomba, révélant qu'une source proche du dossier confirmait que Vincent s'était bel et bien suicidé. Après en avoir informé les téléspectateurs, les incitant à suivre le prochain journal où de plus amples précisions leur seraient fournies, Eliza les salua et leur donna rendez-vous le lendemain matin.

Elle attendit ensuite le signal du réalisateur confirmant que le direct était terminé. Alors, seulement, elle ôta son oreillette, dégrafa son micro et se permit un long soupir.

— C'est quoi cette putain d'histoire de dingue ? lâcha Harry Granger à son côté. Ce mec avait tout pour lui, poursuivit-il en ramassant ses feuilles. Une belle femme, une superbe baraque, l'argent, le pouvoir... C'était quoi son problème ? Pourquoi s'est-il suicidé ? Et surtout de cette manière – comme Jésus-Christ, pas moins ? Faut vraiment débloquer ! Il était malade ?

— Je n'en sais rien, lui répondit Eliza. Hier, quand je l'ai vu, il ne m'a pas semblé dans son assiette. Mais je n'ai connaissance d'aucune maladie.

Eliza fut à deux doigts de lui raconter l'étrange monologue que Vincent lui avait tenu près de la fontaine. Mais elle se ravisa. Elle appréciait de travailler avec Harry, mais il avait parfois tendance à se montrer trop bavard. Jamais, même sous la menace d'être traduit devant la justice, il n'aurait révélé l'identité de ses sources. Mais, en interne, il n'était pas le dernier à colporter ragots et potins.

— De toute façon, on finira bien par apprendre ce qui s'est passé. Tout finit toujours par se savoir, conclut Harry.

*

Tandis qu'Eliza traversait le studio pour regagner son bureau, elle tomba sur Linus Nazareth, qui sortait de la cabine de contrôle.

— Bon, lui dit-il. Le reportage vidéo aurait pu être meilleur mais, quoi qu'il en soit, c'est cool que tu aies réussi à glisser que tu étais sur place quand Wheelock s'est suicidé...

— Je ne suis pas certaine que *cool* soit vraiment l'adjectif approprié, Linus...

— Tu vois très bien ce que je veux dire, Eliza.

— Oh oui ! L'implication totale des journalistes... La vérité coûte que coûte...

— Arrête ! Ça fait partie de notre *business*. Et tu le sais aussi bien que moi...

— Sans doute, mais il y a des limites, Linus. Laissons les Wheelock faire leur deuil en paix.

Linus la regarda avec perplexité.

— Allons, Eliza, arrête de jouer les oies blanches. Tu sais très bien que ce ne sera pas le cas.

*

Paige Tintle accueillit Eliza avec une poignée de messages lorsque cette dernière franchit la porte de son bureau.

— Nous avons reçu un appel du secrétariat de Valentina Wheelock. Les funérailles auront lieu mercredi à 11 heures en l'église Notre-Dame du Mont-Carmel, à Tuxedo.

22

Zack Underwood laçait ses chaussures de sport. Il n'avait cessé de remuer et de se retourner dans son lit toute la nuit. Il se sentait physiquement fatigué. Un long jogging de plusieurs kilomètres l'aiderait à retrouver la forme. Dès qu'il aurait commencé à courir, il pourrait de plus se vider l'esprit et oublier un moment le drame de la veille.

Qu'est-ce qui avait bien pu traverser l'esprit de Vincent ? Comment avait-il pu leur dire qu'il leur réservait une énorme surprise sachant ce qu'il s'apprêtait à commettre ?

Pendant les mois qu'avaient duré les travaux de restauration et d'embellissement de Pentimento, l'architecte avait passé un nombre incalculable d'heures en compagnie de Vincent Wheelock. L'homme était excentrique, mais c'était justement cette excentricité, doublée d'une incroyable créativité, qui avait séduit Zack. L'homme était de surcroît brillant, possédait de bonnes connaissances en architecture et des idées bien arrêtées concernant les travaux qu'il souhaitait effectuer. Du reste, certaines des modifications demandées ne furent pas faciles à exécuter. Mais Zack releva le défi, et tira par la suite une grande satisfaction d'avoir réalisé ce qui sur le papier semblait impossible.

Converser de sujets et d'autres avec Vincent Wheelock s'était également révélé un plaisir. Il avait eu une vie fascinante et appartenait à cette caste de privilégiés qui côtoyaient le pouvoir. On pouvait dire de Vincent Wheelock qu'il avait tout ce qu'un homme peut désirer.

En fermant sa veste de jogging à capuche sur le seuil de sa porte, Zack eut soudain une pensée. Et si certaines des modifications architecturales apportées à Pentimento avaient un rapport avec la mort de Vincent ?

23

Eliza, qui arpentait son bureau, s'arrêta devant une large baie vitrée qui dominait une partie de la ville. Le ciel d'octobre était bleu et sans nuages. Au-dessous, les eaux de l'Hudson s'agitaient mollement, reflétant le doux soleil matinal.

Elle n'arrivait toujours pas à décider lequel des deux espaces elle préférait occuper. Quand elle présentait « Key Evening Headlines », le soir, son bureau surplombait la salle de rédaction, et en regardant par ses fenêtres elle pouvait observer toute l'agitation qui y régnait. Une ruche où les journalistes passaient leur temps au téléphone, à s'apostropher, à s'agiter devant leur écran d'ordinateur. Les regarder la fascinait tout en lui donnant un regain de motivation.

Quand elle était retournée à la présentation de « Key to America », elle avait laissé son bureau à Anthony Reynes, son successeur, pour emménager dans celui qu'elle occupait à présent. Situé à un étage plus élevé du siège de Key News, il était moins central mais plus calme. De plus, elle bénéficiait d'une belle surface et de la lumière naturelle. La vue, qui portait jusqu'aux côtes du New Jersey, était somptueuse et apaisante. Les deux avaient leurs avantages.

Mais aujourd'hui, la vue n'avait sur elle aucun effet relaxant.

Eliza se dirigea vers la porte qui séparait son bureau de celui de sa secrétaire.

— Paige, peux-tu voir si Margo Gonzalez est là aujourd'hui, s'il te plaît?

*

— Merci d'être venue si vite, Margo, l'accueillit Eliza en lui faisant signe de prendre place sur l'un des sièges disposés autour de son bureau. Mais n'en dis rien à Linus, s'il te plaît. Il a l'impression que j'accapare la consultante médicale de la chaîne pour des problèmes d'ordre privé alors que nos discussions m'aident à y voir plus clair sur un plan professionnel. Cela dit, je dois admettre que j'aime assez l'idée d'avoir sous la main une psychiatre que je peux appeler quand bon me chante…

— Heureuse de pouvoir te rendre service, sourit Margo. En quoi puis-je t'être utile?

— Vincent Wheelock était l'un de mes amis.

Le visage de Margo s'assombrit.

— À vrai dire, je m'en doutais un peu, étant donné que tu as précisé ce matin que tu avais assisté à la soirée. Je suis vraiment navrée, Eliza.

— Et j'ai eu une conversation privée avec lui peu de temps avant qu'il ne passe à l'acte…, ajouta Eliza.

— Donc tu te sens coupable. Tu penses que tu aurais pu empêcher son geste…

— Comment as-tu deviné?

— Raconte-moi les détails, l'encouragea Margo.

Eliza lui rapporta alors leur entretien dans le parc de Pentimento.

— À un moment, Margo, il m'a avoué qu'il avait honte de sa vie, qu'il avait détruit des existences, commis des actes répréhensibles… Oui, il était manifestement troublé, mais pas une seule minute je n'ai imaginé qu'il pouvait être un candidat au suicide…

— D'après toi, lui demanda Margo, pourquoi s'est-il livré à toi?

Eliza soupesa la question.

— Sans doute avait-il confiance en moi. Il a dit que je connaissais la frontière entre le bien et le mal, et que le moment venu je saurais comment m'y prendre, j'accomplirais ce qui devrait être accompli…

— Selon toi, qu'entendait-il par là ? l'interrogea Margo. As-tu une idée de ce qui doit être accompli?

— Absolument aucune…

Margo glissa la main dans ses cheveux roux, qu'elle portait courts.

— Le suicide, Eliza, n'est jamais un acte fortuit, reprit-elle. Et vu la mise en scène élaborée dans ce cas présent, tu peux être certaine que Vincent Wheelock avait minutieusement planifié son coup.

— Je suppose que tu as raison. Il m'a dit qu'il éprouvait le besoin de se fondre dans les pas de saint François d'Assise, de suivre son exemple. Les blessures qu'il s'est infligées semblent aller dans ton sens. Il avait tout préparé. Mais pourquoi?

— Le suicide est une réponse à une question *a priori* insoluble. C'est la solution que choisit une personne qui pense que la mort est préférable au fait d'affronter ce qui dans sa vie lui semble insurmontable.

— Vincent était peut-être malade, il était peut-être en phase terminale, suggéra Eliza. Peut-être redoutait-il la souffrance, ou la déchéance physique…

— Qui sait? répondit Margo. Mais la grande majorité des suicides est due à une souffrance psychologique. La honte, la culpabilité, la peur ou encore la tristesse, poussées à leur paroxysme, sont souvent à la base d'un comportement autodestructeur. Le suicide étant évidemment la forme la plus autodestructrice qui soit.

— En y réfléchissant, poursuivit Eliza après quelques instants de silence, je me demande si Vincent n'aurait pas échafaudé un plan, un plan dont sa mort ne serait que la première phase. En y repensant, j'ai l'impression qu'il a essayé de me dire quelque chose, comme s'il m'invitait à prolonger après sa mort ce qu'il avait commencé…

24

Les ronflements de Mike avaient réveillé Annabelle. Pas sûr qu'elle parvienne désormais à se rendormir. D'autant qu'un coup d'œil au réveil lui apprit que les enfants sortiraient de l'école dans un peu plus d'une heure. Inutile donc de chercher à nouveau le sommeil. Si elle se rendormait à présent, elle serait réveillée en sursaut par leur retour. Après tout, elle avait quand même dormi quelques heures, ce qui n'était pas si mal…

Elle se leva et se dirigea vers la salle de bains, persuadée qu'un bon bain chaud lui ferait le plus grand bien. Elle ouvrit les robinets de la vieille baignoire et ajouta quelques cristaux de sels de bain à la lavande que les jumeaux lui avaient offerts pour la fête des mères. En reposant le flacon, elle constata qu'en cinq mois elle en avait à peine utilisé la moitié.

Tandis que la baignoire se remplissait, Annabelle gagna le salon. Son sac à main traînait sur le sofa à l'endroit où elle l'avait posé ce matin. Elle en sortit le magazine *US Weekly* qu'elle avait pris dans la salle de rédaction avant de partir.

Annabelle se glissa dans l'eau chaude et parfumée. Elle ferma les yeux, posa la tête contre le rebord de la baignoire et se laissa envahir par un sentiment de bien-être. Mais son esprit ne la laissa pas tranquille bien longtemps. Les images du corps de Vincent Wheelock vinrent la hanter et, malgré la chaleur de l'eau, elle se mit à frissonner.

Pour se changer les idées, elle prit le magazine qu'elle avait posé sur le sol de la salle de bains. Les doigts humides, elle le feuilleta. Elle regarda les photos des célébrités, celles qui étaient saluées par la rédaction pour l'élégance de leurs tenues, celles qui étaient au contraire raillées pour leur excentricité ou leur mauvais goût. Elle lut ensuite les potins : quelle star allait avoir un enfant, qui se séparait, qui utilisait du Botox, qui s'était fait faire un lifting… Elle jeta un coup d'œil aux photos avant d'entamer la lecture d'un article consacré à Angelina Jolie.

Annabelle ne put que s'extasier en admirant la photo en pleine page de l'actrice qui ouvrait le reportage. Sa silhouette semblait plus sculpturale que jamais, plus élancée encore qu'avant la naissance de ses enfants. Comment un tel miracle était-il possible ?

Annabelle poussa un long soupir et tourna la page. La photo suivante montrait Angelina lors d'un cocktail. Elle portait une robe bustier noire lui arrivant aux genoux. Ses longs cheveux foncés étaient ramenés d'un côté de son visage, laissant son épaule gauche, sur laquelle figurait une série de tatouages, dénudée. La légende expliquait que ces tatouages, en fait des séries de chiffres, n'étaient autres que les coordonnées géographiques des lieux de naissance de ses enfants…

Annabelle se redressa d'un coup. Elle venait de comprendre la signification des chiffres inscrits sur le pot de terre cuite auprès duquel gisait le cadavre de Vincent Wheelock.

25

Les élections de mi-mandat approchaient à grands pas, raison pour laquelle les journées du conseiller politique Peter Nordstrut étaient surchargées. Pourtant, depuis le début de la matinée, il n'arrivait pas à se concentrer sur les résultats du dernier sondage qu'il avait commandé. Son esprit ne pouvait se détacher du corps ensanglanté de Vincent Wheelock.

Peter se leva de son bureau et marcha jusqu'au miroir près de la porte. Il s'observa à travers ses lunettes à monture d'écaille. Ses cheveux blonds tirant sur le gris étaient ternes, il avait le visage bouffi et ses yeux étaient légèrement injectés de sang. Autant de signes qui ne trompaient pas : il n'avait guère dormi la nuit précédente.

Il arpenta son bureau, évitant de regarder les nombreuses photos qui tapissaient presque entièrement un pan de mur. Très nombreuses étaient celles les représentant tous les trois. Valentina, Vincent et lui à Tuxedo Park, à Albany, à Washington ou encore à Rome.

Peter avait travaillé au côté des Wheelock de très longues années. Deux ans après avoir terminé ses études de droit, il avait rejoint l'équipe de campagne de Valentina quand il avait été clair que cette dernière briguait le poste de gouverneur. Il s'était montré si précieux au cours de cette campagne qu'il fit partie de toutes les autres et devint l'un des conseillers les plus écoutés. Une belle aventure commune.

Mais, depuis que les Wheelock étaient rentrés d'Italie, la situation n'était plus la même. Peter avait d'abord cru que son imagination lui jouait des tours, avant de se rendre à l'évidence. Vincent ne le prenait plus jamais au téléphone et se gardait bien de le rappeler. Pis, il évitait soigneusement toute occasion de le rencontrer. À tel point que Peter fut surpris de recevoir une invitation pour cette soirée en l'honneur de saint François d'Assise. Soirée qu'il attendit avec impatience.

Maintenant, avec un peu de recul, il suspectait Vincent de l'avoir convié dans le seul but d'assister au drame. Une sorte de vengeance posthume pour le punir d'avoir commis autant d'actes répréhensibles ?

Peter marcha jusqu'au drapeau américain qui trônait dans un coin de la pièce et entreprit de compter les étoiles blanches. Il perdit le fil et s'obligea à recommencer.

Que se passe-t-il, Peter? Tu as besoin d'aide.

Il était hors de question qu'il aille voir un psy pour soulager sa conscience. Bien que prétendument protégés par le secret médical, les dossiers d'un médecin pouvaient toujours être saisis en cas de décision judiciaire. Et Peter ne pouvait prendre le risque que ce qu'il révélerait soit un jour étalé au grand jour. Si déballage public il devait y avoir, il ne s'en relèverait pas.

Où trouver de l'aide? Qui peut m'apporter un soulagement?

Instinctivement, il demanda à son assistante de ne lui passer aucun appel. Puis il composa le numéro des renseignements pour obtenir celui du presbytère du Mont-Carmel, à Tuxedo Park. Quand la secrétaire de la paroisse décrocha, il demanda à parler au père Michael Gehry.

Quand ce dernier prit la communication, Peter ne se présenta pas.

— Mon père, je ne suis pas pratiquant, mais j'éprouve le besoin de me confesser. Je connaissais Vincent Wheelock et sa mort m'a fait remarquer que je dois me mettre en paix avec le Seigneur. Vincent me disait toujours que la confession lui apportait un réel réconfort spirituel. J'ai besoin d'aide, mon père. J'ai besoin d'être pardonné.

— Je peux bien évidemment vous entendre en confession, mon fils. Voulez-vous que nous convenions d'un rendez-vous?

— Avant cela, mon père, je voulais m'assurer d'un point.

Peter sembla chercher ses mots avant de poursuivre :

— Est-il exact que tout ce que vous entendez reste dans le secret de l'isoloir ?

— C'est tout à fait vrai.

— C'est ce que j'avais entendu dire... Mais imaginez qu'un acte répréhensible par la loi ait été commis, ne seriez-vous pas tenté d'en parler pour que le coupable soit arrêté ?

— Non, mon fils. Le secret de la confession est inviolable. Je me contenterais de prier pour que ce coupable prenne lui-même la bonne décision.

Peter médita un instant les paroles du prêtre. Puis lui vint à l'esprit que Vincent avait sans doute déjà parlé au père Gehry de ses agissements. Si tel était le cas, il lui fallait longuement réfléchir. Ne pas se précipiter...

— Je vous remercie, mon père, de m'avoir accordé un peu de votre temps. Mais j'ai changé d'avis. Je ne vais pas venir vous voir dans l'immédiat.

*

Le père Gehry regarda l'écran de son téléphone et reconnut le nom de celui qui venait de l'appeler.

Vincent Wheelock lui avait parlé à plusieurs reprises de Peter Nordstrut. Aussi le père Gehry comprenait-il à quel point ce dernier devait éprouver le besoin de se confesser, de soulager sa conscience...

26

La berline s'arrêta devant une maison de style colonial.

— À demain, Charlie, lança Eliza à son chauffeur qui venait de la raccompagner.

Eliza se sentit fatiguée en remontant lentement l'allée d'ardoise qui menait au perron. La voiture des agents de sécurité n'était pas là, preuve que Janie était encore à l'école.

Une fois à l'intérieur, Eliza salua Mme Garcia, discuta avec elle du menu du soir, puis gagna l'étage afin de se débarrasser de l'épaisse couche de maquillage nécessaire pour passer à la télévision. Elle prit une douche et enfila un pantalon de survêtement bleu surmonté d'un T-shirt à manches longues de l'université de Rhode Island. Elle n'en avait pas vraiment envie, mais un peu d'exercice lui ferait du bien et l'aiderait plus tard à trouver le sommeil.

Elle rejoignit la pièce qu'elle avait convertie en salle de gymnastique, laquelle contenait un tapis de course, quelques haltères, un petit trampoline et un écran plasma. Elle sélectionna un DVD qu'elle introduisit dans le lecteur. En attendant que le professeur de yoga apparaisse, elle déplia son tapis de gym et s'allongea sur le sol. Elle se laissa ensuite guider et effectua les différents étirements et exercices proposés. Les dernières minutes de la leçon étaient consacrées à une séance de relaxation et de méditation. Eliza essaya en vain de trouver le calme et la paix intérieure. Son esprit ne parvenait pas à se concentrer sur la voix pourtant apaisante du professeur de yoga, mais revenait sans cesse au suicide de Vincent.

— Je suis rentrée, maman.

Entendre la voix de sa fille mit un terme à ses idées sombres.

— Je suis en haut, mon cœur, lui répondit-elle en se relevant.

Janie monta l'escalier en courant, se rua dans la pièce et vint se jeter dans les bras de sa mère. Après un long baiser, Eliza lui demanda :

— Comment ça s'est passé à l'école ?

— Très bien. Mme Wojciezak nous a donné le calendrier d'octobre, dit-elle en sortant de son sac à dos une feuille de couleur orange. Et tu sais, quoi? Halloween a lieu dans quelques semaines! On va organiser une fête à l'école!

— Oh, oh! Je suppose qu'il va donc bientôt falloir penser à ton costume. As-tu déjà une idée?

— Je ne sais pas encore. Je pensais me déguiser en Dorothy, tu sais dans *Le Magicien d'Oz*. À moins que je choisisse Glinda, la gentille sorcière, même si c'est l'Épouvantail que je préfère…

— Que des bonnes idées, approuva Eliza en souriant. Mais tâche de te décider rapidement, histoire qu'on n'ait pas à tout préparer à la dernière minute.

Eliza roula le tapis de gym, qu'elle posa dans un coin. Puis, elle voulut savoir si Janie avait des devoirs.

— Juste une récitation à apprendre.

— Tu veux qu'on s'y mette tout de suite? proposa Eliza qui n'était pas certaine de veiller bien longtemps après le dîner.

— Oh, non! Je viens à peine de rentrer après une longue journée d'école. J'ai besoin de décompresser, lui répondit Janie avec un tel sérieux qu'Eliza ne put s'empêcher d'éclater de rire.

— Tu as raison, mon cœur. Tout le monde a besoin d'une pause. Allons voir ce que Mme Garcia a préparé pour le goûter.

Elles étaient toutes deux assises dans la cuisine à déguster des cookies tout juste sortis du four quand Janie aborda le sujet qui, visiblement, lui tenait à cœur.

— La famille de Rachel va le week-end prochain à Hershey Park. Et ils vont dormir sur place.

— Ils en ont de la chance! Il faudra qu'on y aille un jour, nous aussi.

— Rachel veut que je vienne avec elle, poursuivit Janie, qui marqua une pause pour observer la réaction de sa mère. Je peux y aller, maman ? Dis, je peux ?

Eliza ne put s'empêcher de repenser à l'enlèvement de sa fille. Depuis l'heureuse issue de cet épisode traumatisant, Janie n'avait pas passé une nuit ailleurs que dans son lit, et Eliza faisait en sorte de consacrer la majeure partie de son temps libre à sa fille. Que Janie souhaite passer un week-end loin de chez elle en compagnie d'une petite amie était bon signe. Mais Eliza, elle, n'était pas certaine d'être encore prête à laisser la fillette s'éloigner.

— Tu te rappelles que samedi on doit emménager dans notre nouveau petit cottage ? lui demanda Eliza. Ça ne te fait pas plaisir ?

— Si, maman. Mais tu m'as dit qu'on pourrait y aller tous les week-ends. Là, c'est le seul week-end où je peux aller à Hershey Park avec Rachel…

27

Valentina Wheelock se tenait dans le dressing de feu son époux et regardait sans les voir tous ses costumes méticuleusement pendus à des cintres.

Comment Vincent a-t-il pu commettre un tel geste ? Comment a-t-il pu nous infliger cela ?

D'aussi loin que remontaient ses souvenirs, Vincent avait toujours été présent dans son existence. Elle le connaissait depuis qu'elle était petite fille. De cinq ans son aîné, il était intelligent, sûr de lui et bénéficiait d'une belle cote de popularité au sein de Tuxedo Park. Parfois, les filles ont un coup de cœur… Mais il lui fallut attendre un certain temps, avant que la différence d'âge de cinq ans ne soit plus un obstacle. Elle se souvenait encore de ses premiers émois, quand Vincent commença à s'intéresser à elle.

À partir de ce moment, ils ne s'étaient plus quittés et avaient tout partagé : un mariage pour commencer, la naissance de leur fils après de très nombreuses tentatives infructueuses, l'ascension professionnelle, les triomphes politiques, quelques rares échecs, une vie passée dans l'arène publique, une vie privée ponctuée, comme tout un chacun, de disputes mémorables, mais qui aident à cimenter un couple… Bref, après leur retour d'Italie, Valentina n'imaginait pas qu'ils ne vieilliraient pas ensemble dans cette demeure.

Oh, Vincent, comment ai-je pu me tromper à ce point?

Elle décrocha une des vestes de son mari et la porta à son visage. En sentant l'odeur si familière dont était imprégné le tissu, elle ne put retenir ses larmes.

— Laisse-moi t'aider, Valentina.

Valentina se raidit.

— Tu sais très bien que je n'aime pas que tu m'appelles ainsi, Russell. J'y vois un manque de respect, dit-elle en regardant son fils dans les yeux. Appelle-moi simplement mère, ou maman.

Russell Wheelock mit un bras autour des épaules de sa mère et l'entraîna fermement vers la chambre, où il la guida vers un fauteuil. Il retourna dans le dressing de son père, prit un mouchoir blanc dans l'un des tiroirs et le lui tendit.

— Tiens, lui dit-il.

Valentina s'en saisit et s'essuya les yeux.

— Pourquoi ne me laisserais-tu pas choisir la tenue de papa? lui suggéra-t-il.

— Oui, bonne idée. Merci, Russell.

Il passa les différents costumes en revue avant de restreindre le choix à deux d'entre eux : l'un en soie bleu marine, l'autre gris à fines rayures anthracite.

— Lequel te semble le mieux convenir ?

— Le bleu, répondit-elle en reniflant. Il l'avait fait faire à Rome peu de temps avant notre départ. Il l'adorait.

Russell alla remettre le costume gris dans la penderie et étala le bleu sur le lit. De retour dans le dressing, il choisit une chemise blanche, une cravate beige et bleu de chez Marinella et une paire de mocassins italiens noirs en cuir souple. Puis il effectua un dernier aller-retour pour choisir les sous-vêtements.

— Faut-il lui mettre une montre ? s'enquit Russell.

— Je n'en vois vraiment pas l'utilité. Et puis il faut que tu conserves ces souvenirs de ton père, Rusty. Je te suis reconnaissante d'être auprès de moi, lui dit-elle en l'observant placer les affaires de Vincent dans un sac de voyage. Ta présence m'est d'un grand soutien, merci, mon chéri.

Russell détourna le regard.

— Qu'y a-t-il ? lui demanda Valentina.

— Je ne vais pas pouvoir rester. Il faut que je retourne en ville, mère.

Elle le regarda d'un air perplexe.

— Tu sais bien que j'ai cours lundi, mercredi et vendredi. J'ai déjà manqué ceux d'aujourd'hui et je manquerai aussi ceux de mercredi à cause des funérailles. Il faut que j'emprunte les notes d'un de mes camarades et que je rattrape mon retard.

— Je suis certaine que tes professeurs se montreront compréhensifs, mon chéri.

— Mère, je t'en prie ! Il faut que j'y aille. Lundi prochain est férié, ce qui me donnera l'occasion de passer ici un long week-end.

— Mais quelqu'un ne pourrait-il pas t'envoyer ses notes par mail ? insista Valentina.

Russell ferma les yeux et prit une longue inspiration.

— Je sais ce que j'ai à faire, siffla-t-il entre ses dents. Essaie de te mettre à ma place, pour une fois. Si je veux intégrer une prestigieuse université et suivre des cours de droit pour avoir l'avenir politique que, selon toi, je mérite, je n'ai pas le choix ! Les études doivent être ma priorité.

Valentina laissa échapper un soupir, mais se garda bien de le contredire. Inutile de le braquer, d'autant qu'il montrait déjà des signes d'énervement.

— Bien sûr, mon chéri. Tu as raison.

Une fois que Russell fut parti, Valentina prit le sac de voyage contenant les vêtements de son mari pour l'apporter à l'entreprise de pompes funèbres. En quittant la chambre, Valentina se dit que son fils, malgré son envie, n'était sans doute pas taillé pour une carrière politique.

MARDI 6 OCTOBRE

28

Personne ne ferme jamais à clé dans le parc. S'introduire à l'intérieur serait un jeu d'enfant. Et, par la suite, n'importe qui ferait figure de suspect.

Il fallait en finir avec cette fouineuse avant qu'elle ne raconte ce qu'elle avait entendu.

Et ce matin semblait le moment propice.

29

Le taxi déposa Annabelle devant l'entrée du siège de Key News. Elle poussa les lourdes portes tambours et pénétra dans le hall. Elle leva les yeux vers l'horloge murale qui indiquait 2 h 15. Mon Dieu ! Elle passa ensuite son badge sur la cellule photoélectrique du tourniquet pour pouvoir accéder aux locaux.

— Bonjour, Herman, lança-t-elle au gardien de nuit qui faisait les cent pas. Comment ça va ?

— Très bien, je vous remercie.

— Il va falloir qu'on mette un terme à nos petites rencontres nocturnes, lui dit-elle en plaisantant. Et le plus vite sera le mieux. Je suis folle de vous, Herman, mais nous n'allons plus nous voir. Du moins avant un bon moment, je l'espère…

Le gardien afficha un large sourire.

— Eh oui, toutes les bonnes choses ont une fin. Cette nuit est ma dernière avant longtemps. À partir de demain, je reprends un rythme normal.

— Tant mieux pour vous, lui répondit Herman. Tant pis pour moi…

Comment fait-il pour être constamment de bonne humeur malgré les horaires qu'il effectue ?

Une fois dans la salle de rédaction, elle posa son manteau et son sac sur une chaise puis alluma son ordinateur pour consulter son planning quotidien. Aucune urgence. Rien qui ne puisse attendre une quinzaine de minutes. Elle se dirigea alors vers les ascenseurs pour rejoindre B.J. dans la salle de montage.

Ce dernier se trouvait au même endroit que la veille quand elle l'avait quitté. Il était seulement adossé à sa chaise, les pieds sur le bureau, et remplissait une grille de Sudoku.

— En pleine activité, à ce que je vois ! lui lança Annabelle.

— Regarde, dit-il fièrement en lui tendant le journal. Ça m'a pris moins de dix minutes.

— Quel génie ! Mais figure-toi que moi aussi je mérite ce titre. J'ai résolu un problème bien plus ardu que le tien, lui dit-elle, un sourire satisfait aux lèvres.

— Ah, bon ! Et lequel ?

— Les chiffres sur le pot en terre cuite près du cadavre de Vincent Wheelock. Regarde ! l'intima-t-elle en lui tendant le magazine ouvert à la bonne page.

— Joli brin de femme, siffla B.J.

— Regarde son bras. Son bras !

— Fin, bronzé, tatoué…

— C'est bien de ça dont il s'agit. Les tatouages. Regarde les tatouages de plus près, lui dit Annabelle avec excitation.

B.J. se pencha sur la photo et lut la légende.

— Alors, t'as compris ? Ces tatouages donnent les coordonnées géographiques des lieux de naissance de ses enfants. Les chiffres sur le pot de la serre sont sans doute la latitude et la longitude d'un endroit bien précis, conclut-elle avec enthousiasme.

— Voyons voir ça, dit B.J. en faisant apparaître à l'écran les deux séries de neuf chiffres inscrits sur le pot en terre cuite. 41-11 8-3508 et 74-13 9-0552, lut-il à haute voix. Je n'y connais pas grand-chose, mais ça ne ressemble pas à des indications de latitude ou de longitude. Navré.

— Effectue une recherche sur Internet, insista Annabelle, qui ne voulait pas s'avouer vaincue.

Après quelques minutes, ils découvrirent que ces deux combinaisons de chiffres donnaient la position d'un lieu précis. Un endroit situé dans Tuxedo Park.

30

La sonnerie du réveil déchira le silence, arrachant Eliza à un sommeil profond. Elle émit un grognement en rampant sous les draps pour aller l'éteindre, puis s'enroula de nouveau dans sa couette en attendant de trouver la force de se lever.

4 h 30. Qui était debout à 4 h 30 ? Des infirmières, des pompiers, des policiers, les boulangers, des serveuses travaillant dans des *diners* ouverts vingt-quatre heures sur vingt-quatre… Et beaucoup d'autres encore. Le monde des médias n'arrêtait lui non plus jamais de tourner, et c'est ce métier qu'avait choisi Eliza.

De quel droit osait-elle se plaindre ? C'est elle qui avait demandé d'occuper à nouveau la tranche d'information matinale de Key News. Et son salaire n'était sans aucune mesure comparable à celui de tous ceux qui étaient obligés de travailler de nuit. Elle gagnait extrêmement bien sa vie.

Quand le téléphone sonna, elle se précipita et décrocha avant la seconde sonnerie. Elle savait qui était au bout du fil.

— Salut, toi, dit-elle d'une voix encore ensommeillée.

— Bonjour, chérie, lui répondit Mack. Comment vas-tu ce matin?

— Bien mieux, maintenant que j'ai entendu ta voix.

— J'aimerais être près de toi.

— Moi aussi, répliqua Eliza en serrant son oreiller entre ses bras. Quoi de neuf dans cette vieille Angleterre?

— Eh bien les spécialistes s'accordent à dire que notre président s'en sort plutôt bien. Je suis du reste en train de finir mon papier pour ton émission.

— Voilà qui est fort aimable de votre part, très cher.

— Toujours là pour vous servir, madame. À ce propos, en parlant de te servir, que dirais-tu si je rentrais ce week-end afin que nous établissions une liste de tout ce qui te ferait plaisir dans les jours, les semaines, les mois à venir?

Eliza sourit dans le noir à la perspective de le voir. Et si Janie partait en week-end avec les Cohen, Mack et elle pourraient profiter en amoureux de son nouveau cottage de Tuxedo Park.

— Tu sais quoi? Je saute du lit et je commence aussitôt cette liste.

*

Ses cheveux étaient encore humides quand elle pénétra dans le hall de Key News. Elle marchait d'un bon pas et le gardien appuya sur un bouton pour libérer les portes sans qu'elle ait à sortir son badge. Elle le remercia et fila directement vers la salle de maquillage.

Ruthie Pointer l'attendait pour s'occuper de sa coiffure. Eliza enfila une blouse de nylon et s'installa sur le siège. Tandis que Ruthie travaillait ses mèches, qui lui arrivaient aux épaules, Eliza prit connaissance du déroulé de l'émission.

Puis ce fut au tour de Doris Brice, la maquilleuse. Comme à son habitude, Doris était vêtue de manière excentrique et criarde. Ce matin-là, elle portait une combinaison zébrée et des baskets Chanel. Elle lui appliqua une couche de fond de teint et du blush avant de s'attaquer à ses yeux. Doris n'avait pas son pareil pour mettre en valeur les yeux bleus d'Eliza, qui à l'écran attiraient comme des aimants.

— Alors, que penses-tu du résultat ? lui demanda Doris en admirant son chef-d'œuvre.

Eliza leva les yeux et s'observa dans le miroir.

— J'ai vraiment l'air fatigué, constata-t-elle. Mais ça ira mieux ce week-end.

— Il faut dormir, c'est important pour avoir une belle peau, la sermonna Doris.

— Oui, maman, je vais m'efforcer de dormir plus longtemps, lui répondit Eliza, dont les yeux tombèrent alors sur le *Daily News* de la veille, qui traînait sur une console.

— Quelle drôle d'idée, commenta Doris, qui avait suivi son regard. Moi, si je devais me suicider, je laisserais tourner le moteur de ma voiture dans un garage hermétiquement clos. Il paraît que le monoxyde de carbone laisse une peau rose et le teint éclatant.

*

Annabelle et B.J. attendaient Eliza sur le plateau de « Key to America ».

— On a quelque chose à te montrer, lui dit aussitôt B.J. quand il l'aperçut. Tu peux descendre avec nous un instant en salle de montage ?

Eliza regarda l'horloge du studio. Quinze minutes avant la prise d'antenne.

— D'accord, mais on se dépêche.

Tandis qu'ils prenaient l'escalator, Annabelle la mit au courant de leur découverte.

— Je n'avais pas remarqué ces chiffres, avoua Eliza.

— Comment aurais-tu pu les apercevoir ? Tu avais sous les yeux un macchabée lardé de cinq coups de couteau…

— Visiblement, ils n'ont pas échappé à tout le monde…

— Figure-toi que c'est B.J. en personne qui les a découverts ! précisa Annabelle en feignant l'incrédulité. Il a alors zoomé pour qu'on puisse les lire.

— Mais c'est toi qui en as déchiffré la signification. Comme quoi ton addiction pour la presse people se sera finalement révélée utile !

— Vous arrêtez de vous chamailler tous les deux ! leur intima Eliza alors qu'ils entraient dans la salle de montage. Allez, faites-moi voir.

B.J. alluma l'écran. Eliza regarda les deux séries de neuf chiffres.

— Je donne ma langue au chat. Dites-moi.

— Il s'agit des coordonnées d'un lieu situé dans Tuxedo Park, très précisément sur West Lake Road.

— En un sens, c'est logique. C'est là qu'est située la propriété des Wheelock.

B.J. secoua la tête.

— Regarde cette carte, Eliza. C'est une vue aérienne des demeures de West Lake Road. Celle-ci, c'est celle des Wheelock, dit-il en pointant l'une des plus imposantes de toutes. Mais l'endroit qui nous intéresse est situé ici, un peu en contrebas, là où la route s'achève, près du lac. Et, à cet endroit, il n'y a aucune maison.

— C'est étrange, n'est-ce pas? s'exclama Annabelle. Peut-être devrais-tu en parler ce matin?

— Non, il est encore bien trop tôt pour évoquer cette piste à l'antenne. Voyons d'abord si elle nous mène quelque part.

31

Après avoir pris sa douche et s'être préparée dans son petit studio situé au sous-sol de la maison, Eunice gagna la cuisine par l'escalier de service. Elle alla ensuite dans l'entrée, ouvrit la porte qui n'était jamais fermée à clé et ramassa le journal que le livreur avait déposé sur le paillasson. De retour à la cuisine, elle ôta le *New York Times* de son emballage plastique, l'étala sur la table et commença à en parcourir la une. Le suicide de Vincent Wheelock faisait encore les gros titres, même s'il avait été relégué en bas de page.

Elle se demanda si elle ne risquait pas de perdre son emploi. Que se passerait-il si Mme Wheelock décidait de quitter Pentimento, trouvant trop difficile d'y habiter seule? Eunice espérait qu'elle ne choisirait pas cette solution. Mme Wheelock était une employeuse agréable et généreuse. Eunice avait de plus besoin de ce salaire, dont une bonne partie était envoyée chaque mois à Trinidad pour aider sa famille restée sur place.

Pour éviter de trop gamberger, Eunice résolut de s'activer. Elle prit un paquet de café dans le placard et mit la bonne dose de grains dans le moulin. Tandis que la machine les réduisait en poudre, elle sortit le beurre du réfrigérateur afin qu'il ramollisse.

Mme Wheelock n'avait quasiment rien avalé depuis dimanche soir. Aussi Eunice avait-elle décidé de lui préparer un copieux petit-déjeuner. Elle mit la machine à café en marche et coupa une orange en deux. Elle était en train de la presser quand elle sentit une présence dans son dos. Elle sursauta et se retourna vivement. Voyant qui était là, elle plaça les mains sur sa poitrine.

— Vous m'avez fait peur, dit-elle.

— Telle n'était pas mon intention.

— C'est juste qu'il est si tôt, se justifia Eunice. Et je n'attendais la visite de personne. Que puis-je pour vous?

— Pour commencer, je prendrais volontiers une tasse de café.

Eunice posa le sucre et le lait sur la table. Ses mains tremblaient quand elle remplit la tasse de liquide noir et fumant.

— Voilà, dit-elle en la lui apportant.

— Je te remercie.

— Je vous en prie, répondit-elle, tendue, attendant une éventuelle requête.

— Vaque à tes occupations. Ne fais pas attention à moi. Et puis, on peut très bien bavarder pendant que tu travailles…

Eunice se dirigea vers le réfrigérateur, dont elle sortit des œufs, du jambon et des poivrons. Elle les aligna sur le plan de travail et alla chercher deux oignons.

— Que prépares-tu?

— Une *frittata.*

— Rien que le nom est alléchant

Eunice eut un bref sourire.

— Tu sais, Eunice, il va falloir que nous ayons une petite discussion, toi et moi.

L'employée de maison haussa les épaules.

— À quel sujet?

— Allons, Eunice! Je sais que tu étais derrière la porte du bureau de Vincent le jour où j'ai eu une certaine conversation avec lui... Et ne te donne pas la peine de nier, s'il te plaît!

Eunice garda le silence.

— Tu as donc tout entendu et tu sais de quoi je suis coupable, de quoi je suis capable... La question, à présent, est de savoir si tu vas en parler ou si tu sauras tenir ta langue.

Après une courte hésitation, l'employée de maison détourna le regard et balbutia à voix basse:

— Je... Je ne dirai rien à personne...

— Comment être sûr que tu me dises la vérité? Comment être certain que tu ne parleras pas? Jamais!

— Pa... parce que mentir est un péché..., répondit-elle, hésitante.

— Mais ce n'est sans doute pas un péché aussi grave que celui que j'ai commis, n'est-ce pas?

Eunice se tut.

— Réponds-moi! Ce dont je me suis rendu coupable est inqualifiable, n'est-ce pas?

Le ton devenait plus dur, menaçant, et Eunice se contenta d'approuver de la tête.

— Tu es quelqu'un de très croyant, Eunice, je me trompe? Tu vas à l'église très régulièrement et tu pries souvent?

— Oui, souffla-t-elle. J'essaie de mon mieux.

— Alors explique-moi comment une personne croyante, une personne qui croit en Dieu, pourrait ne pas révéler ce qu'elle sait à mon sujet? Comment en ton âme et conscience peux-tu ne pas aller trouver la police pour lui dire ce que tu sais?

Eunice se contenta de baisser le regard.

— C'est bien ce que je pensais! Tu seras incapable de garder mon secret...

L'employée de maison recula de deux pas, terrifiée par ce regard brûlant de haine qui plongeait dans le sien. Alors elle se mit à courir et se précipita vers la porte qui menait au sous-sol mais, au moment où elle s'apprêtait à descendre la première marche, elle sentit deux mains qui la poussèrent violemment.

Elle perdit l'équilibre et dévala l'escalier la tête la première. Les yeux fermés, elle sentit son corps rebondir sur chaque marche, encore et encore, avant d'atterrir lourdement. Elle gisait sur le sol de béton froid et dur, percluse de douleur mais toujours en vie, quand elle entendit les pas qui descendaient en faisant lourdement craquer les marches de bois.

Il n'y avait aucun endroit où se cacher. Eunice n'avait pas non plus la force ni le temps de se relever pour se remettre à courir. Aussi décida-t-elle de garder les yeux fermés, de ne plus bouger et de maîtriser sa respiration, consciente que sa seule chance d'en réchapper était de faire comme si elle était déjà morte.

Elle sentit une présence au-dessus d'elle.

— Bien essayé, Eunice! Mais ça ne prend pas...

Eunice ouvrit les yeux et commença à prier au moment où l'un des oreillers de sa propre chambre s'abattit sur son visage.

32

— Tu en as mis un de ces temps ! Où étais-tu passé ? demanda Felicity à son mari quand elle entendit la porte de l'appartement se refermer. Combien d'heures te faut-il pour aller au village acheter une bouteille de jus d'orange ? Une éternité ?

— Felicity, s'il te plaît ! l'implora Fitzroy. Arrête d'être toujours sur mon dos. Tous les clients de l'épicerie m'ont posé des questions sur la mort de Vincent, et je n'arrivais pas à m'en dépêtrer... Mais prenons plutôt notre petit-déjeuner.

L'appartement situé au-dessus du Club des cravates noires n'était pas des plus spacieux. De la table de la salle à manger, les Heavener pouvaient aisément regarder la télévision située dans le salon adjacent.

Comme chaque matin, le couple prenait son petit-déjeuner en suivant « Key to America ».

— Et dire que nous discutions avec Eliza Blake au moment même où le pauvre Vincent se donnait la mort, dit Felicity. C'est tout bonnement incroyable. Je n'arrive toujours pas à y croire !

— Chut ! lui intima son mari. Écoutons ce qu'elle a à nous dire aujourd'hui.

Eliza regardait la caméra droit dans les yeux et, bien qu'elle lût son texte sur un prompteur, les téléspectateurs avaient l'impression qu'elle s'adressait directement à eux.

— Alors que l'onde de choc suscitée par le suicide de Vincent Wheelock commence à s'atténuer, tout le monde cherche à présent à comprendre les raisons de son geste et s'interroge sur les motivations d'une telle mise en scène. Pour essayer d'y voir plus clair, commençons par la définition du mot stigmate.

Plusieurs représentations de chefs-d'œuvre de la Renaissance figurant le Christ en croix défilèrent à l'écran.

— Le mot stigmate vient du grec *stigma*, qui signifie piqûre. Aujourd'hui, les stigmates désignent les cicatrices ou les marques laissées par une plaie. Mais, pour le monde chrétien, les stigmates sont les traces des cinq plaies infligées à Jésus-Christ au cours de sa crucifixion. Dans l'histoire du christianisme, plusieurs personnes ont par la suite eu des plaies identiques à celles du Christ. Pour l'Église, elles étaient le signe de Dieu, le signe que ces personnes étaient saintes…

Un nouveau tableau, montrant un moine en robe de bure, apparut à l'écran.

— Douze siècles plus tard, François d'Assise a lui aussi développé des plaies identiques à celles du Christ, ce qui fait de lui le premier des stigmatisés connus. On sait que, contrairement à celles de saint François d'Assise, les plaies de Vincent Wheelock ne sont pas apparues de manière mystérieuse et inexplicable. Il se les est lui-même infligées dimanche soir, chez lui, lors d'une soirée qu'il donnait précisément en l'honneur du saint d'Assise, le fondateur de l'ordre franciscain, sans doute l'une des figures les plus respectées dans l'histoire du catholicisme. Connu pour son amour de la nature, il avait fait vœu de pauvreté et n'avait cessé d'exhorter ses contemporains à aider leurs prochains.

La même vidéo que celle de la veille, où l'on voyait Eliza, Valentina et Vincent Wheelock déambuler dans les jardins de l'ambassade de Rome, fut de nouveau diffusée.

— Vincent Wheelock n'a jamais caché qu'il avait voué une dévotion particulière pour François d'Assise lors de son séjour en Italie, quand son épouse occupait le poste d'ambassadrice. À leur retour aux États-Unis, Vincent Wheelock s'était consacré corps et âme à la rénovation de la demeure familiale de son épouse située à Tuxedo Park, dans l'État de New York. Il avait décidé de la rebaptiser Pentimento, terme d'origine italienne qui désigne l'altération d'une peinture laissant apparaître les traces d'une œuvre antérieure, montrant ainsi que l'artiste a changé d'idée en cours de route. Bon nombre d'invités, dimanche dernier, découvraient pour la première fois la propriété entièrement restaurée, et tous furent unanimes pour saluer la beauté du lieu.

Après une vue aérienne du domaine, Eliza revint à l'écran.

— La manière et les circonstances de la mort de Vincent Wheelock posent question. Vincent Wheelock a-t-il essayé de nous envoyer un message ? Lequel ? A-t-il voulu se repentir d'un acte commis dans le passé ? Aurait-il agi différemment si l'occasion lui avait été donnée de tout recommencer de zéro ?

*

Quand retentit le générique des publicités, Fitzroy Heavener se tassa sur sa chaise, toute couleur ayant quitté son visage. Il trouvait difficilement sa respiration quand le téléphone sonna. Sa femme décrocha.

— Felicity ? C'est Valentina.

— Oui, ma chérie. Comment te sens-tu ce matin ?

— Bien. Enfin, je suppose…, lui répondit-elle d'une voix faible. Pour tout dire, je n'ai pas encore réussi à m'extraire de mon lit. J'espère que je ne vous réveille pas, au moins…

— Non, rassure-toi. Fitzroy et moi sommes debout depuis un bon moment, déjà.

— Je préfère ça. Je vous appelais parce que l'idée m'est venue au milieu de la nuit. Ce serait formidable si Fitzroy acceptait de dire quelques mots, demain, lors des funérailles. Après tout, Fitzroy était le plus vieil et le plus proche ami de Vincent.

Felicity regarda son mari et lui fit signe de venir prendre la communication, mais celui-ci, d'un geste de la main, lui signifia qu'il en était hors de question.

— Je suis sûre que Fitzroy sera extrêmement touché que tu aies pensé à lui, Valentina. Il est légèrement indisposé pour le moment, mais il te rappelle au plus vite, d'accord?

Après avoir raccroché, Felicity regarda son époux d'un air perplexe.

— Pourquoi as-tu refusé de lui parler?

— Ça me regarde, rétorqua-t-il sans aucune autre explication.

— Elle souhaite que tu prennes la parole lors de la messe de funérailles.

Fitzroy se gratta le cou.

— Bon, je suppose que je n'ai pas le choix... Valentina a-t-elle précisé si Vincent serait enterré ou incinéré?

— Enterré, m'a-t-elle dit.

— Dieu merci, marmonna-t-il. Poussière, tu redeviendras poussière. J'ai toujours préféré la poussière aux cendres...

33

Cleo s'était réveillée plus tard que d'habitude, ce qui avait laissé à son père le temps d'accomplir quelques tâches ménagères. Mais, à présent, ils n'avaient plus une seconde à perdre pour se préparer.

Cleo renversa le paquet de céréales et les pétales de maïs se répandirent sur le sol de la cuisine.

— Je suis désolée, papa. Je suis désolée.

Clay soupira de lassitude et fut incapable d'esquisser le moindre sourire sur son visage buriné – en grande partie par les soucis.

— Ce n'est rien, ma chérie, lui dit-il.

Il termina de boutonner sa veste d'officier de police et alla chercher le balai dans le placard des toilettes. J'aurais tout intérêt à le laisser dans un coin de la cuisine…, pensa-t-il. Cleo était d'une maladresse extrême et passait son temps à renverser ou à casser tout ce qu'elle touchait. D'habitude, il ne lui en voulait pas ; ce n'était pas sa faute. Et Cleo se montrait si contrite chaque fois qu'il ne se sentait pas le cœur de l'accabler davantage en lui adressant des reproches. Aujourd'hui, il dut se contenir pour ne pas exploser.

Tandis qu'il balayait les céréales, Clay se demanda pourquoi il n'avait toujours pas complètement accepté que sa fille fût attardée mentale. Il avait pris acte du départ de sa femme, la mère de Cleo, alors que cette dernière était âgée de six ans. Il s'était résolu à l'élever seul au cours des seize années suivantes, ce qui ne lui avait pas paru insurmontable. Mieux, il s'était mis à aimer sa fille comme jamais il ne se serait cru capable de pouvoir l'aimer. Mais, quand il voyait des jeunes gens de l'âge de Cleo se livrant à des activités qu'elle ne pourrait jamais pratiquer, il se sentait empli de tristesse.

La vie était injuste. Il était injuste que Cleo ait vu le jour pour mener une telle existence. Elle ne pourrait jamais conduire, aller à l'université, se marier, avoir des enfants…

Clay s'en était ouvert au père Gehry, mais le prêtre lui avait objecté que Cleo était un cadeau de Dieu. Clay n'avait pas pu le contredire ; elle était effectivement le plus beau cadeau que la vie lui ait offert. Mais qu'en était-il pour elle ?

— Enfile ton manteau, ma puce. Le minibus va bientôt arriver.

Il l'aida à remonter la fermeture éclair de son coupe-vent et lui tendit le sac contenant les sandwichs qu'il lui avait préparés.

— Qu'est-ce que c'est?

— Fromage et jambon, lui répondit Clay.

C'était tous les jours fromage et jambon, les seuls sandwichs qu'elle aimait… Un large sourire éclaira son visage à l'idée que ce midi, à l'atelier, elle mangerait ses sandwichs préférés. Comme hier, comme demain…

Demain.

Demain auraient lieu les funérailles.

Clay eut une pensée pour Russell Wheelock, de deux ans le cadet de Cleo. Quand ils étaient tous deux enfants, Valentina et Vincent insistaient pour qu'ils jouent ensemble. Même si, en réalité, seul Russell s'amusait, Cleo se contentant de le regarder.

Désormais, Rusty était orphelin de père.

C'était triste pour lui, mais, pour Clay, la mort de Vincent était un soulagement. Une personne de moins était au courant de ce qui s'était passé il y a si longtemps

34

Le café était prêt, une tasse vide traînait sur la table, mais la cuisine était déserte. Valentina appela Eunice mais n'obtint aucune réponse. Elle parcourut les pièces du rez-de-chaussée sans la trouver. Sans doute était-elle à l'étage à faire le ménage, ou bien à la cave pour mettre en route une lessive. Valentina n'eut pas le courage de partir à sa recherche. De toute façon, elle finirait bien par réapparaître tôt ou tard.

Valentina prit une profonde inspiration, rassembla son courage et ouvrit la porte en bois massif de l'ancien fumoir que Vincent avait transformé en bureau. La pièce était sombre et silencieuse. Seul était perceptible le tic-tac régulier de la vieille horloge de son grand-père. Elle entra lentement et ressentit avec force la présence de son mari.

Combien de fois l'avait-elle observé à ce bureau en train de travailler, ou assis dans ce fauteuil à lire l'un de ces livres recouverts de cuir qui garnissaient la bibliothèque? Combien de fois Vincent avait-il arpenté le tapis oriental qui recouvrait le sol? Elle le revoyait là, maintenant, les sourcils froncés, signe chez lui de concentration.

Vincent étant quelqu'un de nature anxieuse, il était prévoyant, raison pour laquelle Valentina avait été épargnée par tous les tracas du quotidien. Durant leur vie commune, Valentina avait toujours su que Vincent s'occuperait de tout. Qu'allait-elle devenir sans lui? Sans Vincent, qui prendrait désormais soin d'elle?

Valentina se secoua. Ressasser des idées noires n'était pas la solution pour aller de l'avant. Elle marcha jusqu'aux rideaux et les ouvrit en grand, laissant le soleil inonder la pièce. Elle s'assit au bureau de Vincent et prit place dans ce vieux fauteuil en cuir usagé qui avait si souvent épousé la forme de son corps. Elle ouvrit le tiroir du bas et commença à passer en revue les différents dossiers, tous bien ordonnés. Celui intitulé « Cimetière » était le premier. Elle sortit la pochette qu'il contenait et l'ouvrit. Sur le dessus se trouvait l'acte notarié réglant toutes les modalités de l'enterrement. Elle faillit refermer la pochette pour la remettre à sa place dans le tiroir quand elle vit une longue enveloppe rectangulaire sur laquelle elle reconnut les fines pattes de mouche de Vincent. Un mot était écrit : « Volontés. »

Valentina décacheta l'enveloppe en tremblant et déplia la lettre.

Quand l'heure sera venue, j'aimerais que ces dernières volontés soient respectées le jour de mes funérailles :

À l'intérieur de mon cercueil, que l'on dispose des brassées de narcisses sauvages et des coquelicots, ces fleurs qui poussent dans les champs environnant Assise, la ville de mon cœur. Que l'on n'en achète pas d'autres, mais qu'à la place soient versés des dons à l'Unesco, pour contribuer à la sauvegarde d'Assise et de sa basilique Saint-François, toutes deux inscrites au patrimoine mondial de l'humanité.

Je voudrais que deux cantiques de saint François soient chantés lors de la cérémonie, dont La Prière de saint François d'Assise, *qui se termine par ces mots : « C'est en mourant qu'on ressuscite à l'éternelle vie. »*

J'aimerais aussi que soient imprimées des cartes souvenirs qui seront remises à chacun à l'issue de la cérémonie. Au recto devra figurer une reproduction de cette fresque de Giotto représentant Le Sermon aux oiseaux. *Au verso, l'on trouvera ces versets tirés du* Cantique de frère soleil[1] *:*

1. Traduction : *Sources chrétiennes*, n° 285.

Loué sois-tu, mon Seigneur, pour sœur notre mère la terre, qui nous soutient et nous gouverne, et produit divers fruits avec les fleurs colorées et l'herbe.

Loué sois-tu, mon Seigneur, pour frère feu, par lequel tu illumines la nuit, et il est beau et joyeux, et robuste et fort.

Loué sois-tu, mon Seigneur, pour sœur eau, qui est très utile et humble, et précieuse et chaste.

Loué sois-tu, mon Seigneur, pour frère vent, et pour l'air et le nuage et le ciel serein et tous les temps, par lesquels à tes créatures tu donnes soutien.

Valentina relut les versets. Intriguée, elle se dirigea vers la bibliothèque et trouva l'endroit où Vincent avait rangé tous les livres consacrés à sa passion pour François. Rapidement, elle aperçut un volume contenant *Le Cantique de frère soleil*, le plus célèbre des textes du saint d'Assise. Son intuition ne l'avait pas trompée. Vincent avait effectué quelques retouches. Il avait changé l'ordre des versets et ne les avait pas tous repris. Pourquoi?

Valentina remit le livre dans la bibliothèque. Elle replia ensuite la lettre, qu'elle enfouit dans une des poches de son peignoir.

D'accord, Vincent. Si tels sont tes souhaits, ils seront respectés. Après tout ce que je t'ai fait endurer, tu mérites bien que j'obéisse à tes dernières volontés…

35

Linus Nazareth passa à grands pas devant le bureau de Paige sans même lui accorder un regard et déboula dans celui d'Eliza avant que son assistante ait pu la prévenir.

Linus parut contrarié de trouver Eliza au téléphone.

— Ça me semble être une bonne idée, dit Eliza. Et pourquoi ne pas appeler le libraire de Westwood pour lui demander conseil ? Si Janie semble intéressée par le sujet, autant l'encourager.

Eliza leva un index pour signifier à Linus qu'il devrait patienter un instant. Ce dernier s'assit de mauvaise grâce sur une chaise en face du bureau d'Eliza, son ventre débordant par-dessus sa ceinture. Il replia sa jambe droite sur son genou gauche et son pied se mit à battre frénétiquement la mesure tandis que ses doigts tapotaient en rythme sur le bureau.

Sentant son agacement grandir, Eliza préféra abréger la conversation.

— Je dois vous laisser, madame Garcia. À plus tard.

Avant même qu'elle ait reposé le combiné, Linus attaquait :

— Je veux que tu couvres les obsèques de Wheelock !

— J'ai bien l'intention d'assister à la cérémonie, lui répondit-elle froidement. Mais j'irai en tant qu'amie, pas en tant que journaliste...

— Tu peux très bien faire les deux à la fois. Tu n'auras qu'à t'éclipser un peu avant la fin de la cérémonie et recueillir quelques témoignages à la sortie de l'église.

— Et puis quoi, encore ! rispota Eliza en secouant la tête.

— Je ne vois vraiment pas où est le problème ! assena Linus, dont les joues couperosées se teintèrent de rouge.

— Eh bien, tant pis pour toi ! Mais sache qu'il est hors de question que j'exécute ce que tu me demandes. Si tu veux un reportage sur cette messe d'enterrement, envoie quelqu'un d'autre.

Eliza regarda Linus se lever et sortir de son bureau sans dire un mot.

36

Debout sur sa terrasse, dans sa robe de cachemire, ses cheveux courts et noirs encore humides, Susannah Lansing observait le défilé de voitures qui s'arrêtaient devant l'entrée de Pentimento.

Pour mieux détailler les visages de ceux qui descendaient de chaque limousine, elle s'était armée d'une paire de jumelles. Elle les reconnaissait pour la plupart ; et bon nombre l'auraient également reconnue – même si elle savait d'expérience qu'aucun n'aurait daigné lui adresser le moindre signe amical. Ils étaient experts dans l'art de regarder ailleurs et de se comporter comme si vous n'existiez pas.

Susannah n'aimait pas l'admettre, mais elle les enviait. Surtout, elle aurait voulu être des leurs. Combien n'aurait-elle pas donné pour être au milieu d'eux, en train d'embrasser Valentina pour lui exprimer toute sa compassion ? Non que la mort de Vincent l'ait affectée, ni même que le chagrin de sa veuve l'émeuve… Juste pour être avec ceux qu'elle enviait…

— Madame Lansing ?

Susannah sursauta en entendant la voix de son employée de maison, embarrassée surtout d'être surprise en train d'espionner la demeure des Wheelock.

— Oui, Bonnie, qu'y a-t-il? s'enquit-elle d'un ton rauque.

— Il faudrait que j'aille faire quelques courses. Nous avons besoin de papier toilette, de détergent et de cire pour les meubles. Si vous n'y voyez pas d'inconvénient, j'aimerais y aller maintenant.

— Oui, parfait, Bonnie. Allez-y, merci.

— Y a-t-il quelque chose que vous aimeriez que je vous rapporte pendant que je suis dehors?

— Oui, s'il vous plaît. Si vous trouvez une boutique qui vend du baume pour l'âme, rapportez-m'en...

Son employée de maison la dévisagea, incrédule et soucieuse.

— Ne vous inquiétez pas pour moi, Bonnie. Je vais bien. Allez faire vos courses.

— On pourrait peut-être y aller ensemble? suggéra Bonnie. Le temps est si beau, aujourd'hui. Sortir vous ferait sans doute le plus grand bien.

Susannah Lansing passa un bras autour des épaules de la jeune femme.

— Pourquoi êtes-vous si gentille avec moi? lui demanda-t-elle. Ça ne doit pourtant pas être bien gai de travailler ici, jour après jour, et de me voir sans cesse traîner en me lamentant sur mon propre sort.

— Non, non, je vous assure. Je me plais ici, mentit Bonnie. J'aimerais seulement vous aider à vous sentir un peu mieux.

Susannah s'éloigna de son employée de maison et alla s'asseoir sur son lit.

— Vous savez, Bonnie, dit-elle en levant les yeux vers elle. Vous êtes la seule amie qui me reste.

— Ce n'est pas vrai, madame Lansing! Vous avez énormément d'amis.

— Oh, non! Les habitants de Tuxedo Park m'ignorent. Et les amis de longue date que j'avais ne cherchent même plus à me joindre pour prendre des nouvelles ou m'inviter à dîner. Mais, je ne les en blâme pas… Moi-même, je n'aimerais pas passer du temps en ma compagnie. Je suis devenue si ennuyeuse…

— Ne dites pas ça, madame Lansing, lui répondit Bonnie d'un ton apaisant. Vous traversez juste une mauvaise passe. Demain sera un autre jour… Voulez-vous que je vous prépare un bain ? Vous vous sentirez bien mieux après. Et, si vous le souhaitez, je vous prépare aussi une tasse de thé à boire dans la baignoire…

Mais Susannah ne l'écoutait plus. Allongée sur son lit *king size*, elle fixait le plafond.

— Bonnie, lorsque vous étiez au lycée, est-ce qu'il y avait toujours ces élèves qui se prétendaient branchés, ceux qui étaient « populaires », comme on dit, et qui faisaient la pluie et le beau temps, qui acceptaient quelqu'un dans leur groupe, ou le rejetaient, pour des raisons connues d'eux seuls ?

— Oui, je suppose, répondit Bonnie après quelques secondes de réflexion. Il y avait effectivement ceux qui étaient populaires, et ceux qui l'étaient moins… Les premiers étaient toujours ensemble. Et les autres n'avaient qu'une envie : être acceptés dans leur groupe. Enfin, c'est du moins ce qu'il me semble…

— Je vais vous faire une confidence, Bonnie, lui dit Susannah en continuant de fixer le plafond de sa chambre. Si incroyable que cela puisse paraître, j'étais l'une des filles les plus populaires de mon lycée. Et quand je repense à cette époque où j'éprouvais un malin plaisir à ignorer, voire à humilier, ces pauvres adolescentes que mes amies et moi considérions comme des moins-que-rien, j'ai honte… J'ai d'autant plus honte que je sais exactement aujourd'hui ce qu'elles devaient ressentir à l'époque… Croyez-vous que Dieu me punisse pour mes actes passés ?

— Oh, non, madame Lansing ! Comment pouvez-vous imaginer ça ? Il n'y a qu'à regarder votre belle maison, les superbes meubles que vous possédez, vos enfants si adorables, votre mari, si gentil… Comment pouvez-vous seulement croire que Dieu vous ait punie ? Je Le trouve, au contraire, vraiment bienveillant à votre égard. Vous avez tout ce que chacun rêve de posséder…

— Alors pourquoi ne suis-je pas satisfaite de mon sort ? dit Susannah en se redressant. Pourquoi suis-je obsédée par le fait que nous n'ayons jamais été admis au Club des cravates noires ? Pourquoi n'en suis-je pas membre ? Pourquoi cela me mine-t-il autant ?

— Je n'en sais rien, madame Lansing, bredouilla Bonnie. Mais, moi, si jamais quelqu'un refusait que j'appartienne à son cercle, excusez-moi de vous parler ainsi, mais je l'enverrais se faire foutre.

37

La berline traversait le pont George-Washington. Assise à l'arrière, la tête appuyée contre la vitre, Eliza observait le paysage qui défilait. Sa conversation avec Linus l'avait ébranlée. Elle n'aimait pas ce genre de conflits. Elle aimait encore moins refuser à un supérieur hiérarchique d'effectuer la mission qu'il attendait d'elle. Ils appartenaient tous à la même équipe, et Linus était en quelque sorte leur coach. Il était donc normal qu'il répartisse les rôles et qu'il attende que chacun joue sa partition pour le bien collectif. D'un autre côté, elle attendait de lui plus de respect et de compréhension, surtout en ce moment si particulier. Mais elle le pratiquait depuis plusieurs années déjà. Linus Nazareth était un bloc de granit. Vous étiez soit son allié, soit son ennemi. Il ne connaissait pas de juste milieu. Et si vous étiez contre lui, vous en payiez un jour le prix…

La journaliste repensa alors aux photos qu'elle avait prises avec son portable l'avant-veille. Si jamais Linus apprenait qu'elle les lui avait cachées, il serait fou de rage et ne le lui pardonnerait jamais. À ses yeux, elle le savait, ces photos étaient inestimables. Elles représentaient un avantage énorme pour Key News dans la guerre que se livraient les principales chaînes d'information. Peu lui importait les conditions dans lesquelles elles avaient été prises, ni même si elles étaient insoutenables ou violaient la vie privée de quiconque… L'audience avant tout !

Eliza poussa un bref soupir de soulagement. Elle avait eu raison de n'en parler qu'à Annabelle et B.J., en qui elle avait toute confiance.

Ses pensées la menèrent alors vers le corps ensanglanté de Vincent. Et elle repensa aux chiffres découverts sur le pot de fleurs en terre cuite. À n'en point douter, c'est Vincent lui-même qui les y avait inscrits, et qui avait placé le pot de telle manière qu'on les voie.

Vincent Wheelock leur adressait un message. Mais pourquoi ne pas l'avoir exprimé de son vivant ? Pourquoi prendre le risque que personne ne remarque ces chiffres inscrits sur un pot de fleurs ? Certes, Vincent était connu pour ses excentricités. Mais il était avant tout un homme de tête, quelqu'un de réfléchi… Que signifiait ce geste ?

Au cours de leur dernière conversation, Vincent lui avait dit qu'elle saurait comment réagir le moment venu. Mais, à l'instant présent, Eliza n'avait pas la moindre idée, aucune piste…

Le mieux était donc d'aller voir cet endroit qu'il avait pointé sur West Lake Road.

38

Peter était en train de regarder un débat politique sur NBC, se faisant la réflexion qu'ils ne l'avaient pas invité depuis un bon moment pour venir apporter son commentaire éclairé sur l'actualité, quand son téléphone sonna.

— Mme Wheelock souhaite vous parler, l'informa son assistante.

Il éteignit aussitôt la télévision et prit la communication.

— Valentina, je suis si heureux de t'entendre. Comment vas-tu ? Comment surmontes-tu l'épreuve ? Y a-t-il quelque chose que je puisse faire pour toi ?

— Merci, Peter, tu ne peux pas savoir combien entendre ta voix dans cette période douloureuse m'est précieux. Tu as toujours été là lors des meilleurs moments de ma vie, et tu as toujours su me réconforter, même si depuis un certain temps nos liens se sont quelque peu distendus…

— C'est l'un des plus beaux compliments que j'aie jamais entendus. Il me va droit au cœur, Valentina. Tu sais…, poursuivit-il, hésitant. J'ai voulu t'appeler, mais je ne savais pas si… si j'étais le bienvenu.

— Foutaises ! lui rétorqua-t-elle. Bien sûr que tu l'es. Même s'il y a un détail qui me travaille. Je sais que depuis notre retour d'Italie Vincent et toi aviez coupé les ponts. Il n'a jamais voulu me dire pourquoi. En connais-tu la raison ?

— J'ai bien ma petite idée, Valentina, lui répondit Peter. Mais je n'ai vraiment pas envie d'en parler. Et je suis également certain que Vincent voulait te tenir à l'écart de tout ça. Crois-moi. Il faut que tu me fasses confiance sur ce point.

— Très bien, qu'il en soit ainsi. Mais je t'appelais pour un tout autre sujet. J'aimerais que demain, lors de la cérémonie, tu sois l'un des porteurs du cercueil de Vincent. Peu importe comment votre relation a pu évoluer, Vincent et toi avez partagé tant de succès par le passé. Et, quand tout sera terminé, j'aimerais que tu aies une conversation avec Rusty au sujet de son avenir. Encourage-le, dis-lui qu'il doit prendre son envol, et qu'il pourra compter sur notre entier soutien, quels que soient ses choix de carrière. Maintenant que Vincent n'est plus là, je souhaite que tu deviennes l'épaule masculine sur laquelle il pourra s'appuyer.

— Ta confiance m'honore, Valentina. Sois sûre que je veillerai sur Rusty, et que je ferai en sorte qu'il prenne les bonnes décisions.

*

Valentina raccrocha. Et le sentiment de malaise qui s'était emparé d'elle un peu plus tôt se renforça. Comment Eunice avait-elle pu la laisser tomber au moment d'accueillir tous les voisins venus lui présenter leurs condoléances ? Entre deux visiteurs, elle avait eu le temps de passer quelques coups de fil importants, ce qui lui avait évité d'y songer. Mais, à présent que le flot s'était tari, elle ne cessait d'y penser. Et son malaise se mua en crainte.

*

Valentina ouvrit la porte de la cuisine menant au sous-sol et alluma la lumière.

— Oh, mon Dieu ! Non !

Elle se précipita en bas de l'escalier, vers le corps inanimé.

39

Les murs du bureau de Zachary Underwood étaient couverts de photos d'anciennes réalisations, de diplômes, d'articles de presse et des nombreux prix d'architecture qu'il avait glanés tout au long de sa carrière. Zack savait pertinemment qu'il aurait pu se faire embaucher par les plus prestigieux cabinets de Manhattan, mais il tenait à son indépendance.

Zack étala sur sa grande table de dessins les plans de Pentimento. Il alla ensuite chercher l'album bleu turquoise à l'intérieur duquel se trouvaient les photos de son dernier ouvrage. Il avait choisi cette couleur car elle lui rappelait celle des eaux de la Méditerranée – et lui semblait en rapport avec ce qu'il avait effectué. Après chaque chantier, Zack prenait des photos, qu'il classait dans des albums afin que ses futurs clients puissent se rendre compte de son travail.

Zack commença à tourner les pages.

Les photos du double salon étaient particulièrement impressionnantes et Zack ne put s'empêcher de sourire en repensant à la joie quasi enfantine de Vincent quand le parquet en noyer était arrivé de Toscane pour remplacer l'ancien qui ne pouvait être restauré. Et quand le même containeur avait livré les éléments en bois sculpté qui serviraient à habiller la cheminée, Vincent était presque tombé en extase. Aussi Zack n'avait-il pas eu le courage de lui dire qu'incruster ces quatre cubes de bois formant le mot ROME endommageait le si beau manteau de la cheminée mais, surtout, représentait une grossière faute de goût.

L'architecte grimaça en observant les photos de la serre. Vincent avait montré un intérêt particulier pour ce lieu, où il comptait élever ses orchidées. Cette serre serait désormais associée à jamais à sa mort.

Zack s'apprêtait à refermer l'album quand l'immense pot en terre cuite situé près de la table servant au rempotage lui sauta aux yeux. Il n'y aurait pas prêté attention si Vincent n'avait fait un tel foin quand Zack l'avait déplacé pour le mettre dans un coin de la serre. Aux yeux de l'architecte, sa taille, sa couleur, et sa position quasi centrale brisaient l'harmonie de l'ensemble. Mais Vincent avait exigé qu'il soit remis à sa place initiale. Zack, de mauvaise grâce, s'était exécuté, voyant là une nouvelle lubie de son client.

Aujourd'hui, tandis qu'il prenait une loupe pour mieux scruter les chiffres noirs inscrits sur le pot, il se demanda si ceux-ci n'avaient pas une signification cachée…

MERCREDI 7 OCTOBRE

40

Une foule de journalistes se massait devant l'église Notre-Dame du Mont-Carmel, attendant l'arrivée du corbillard contenant le cercueil de feu Vincent Wheelock. Toutes caméras dehors, les reporters filmaient les arrivants, à la recherche de têtes connues. Parmi les personnalités politiques présentes, on pouvait apercevoir les gouverneurs de l'État de New York, du New Jersey et du Connecticut, tous trois accompagnés de leur épouse respective. Le maire de New York en personne avait aussi effectué le déplacement, ainsi qu'un ancien président des États-Unis et l'ex-Première Dame, escortés par un nombre important de membres du FBI.

L'église, située sur la commune de Tuxedo, à l'extérieur du parc privé, était ouverte au public, mais les autorités locales maintenaient la foule de curieux derrière des cordons de sécurité, de l'autre côté de la rue. Bill O'Shaughnessy se tenait derrière une barrière en bois et observait la scène avant de retourner au Club des cravates noires, où il officierait au cours du repas qui serait donné après les funérailles.

L'enterrement de Moira avait eu lieu dans cette même église, six mois plus tôt. La cérémonie avait été nettement moins fastueuse, mais Bill avait été touché par le nombre de personnes présentes, pour la plupart des amis que Moira et lui connaissaient de longue date. Des amis qui, comme eux, ne vivaient pas à Tuxedo Park.

À l'instar de Bill, beaucoup travaillaient dans le parc. Seulement, une fois leur journée terminée, ils rentraient chez eux dans leur modeste demeure, en dehors de l'enceinte privée. La frontière était bien nette entre les habitants du parc et les autres.

De très rares membres du Club des cravates noires, que Bill servait depuis des années, avaient daigné assister à l'enterrement de Moira. Bill n'en avait pas été vraiment surpris, seulement blessé. Et ce ressentiment s'était transformé en colère quand il s'était rappelé cet épisode humiliant survenu quelques années avant le décès de son épouse.

Bill venait de fêter ses vingt-cinq ans de présence au club. Les membres du comité de direction lui avaient demandé quel cadeau ils pourraient lui offrir. Il leur répondit sans hésiter. Sa femme aurait tant aimé visiter le club où il travaillait, prendre un cocktail sur la terrasse surplombant le lac et, pourquoi pas, dîner ensuite dans la somptueuse salle de restaurant. Voilà ce que Bill souhaitait pour célébrer son quart de siècle à leur service.

Sa requête fut rejetée.

41

Même si elle n'y avait pas été conviée, Susannah Lansing comptait bien assister à la cérémonie funéraire de Vincent Wheelock.

Elle se tenait non loin de la porte latérale de l'église et attendit qu'un groupe de plusieurs personnes approche pour discrètement se fondre dans la masse. Tandis que le préposé vérifiait les noms inscrits sur sa liste, elle parvint à se glisser à l'intérieur de l'édifice sans se faire remarquer.

Susannah se dirigea vers le fond de l'église, qui était pleine de visages connus. Elle sentit les regards hostiles de plusieurs femmes se porter sur elle tandis qu'elle gagnait son banc. Mais, chaque fois, elle leur adressa un signe de tête et leur sourit poliment jusqu'à ce qu'elles baissent les yeux. Toutes savaient que le statut de membre du Club des cravates noires avait été refusé aux Lansing. Cependant, si Vincent Wheelock était un homme de parole, il n'en avait jamais donné la raison à quiconque. Maintenant qu'il n'était plus de ce monde, Susannah se sentait délivrée d'un grand poids. Il ne pourrait jamais plus révéler ce qu'il avait vu…

Susannah savait que la plupart des femmes de Tuxedo Park avaient une mauvaise opinion d'elle. Mais elle comptait bien les faire changer d'avis et les rallier à sa cause. Pour cela, il lui fallait d'abord gagner la confiance de Valentina. Les autres suivraient.

L'événement qu'elle organisait dimanche prochain au club de tennis, sorte de tournoi destiné à récolter des fonds pour les handicapés, était la première étape de son entreprise de réhabilitation. Par chance, Valentina, à qui elle avait écrit, avait consenti d'en être la maîtresse de cérémonie. La réponse que Susannah espérait. Et, cerise sur le gâteau, elle avait récemment appris qu'Eliza Blake avait accepté de participer à la manifestation. Plus il y aurait de célébrités, plus il y aurait de monde, et plus sa cote de popularité grimperait.

Solliciter Valentina avait été un pari. Mais il s'était révélé payant. Cela signifiait que Valentina avait favorablement accueilli sa proposition sans consulter Vincent, ou que ce dernier avait tenu sa promesse et n'avait révélé à personne, pas même à sa femme, qu'il l'avait surprise en flagrant délit de vol à l'étalage.

Tout en observant les personnes prendre place dans l'église, Susannah sentit son visage s'empourprer en repensant à cette scène dont Vincent avait été le témoin. Cela s'était passé à l'épicerie du coin, où elle était venue un matin pour acheter du pain et du lait. Tandis qu'elle faisait la queue pour payer, elle s'était emparée d'un paquet de chewing-gums et d'une barre chocolatée, qu'elle avait discrètement glissés dans son sac. Quand elle avait relevé la tête, Vincent la fixait d'un regard accusateur. Au lieu de la brusque montée d'adrénaline qu'elle éprouvait chaque fois qu'elle se livrait à de tels actes, elle s'était sentie mortifiée.

Susannah était coutumière de ce genre de larcins. Peu importait la valeur de ce qu'elle subtilisait. Braver l'interdit lui redonnait paradoxalement foi en elle-même et chassait pour un moment le sentiment d'infériorité qui l'habitait. En un regard glacial de Vincent, elle sut que les chances que son mari et elle fassent jamais partie du Club des cravates noires venaient d'être anéanties – à cause de deux friandises ! Mais Vincent n'était plus là. Et, visiblement, il n'en avait pas parlé à Valentina.

Susannah adressa au Ciel une prière de remerciement. Elle en formula une autre pour que Valentina soit bien là dimanche prochain. Sa présence, malgré le décès de son époux, serait interprétée comme le signal qu'elle n'approuvait pas toutes les décisions de Vincent, dont celle de leur refuser l'accès au club.

Maintenant que Vincent n'était plus un obstacle, l'espoir renaissait. Et Susannah ferait tout ce qui était en son pouvoir pour s'attirer les bonnes grâces de Valentina.

42

— Tout va bien se passer, maman, dit Russell en pressant les mains de sa mère dans les siennes tandis qu'ils attendaient à l'arrière de la limousine. Tout sera bientôt derrière nous.

— Tout sera bientôt derrière nous, répéta-t-elle nerveusement en observant les nombreuses personnes entrer dans l'église. Oh oui, notre ancienne vie est déjà derrière nous. Que va-t-on devenir désormais que ton père n'est plus là ?

Sa voix se brisa et elle essuya une larme avant de descendre de voiture. Russell et Valentina attendirent ensuite que le cercueil fût sorti du corbillard et déposé sur un chariot. Quand les porteurs se placèrent de chaque côté et commencèrent à le faire rouler, Russell et Valentina suivirent la dépouille de leur père et mari jusqu'à l'autel.

*

Eliza reconnut les quatre hommes qui remontaient l'allée centrale en escortant le cercueil. Trois d'entre eux lui avaient été présentés dimanche soir. Le quatrième était le policier qui lui avait demandé d'arrêter de prendre des photos dans la serre.

Fitzroy Heavener avait le visage pâle et dévasté. Il avançait les yeux baissés en accompagnant son ami vers sa dernière demeure. Zachary Underwood, l'architecte qui avait supervisé les travaux de rénovation de Pentimento, avait l'air solennel et regardait droit devant lui. Le visage de Peter Nordstrut était dénué de toute expression, mais ses yeux ne cessaient de balayer la foule pour voir qui s'y trouvait. Comment se fait-il qu'il ait été choisi pour être l'un des porteurs? se demanda Eliza en se remémorant les mots sévères de Vincent à son égard.

Derrière le cercueil, Valentina avançait en chancelant légèrement. Elle était heureusement soutenue par son fils, un beau jeune homme aux larges épaules et à la chevelure auburn. Eliza se souvint des paroles de Valentina peu après sa naissance. Dès qu'ils avaient vu le bébé, Vincent et elle l'avaient aussitôt appelé Rusty, en raison du duvet roux qui recouvrait sa tête[1]. Mais, pour l'état civil, ils lui avaient choisi le prénom de Russell, plus classique et plus en adéquation avec la brillante carrière qui serait forcément la sienne.

En les voyant tous deux avancer dignement, Eliza fut heureuse que Valentina ait son fils pour l'aider à surmonter cette terrible épreuve.

*

Le père Michael Gehry attendait près des fonts baptismaux, au centre de l'église, le cierge pascal à sa gauche. Quand le cercueil de Vincent Wheelock arriva à sa hauteur, il le bénit puis le recouvrit d'un linceul blanc. Il prit ensuite la tête de la procession et tous se dirigèrent vers l'autel tandis que résonnait *Le Cantique de frère soleil.* Le père Gehry avait du mal à contenir ses larmes. Toutes les messes d'enterrement l'émouvaient, mais celle-ci l'affectait plus encore que les autres.

Le père Gehry était intimement convaincu que Vincent Wheelock avait reçu le pardon de Dieu. Vincent était véritablement croyant et regrettait sincèrement ses

1. *Rusty* signifie « rouillé ».

péchés, pour lesquels il faisait pénitence. Cependant, ses actes de repentance n'étaient jamais suffisants à ses yeux. Il pensait que ses péchés étaient tels que jamais Dieu ne pourrait lui pardonner, pas plus qu'il ne se pardonnait lui-même.

En arrivant à l'autel, le prêtre espéra qu'il n'était en rien responsable de la mort de Vincent. Il pensa aussi à l'homélie qu'il allait prononcer, souhaitant que ses mots et les chants apporteraient le réconfort aux proches du défunt – à commencer par lui-même…

43

Fitzroy avait les mains moites. Ce serait bientôt son tour de prendre la parole pour rendre un dernier hommage à son ami de toujours. Une nouvelle fois, il vérifia nerveusement que les mots qu'il avait préparés se trouvaient bien dans la poche de sa veste.

Après la communion, le père Gehry lui adressa un regard, l'invitant à venir le rejoindre. Fitzroy se leva lentement de son banc pour gagner le pupitre situé à côté de l'autel. Il observa l'assemblée, mais, voyant tous les regards tournés vers lui, il baissa aussitôt la tête sur les feuilles qu'il venait de déplier. Il ajusta le micro et se cramponna des deux mains au pupitre.

— Quand je pense à Vincent Wheelock, commença-t-il, de très nombreux souvenirs me viennent à l'esprit. Il était d'abord un époux fidèle et un père aimant.

Il se tourna vers le premier rang, où Valentina et Russell avaient pris place.

— Et je suis sûr que je m'exprime au nom de nous tous réunis ici quand je vous adresse nos plus sincères condoléances pour votre incommensurable perte. Tous, nous compatissons à votre chagrin.

Valentina lui adressa en retour un sourire empreint de tristesse.

— Vincent était l'ami de bon nombre d'entre nous, poursuivit Fitzroy. Mais j'ai eu la chance et le privilège d'être le plus ancien de tous. Vincent et moi avons grandi ensemble à Tuxedo Park. Nous sommes allés à l'école ensemble, c'est ensemble également que nous avons appris à jouer au golf, sommes allés pêcher ou naviguer sur le lac. Quand Vincent a pour la première fois prêté attention à Valentina, c'est à moi qu'il s'en est ouvert, me confiant qu'il pensait bien avoir rencontré la femme de sa vie. J'ai été le témoin de leur mariage, et extrêmement flatté et ému quand ils m'ont demandé de devenir le parrain de Russell. Ma femme Felicity et moi-même n'ayant pas pu avoir d'enfant, nous étions heureux de participer à leurs réunions de famille, de partir en vacances avec eux et d'avoir ainsi la joie de voir leur fils grandir.

« Tout ou presque a été déjà écrit sur ses immenses talents en matière de politique, qu'il a mis au service de la brillante carrière de Valentina. Je ne vais donc pas m'appesantir sur cet aspect de sa vie. Je voudrais juste insister sur son esprit, toujours en activité, vif et acéré. Il analysait rapidement n'importe quelle situation, se fixait des objectifs élevés et ne lâchait rien tant qu'il ne les avait pas atteints. Il adorait les challenges qu'offrait la vie politique, il était fasciné par l'actualité et travaillait sans relâche pour comprendre notre monde en perpétuelle évolution.

Fitzroy marqua une pause pour embrasser l'assemblée du regard. Quand il constata que tous l'écoutaient avec attention, il reprit :

— Plusieurs parmi vous savent ce qui procurait à Vincent son plus grand plaisir. Le week-end, il ne jetait pas même un œil à la une du *New York Times* avant d'avoir terminé sa grille de mots croisés hebdomadaire. Il attendait ce moment avec impatience. Dès qu'il avait le journal entre les mains, il l'ouvrait directement à la bonne page et plus rien d'autre ne comptait. Tant qu'il n'avait pas fini sa grille, il restait en robe de chambre…

Plusieurs sourires se dessinèrent, et même quelques rires discrets s'élevèrent à cette évocation.

— Vincent était un grand amateur de jeux d'esprit. Les jeux de lettres, comme le Scrabble, bien sûr, mais aussi le Sudoku. Il adorait également les romans policiers, en particulier ceux mettant en scène Sherlock Holmes et Hercule Poirot, et toutes les énigmes en général. Si vous organisiez une chasse au trésor, par exemple, ou un jeu de piste, il répondait toujours présent. Lorsque Valentina était en poste à Rome, l'une des plus grandes joies de Vincent fut d'accéder aux archives secrètes du Vatican. Vincent, vous l'aurez compris, aimait les petits et les grands mystères. Il m'a même un jour confié que déchiffrer le mystère de la personnalité de chacun l'avait grandement aidé en politique.

Fitzroy remarqua plusieurs visages, qui le regardaient avec intérêt, voire inquiétude, comme s'il allait expliquer sous peu les raisons du geste de Vincent.

— J'étais l'ami le plus proche de Vincent, reprit-il, mais il avait visiblement des tourments qu'il ne pouvait partager, même avec moi. Et cela me perturbe aujourd'hui car, comme vous tous, je ne m'explique pas son geste. Mais restera à jamais l'immense chance que j'ai eue, que nous avons tous eue, de connaître et de côtoyer Vincent Wheelock.

44

Eliza cligna des yeux en sortant de l'église pour s'accoutumer de nouveau à la lumière du jour. Elle aperçut aussitôt Annabelle et B.J., sur le parking, en compagnie des nombreux représentants des médias venus couvrir les funérailles. Elle se dirigea vers eux.

— C'était comment ? lui demanda Annabelle.

— C'était comment ? la railla B.J. Comment veux-tu que ça se soit déroulé ? C'était un enterrement, pas un spectacle !

Eliza et Annabelle l'ignorèrent.

— Triste et émouvant, répondit Eliza. Et, parfois, très beau. D'une très haute spiritualité. Le prêtre nous a vraiment délivré un sermon de toute beauté…

— Qu'est-ce que tu tiens ? s'enquit B.J.

Eliza lui montra la carte qui avait été distribuée à chacun. Au recto figurait une reproduction de la fresque de Giotto représentant saint François d'Assise prêchant à un parterre d'oiseaux ; au verso, étaient reproduits des versets extraits du *Cantique de frère soleil*.

— Je vais la garder, dit Eliza en la rangeant dans son sac avant de regarder autour d'elle. Où est Bruce ?

— Un peu plus loin, avec les gens de CBS, l'informa Annabelle. Je vais le chercher afin que nous puissions commencer les interviews.

Eliza la regarda s'éloigner puis se tourna vers B.J.

— J'ai peur que Bruce m'en veuille d'avoir été obligé de venir du fait de mon refus.

— Tu plaisantes, j'espère ! s'exclama B.J. en mettant sa caméra sur son épaule. Bruce Harley serait prêt à tout pour passer à l'écran. Ne crois pas qu'il te maudisse d'avoir refusé de couvrir l'enterrement. Au contraire, je suis certain qu'il te bénit.

45

Tandis que son chauffeur venait de franchir la barrière de Tuxedo Park, Eliza se fit la réflexion que les feuilles des arbres avaient pris en trois jours leur teinte automnale.

La voiture entra dans la cour pavée du club-house de style Tudor. La façade de la magnifique demeure, de couleur jaune crème, était percée de vitraux au plomb. Un toit d'ardoise surmontait le bâtiment.

— J'en ai pour une petite heure, Charlie, annonça Eliza à son chauffeur.

Valentina et Russell Wheelock étaient dans l'entrée, serrant les mains de toutes les personnes venues leur présenter leurs condoléances. En attendant son tour de les saluer, Eliza observa la vaste salle de réception. Meubles anglais de style, tapisseries, canapés et fauteuils en cuir garnissaient la pièce. Sur la cheminée trônait une immense coupe en argent.

— Merci d'être venue, Eliza, lui dit Valentina.

— Oh, Valentina ! Si tu savais combien je partage ta peine…

— Je le sais, très chère. Je le sais. Mais je pense que Vincent n'aurait pas aimé nous voir ainsi nous lamenter. Soyons fortes !

— Tu as raison, répondit Eliza en se tournant vers Russell. Je suis vraiment désolée pour ce qui est arrivé à ton père.

— Je vous remercie. Et merci d'être venue. Je sais que mon père vous tenait en très haute estime.

— Croyez bien que la réciproque était vraie.

Puis, de nouveau face à Valentina, qu'elle regarda droit dans les yeux, Eliza enchaîna :

— Comment te sens-tu ?

— Notre bonne est décédée hier, intervient Russell.

— Mais c'est horrible ! Quelle terrible nouvelle ! Eunice, c'est bien ça ?

— Oui, Eunice a fait une chute dans l'escalier de la cave. Un terrible accident. Et si peu de temps après la mort de Vincent. C'est tout juste impensable.

— C'est peut-être incroyable, la coupa Russell. Ou cela a peut-être un rapport avec la mort de papa.

— Je n'ai vraiment pas envie d'en parler pour le moment, Rusty. (Puis se tournant vers Eliza :) Tu emménages toujours dans ce petit cottage le week-end prochain ?

— Oui, je n'ai pas changé d'avis.

— Parfait. Dans ce cas, il faut absolument que Janie et toi passiez me voir. Ça me fera du bien d'avoir de la compagnie, surtout la présence d'une enfant.

— Je te remercie, Valentina, mais je ne voudrais pas te déranger. Surtout vu les circonstances.

— Tu ne me dérangeras pas. Au contraire, tu m'accorderais même une très grande faveur. Je n'ai vraiment aucune envie de rester seule en ce moment.

— Nous vous en serions tous deux reconnaissants, intervint Russell. Il faut que je retourne à mes études. Et je repartirai l'esprit soulagé si je sais que vous passez du temps avec maman.

— Bon, c'est d'accord, concéda Eliza. Mais Janie ne sera certainement pas là. Elle sera avec une petite amie. En revanche, j'ai invité Mack McBride à venir ce week-end...

— Viens me voir avec lui. Une présence masculine est toujours rassurante.

*

Des chauffe-plats en argent étaient disposés sur une longue table dans la salle de réception. La cérémonie avait visiblement creusé les appétits. Il y avait la queue devant le buffet et Eliza décida d'aller d'abord prendre un verre.

— Un Bloody Mary, s'il vous plaît.

— Tout de suite, madame.

Tandis que le serveur mettait des glaçons dans un shaker, Eliza lui trouva un air familier.

— Vous étiez chez les Wheelock, dimanche soir, n'est-ce pas? lui demanda-t-elle.

— Oui, lui répondit-il sans lever le nez de sa préparation.

— C'est bien ce qu'il me semblait. Qui aurait alors pu prévoir que nous nous retrouverions tous ici quelques jours plus tard?

— On n'est jamais sûr de rien, madame, murmura-t-il en lui tendant son verre.

Au moment de s'éloigner, Eliza se ravisa. Ce serveur pouvait être une source d'information potentielle.

— Eliza Blake, se présenta-t-elle en lui tendant la main.

— Bill O'Shaughnessy, repartit-il en la lui serrant rapidement.

Eliza remarqua qu'il jetait des regards furtifs. Sans doute ne voulait-il pas être vu en train de se montrer trop proche d'un invité.

— Ravie de vous rencontrer, Bill. Vous travaillez ici depuis longtemps?

— Croyez-le ou non: trente ans.

— Eh bien, lui lança-t-elle, admirative, vous avez dû en voir des choses en trente ans.

— Oui, je suppose, mais rien qui dépasse en horreur la façon dont M. Wheelock a choisi d'en finir.

— Je l'espère pour vous. Pour ma part, je n'arrive toujours pas à comprendre pourquoi Vincent a imaginé ce scénario macabre.

— Il devait être vraiment perturbé. Et puis, vous savez, je pense qu'on ne sait jamais vraiment ce qui se passe dans la tête des autres.

Eliza but une gorgée de son cocktail.

— Merci, Bill. Il est dosé à la perfection. Juste ce qu'il faut de Tabasco.

— Je vous en prie, madame.

— Étant donné que cela fait si longtemps que vous travaillez à Tuxedo Park, puis-je me permettre de mettre votre mémoire à contribution?

— Je vous écoute, lui répondit le serveur avec méfiance.

Eliza ouvrit son sac et en sortit le plan que B.J. lui avait imprimé. Une croix rouge indiquait le point GPS sur West Lake Road qu'avaient révélé les chiffres inscrits sur le pot en terre cuite. Elle le tendit au serveur.

— Savez-vous à quoi correspond cet endroit?

— Pour sûr, oui. C'est là que s'est déroulé l'un des plus grands mystères que le parc ait jamais connus.

— Ah, bon! Comment ça? Vous m'intriguez. Que s'est-il passé?

— C'était il y a un peu plus de vingt ans, l'informa-t-il en lui rendant la carte. C'est là que la police a découvert un véhicule abandonné. Ou plutôt sa carcasse. La voiture était pliée comme un accordéon. Pourtant, aucun cadavre n'a été retrouvé à l'intérieur. Pas plus que la moindre goutte de sang.

— Et il n'y a eu aucun témoin de l'accident?

— Non, c'est une petite route assez isolée. Mais c'est étrange que vous me parliez de ça. Vous êtes la seconde personne aujourd'hui à me poser des questions à ce sujet.

— Ah bon ! Et qui était la première ?

Bill O'Shaughnessy pointa son menton en direction du buffet.

— M. Underwood, l'architecte. Lui aussi m'a demandé ce qui avait bien pu se passer sur West Lake Road.

46

Les murs dorés, les tapis orientaux tirant vers le rose, les rideaux imprimés de motifs d'orangers, de papillons verts et d'hibiscus conféraient à la salle du Club des cravates noires une atmosphère chaleureuse et apaisante qui contrastait avec celle de l'église, sombre et triste. Les personnes présentes, venues rendre un dernier hommage à Vincent Wheelock, étaient soulagées que la cérémonie soit achevée pour rejoindre le monde des vivants. Tous mangeaient, buvaient, discutaient, plaisantaient, heureux que la vie reprenne son cours.

Valentina allait de table en table, remerciant tous ceux qui avaient fait le déplacement, recevant en retour leurs messages de soutien et de réconfort. Quand elle passa devant lui, Zack Underwood lui saisit le bras.

— Puis-je vous dire deux mots en privé, Valentina ?

— Bien sûr. Allons au bar, nous y serons plus tranquilles.

Ils s'installèrent dans un canapé en cuir, non loin de l'entrée. À l'autre bout de la pièce, le serveur continuait à officier.

— Voilà qui attire le regard, dit l'architecte en observant une immense perche truitée empaillée accrochée au mur.

— Effectivement, Zack. Mais je suppose que nous ne sommes pas ici pour parler de taxidermie.

— Non, vous avez raison, dit-il en se tournant vers Valentina et en se rapprochant légèrement d'elle. D'abord, je tenais à vous dire que je sais, même si vous n'en doutez pas un seul instant, que Vincent tenait à vous et qu'il vous aimait. Nous avons été très proches ces derniers mois, pendant tout le temps qu'auront duré les travaux. Et je voyais souvent ses yeux se mettre à briller rien qu'à l'évocation de votre prénom. Je suis de tout cœur avec vous dans cette épreuve, Valentina. Et s'il y a quoi que ce soit que je puisse faire pour vous, n'hésitez pas à me solliciter.

— Merci, Zack. C'est gentil. Ce sera un combat quotidien d'apprendre à vivre sans lui. Et cela prendra sans doute du temps…

— Et si Vincent avait essayé de nous laisser un message ? enchaîna aussitôt l'architecte.

Valentina le regarda étonnée, sans prêter attention aux personnes qui circulaient dans le bar.

— Que voulez-vous dire, Zack ? Je ne comprends pas le sens de votre question.

— Avant que je réalise tous ces travaux à Pentimento, Vincent m'avait fait signer un accord de confidentialité. Maintenant qu'il n'est plus là, je suppose que mon droit de réserve est levé.

— Ce qui signifie ? s'enquit Valentina avec appréhension.

— Cela signifie, d'après moi, que Vincent a concocté avant de mourir une chasse au trésor grandeur nature. Une sorte de puzzle à résoudre dont je pense avoir découvert la première pièce.

Zachary lui parla alors des chiffres inscrits sur le pot en terre cuite de la serre, menant à l'endroit précis où ce mystérieux accident de voiture avait eu lieu vingt ans plus tôt.

— Mais pourquoi Vincent aurait-il imaginé cela?

— Je n'en sais rien pour le moment. Mais j'ai l'intuition que nous allons bientôt découvrir d'autres indices qui nous permettront de répondre à cette question et de découvrir ce que Vincent voulait que nous apprenions.

47

À quoi Vincent Wheelock pensait-il quand il disait que le temps de la confession et de la repentance était venu? Qu'il ferait en sorte que tout le monde soit au courant? Avait-il imaginé un plan post mortem *qui mènerait à la vérité?*

Comment avait-il pu oser! Un vulgaire jeu de piste était l'apanage d'un lâche. Au lieu de se comporter en homme et d'affronter son adversaire en face à face, il avait choisi de se supprimer mais de laisser derrière lui des indices pour que d'autres fassent le boulot à sa place.

Ce salopard n'allait pas s'en tirer comme ça.

Vincent s'était donné la mort de manière spectaculaire pour que tout le monde ait les yeux rivés sur Tuxedo Park. Se suicider en s'infligeant les stigmates du Christ! Quel scénario tordu. Mais il pouvait être battu à son propre jeu. La crucifixion n'était qu'une partie des souffrances endurées par Jésus au cours de sa Passion. Tout ce qu'il avait subi, les instruments avec lesquels on l'avait torturé pouvaient donner lieu – si nécessaire – à des scénarios tout aussi sensationnels que cruels…

Zack Underwood n'avait pas pris conscience de la stupidité de parler en public de ce qu'il avait découvert. Cela ne signifiait pas pour autant que l'architecte était stupide, loin de là. Au contraire, s'il était persuadé que d'autres indices avaient été disséminés dans Pentimento, il ferait tout pour les découvrir. Et, ayant supervisé les travaux, il était le mieux placé pour y parvenir.

Il faudrait donc s'occuper de son cas avant qu'il ne soit trop tard...

48

Un siège était libre à côté de Zachary Underwood. Eliza se dirigea aussitôt vers la table ronde.

— Puis-je m'asseoir ? lui demanda la journaliste.

— Avec plaisir, prenez place, lui répondit-il, un sourire avenant aux lèvres, en se levant pour lui tirer sa chaise.

Ils mangèrent tout en papotant, avant qu'Eliza aborde le sujet qui lui tenait à cœur.

— Lorsque nous nous sommes rencontrés, dimanche soir, vous m'avez dit que Vincent nous réservait une énorme surprise...

— Mon Dieu, oui. Si j'avais pu deviner ce qu'il entendait par là, j'aurais tout fait pour empêcher son geste. Si vous saviez comme je m'en veux.

— Et moi donc ! s'exclama Eliza, qui lui résuma la conversation qu'elle avait eue avec Vincent ce soir-là. J'avais évidemment compris qu'il était tourmenté, mais je n'ai pas pris conscience de l'étendue de son désespoir.

— Je pense que personne n'a rien vu venir… Depuis, je n'arrête pas de m'interroger. Pourquoi Vincent a-t-il agi de la sorte? Il était tellement content une fois les travaux achevés. En fait, je me rappelle même qu'il m'a dit n'avoir jamais été aussi heureux depuis bien longtemps.

— Zack, il faut que je vous fasse une confidence. Nous avons la photo d'un pot en terre cuite, prise dans la serre, sur lequel figure une série de chiffres. Et ces chiffres nous mènent à l'endroit où un mystérieux accident de voiture a eu lieu il y a vingt ans.

Zack poussa un long soupir, qu'Eliza interpréta comme un soupir de soulagement.

— Je suis content que vous l'évoquiez. J'ai moi-même découvert la signification de cette série de chiffres. Et quand Bill m'a parlé de cet accident, tout à l'heure, j'ai eu un mauvais pressentiment. Comme si Vincent m'adressait un message de l'au-delà.

— Ce n'est donc pas vous qui avez inscrit ces chiffres sur le pot?

— Non, c'est Vincent. Je lui avais bien suggéré de les effacer, car à mon sens ils étaient tout sauf esthétiques, mais il m'a répondu qu'il en était hors de question. Il n'a pas non plus voulu changer le pot de place… Mais, entre nous, ce ne sont pas les seules bizarreries que Vincent m'a demandées.

— Quoi d'autre, par exemple? s'enquit Eliza.

Zack regarda autour de lui et baissa la voix:

— Je ne me sens pas forcément à l'aise pour aborder le sujet ici.

— Voulez-vous que nous nous retrouvions en privé un peu plus tard?

— Avec grand plaisir, convint l'architecte. Si Vincent nous envoie un message d'outre-tombe, je n'ai vraiment pas envie d'être le seul à le recevoir.

49

Une fois son café avalé, Eliza scruta la salle de réception. Elle aperçut Russell et se dirigea vers lui.

— Je viens te dire au revoir. J'aurais aimé saluer ta mère, mais je ne la vois plus. Peux-tu lui transmettre mes amitiés et lui dire que je l'appelle ce week-end, dès mon arrivée ?

— Je n'y manquerai pas. Et merci de venir passer du temps avec elle. Je sais que votre présence lui fera le plus grand bien. Elle a besoin que ses amis l'entourent. Elle vient de perdre son mari, puis il y a eu cet accident survenu à Eunice. Je ne sais vraiment pas comment elle va réagir.

— Ta mère est une femme courageuse, Russell, lui répondit Eliza. J'espère que, de ton côté, tu as toi aussi des personnes sur lesquelles compter. Je sais combien il est douloureux de perdre un être cher.

Russell se contenta d'opiner, tentant de ravaler le sanglot qui lui nouait la gorge.

*

— Charlie, nous allons emprunter un autre chemin qu'à l'aller, dit Eliza à son chauffeur dès qu'elle eut refermé sa portière. Prenez à gauche en sortant et suivez la route qui longe le lac.

Ils dépassèrent la piscine, les courts de tennis puis le club-house à l'intérieur duquel se trouvaient les terrains de squash et de tennis royal. Après le virage, la route se fit plus sinueuse et escarpée. Montées et descentes se succédaient, comme pour inviter le voyageur à prendre son temps pour profiter de la beauté du paysage. Eliza vit défiler quelques-unes des demeures ancestrales de Tuxedo Park. Tous les styles architecturaux envisageables étaient représentés, chaque bâtisseur ayant voulu rivaliser avec ses voisins en faisant preuve d'originalité et d'audace, et chaque maison disposait évidemment d'un immense terrain afin de préserver l'intimité de ses habitants.

Après un virage, Eliza aperçut Pentimento. Et dire que le propriétaire de cette somptueuse demeure de style italien venait de mourir.

Si seulement j'avais su… Si seulement j'avais su…

Après, les maisons se raréfièrent. Puis vint une longue portion de route seulement bordée d'arbres.

— Pourriez-vous ralentir, Charlie? lui demanda-t-elle en consultant sa carte.

Eliza se tordit le cou pour observer les environs. Des arbres, des buissons, et derrière ce rideau de végétation, les eaux du lac sur lequel le soleil se reflétait. À part ça, rien.

50

Une fois les derniers invités partis, Russell raccompagna sa mère jusque chez elle.

— Es-tu sûre que le fait que je doive repartir maintenant ne te pose pas de problème, maman?

Valentina serra les mains de son fils dans les siennes.

— Ne t'en fais pas, mon chéri, tout se passera bien. Et puis, je comprends. Tes professeurs à Columbia se fichent bien des excuses que l'on peut invoquer, les exposés doivent être rendus à temps. Je sais que chaque point compte pour intégrer la fac de droit d'Harvard. Mais aurais-tu quand même quelques minutes à me consacrer avant ton départ?

— Bien sûr, je t'écoute.

Russell suivit sa mère dans le grand salon. En passant devant le bar, Valentina souleva le bac à glaçons.

— Il est vide, soupira-t-elle. Eunice aurait fait en sorte que les glaçons soient prêts. Elle m'aurait même servi le verre qui m'aurait fait plaisir sans que j'aie à le lui demander… C'était une perle. Elle prenait si bien soin de moi. Elle pensait à tout, anticipait mes besoins…

— Nous lui trouverons une remplaçante, maman. Essaie de ne pas t'inquiéter.

Ils s'assirent chacun dans un fauteuil en face de la cheminée.

— Ton père était quelqu'un d'apprécié et de respecté, Rusty. Un homme intelligent, travailleur, rigoureux et intègre, comme tu as pu t'en rendre compte. Il a placé la barre très haut, si jamais tu voulais suivre ses pas.

— J'en suis conscient, maman. Je l'ai toujours été.

— Le monde est à toi, Rusty. Et, si tu te sens prêt à embrasser la même carrière que la mienne, sache que nos nombreuses relations politiques seront là pour te mettre le pied à l'étrier, elles t'aideront. Mais n'oublie pas une chose, mon fils, ce monde est une jungle. Tu es un privilégié. Tu as bien plus de devoirs que de droits. Tu dois te montrer exemplaire. Et n'oublie pas non plus que le moindre faux pas peut briser une carrière.

51

Le chef Clay Vitalli consultait le registre au poste de sécurité pour s'assurer que toutes les personnes extérieures au parc venues pour l'enterrement de Vincent Wheelock étaient bien reparties.

Ayant constaté que tout était en ordre, il s'adressa au garde :

— Je vais en ville, lui dit-il en passant deux doigts sous le col fermé de sa chemise. Ensuite, je rentre chez moi et j'enlève cet uniforme.

— Bien, monsieur.

Alors qu'il s'apprêtait à partir, il vit une voiture approcher, un cabriolet Audi vert foncé flambant neuf. Russell Wheelock était derrière le volant.

— Je tenais à vous remercier pour ce que vous avez fait aujourd'hui, Clay. Tout s'est vraiment déroulé sans la moindre anicroche. Ma mère et moi vous en sommes reconnaissants.

— Tu sais bien que ton père est quelqu'un à qui je dois une reconnaissance éternelle, Rusty. Je ferais n'importe quoi pour ta mère et pour toi.

— Vous me l'avez déjà prouvé.

— Comment ça ? l'interrogea Clay Vitalli.

— Cette contravention pour excès de vitesse que vous avez réussi à faire sauter, lui répondit Russell en partant dans un grand éclat de rire.

— Ne prends pas ça à la rigolade, fiston. Tu as eu de la chance, mais si tu recommences cela pourrait te coûter cher.

— OK, OK, chef, j'ai compris, dit-il encore goguenard en levant les deux mains.

— J'espère bien !

— Juste un dernier détail, avant que je m'en aille. Ma mère est seule, Clay, depuis qu'Eunice…

Vitalli ne le laissa pas terminer sa phrase.

— Sois tranquille, Rusty. J'ai demandé à mes hommes d'intensifier leurs rondes. Nous aurons tous un œil sur Pentimento. Tu peux partir tranquille.

En regardant le jeune homme s'éloigner, Clay Vitalli ne put s'empêcher d'éprouver un fort sentiment d'amertume. Russell Wheelock était né avec une cuiller d'argent dans la bouche et il n'en avait pas conscience. Malgré ses vingt ans, il se comportait encore comme un enfant gâté.

Son enfant à lui, Cleo, sa fille de vingt-deux ans, ne pourrait jamais conduire, encore moins aller à l'université.

La vie était injuste…

52

Dès que Bonnie lui eut raconté que tout le monde en ville ne parlait que de la mort de la gouvernante des Wheelock, Susannah vit aussitôt le bénéfice qu'elle pouvait en tirer – une belle opportunité dans son entreprise de réhabilitation personnelle. Après en avoir discuté avec Bonnie, elle décrocha son téléphone et appela Valentina pour lui proposer les services de son employée de maison.

— Vous feriez cela pour moi ! s'exclama Valentina. C'est vraiment gentil de votre part. Je suis touchée. Je ne sais comment vous exprimer ma gratitude.

— Tout le plaisir est pour moi, Valentina. Je me suis dit qu'en ces temps difficiles vous aviez sans doute bien plus besoin d'une aide que moi.

Après s'être entendues sur les modalités de la venue de Bonnie, elles raccrochèrent et Susannah informa son employée qu'elle irait quelque temps travailler à Pentimento.

Bonnie fit en sorte de cacher sa satisfaction, mais l'idée de quitter l'atmosphère étouffante de cette maison la réjouissait. Elle en avait marre de Susannah, de ses caprices, de son constant besoin de réconfort, de ses jérémiades perpétuelles, dont celle de ne pas appartenir au Club des cravates noires.

Elle redoutait aussi d'être un jour inculpée de complicité de vol. Elle avait à maintes reprises surpris Susannah en flagrant délit de vol à l'étalage. Même si, évidemment, elle n'en avait rien laissé paraître…

53

Une fois arrivé en ville à son cabinet, Zack passa quelques coups de téléphone à des clients qui lui avaient laissé des messages dans la journée et consulta ses mails, mais il fut incapable ensuite de se concentrer sur les plans de son nouveau chantier.

Aux alentours de 17 heures, prenant conscience qu'il ne servait à rien de s'escrimer en vain, il donna congé à sa secrétaire et enfila la tenue de jogging qu'il conservait toujours au bureau. Après une journée comme celle-ci, se dépenser lui ferait du bien.

La lumière commençait à décliner quand il atteignit son repère lui indiquant qu'il avait déjà parcouru trois kilomètres. Il rebroussa alors chemin. Quand il arriva non loin de son immeuble, la nuit était tombée. Il cessa de courir et se mit à marcher pour reprendre son souffle avant de rentrer.

La porte de son cabinet n'était pas verrouillée mais ce détail ne le préoccupa guère. Sa secrétaire avait dû la laisser ouverte en partant, sachant qu'il reviendrait et qu'il était fort probable qu'il ait une nouvelle fois oublié de prendre ses clés.

Tout était calme quand il entra dans le vestibule mais, une fois la porte de son bureau franchie, il eut un sentiment d'effroi. Ses papiers, toujours soigneusement classés, étaient éparpillés sur sa table de travail. Les livres de sa bibliothèque jonchaient le sol et tous les tiroirs de son bureau avaient tous été retournés.

Aussitôt, Zack se précipita vers son téléphone pour appeler la police. Mais, avant même qu'il ait pu composer le 911, il sentit une lanière autour de son cou. Il lâcha le combiné et essaya des deux mains de se libérer de l'étreinte. Mais il sentit une pression dans son dos et la tension s'intensifia. Zack ne respirait plus qu'avec difficulté. Sa vue se troubla. Des flashs multicolores scintillèrent derrière ses paupières. Dans un dernier sursaut, il rouvrit les yeux.

Avant de perdre définitivement connaissance, il aperçut l'album de couleur bleu turquoise contenant les photos de Pentimento qui traînait par terre.

*

Zachary Underwood était bien plus lourd qu'il n'en avait l'air, et déplacer son corps ne serait pas aisé. Autant amener à lui le fauteuil sur lequel il serait installé. Un trône idéal, avec des accoudoirs. Une fois assis au milieu de son bureau, il fallut plusieurs tentatives pour maintenir le corps en place. Mais l'opération était nécessaire. Un roi se tient toujours droit.

Ses yeux et sa bouche maintenus grands ouverts, comme s'il prononçait une sentence royale, il restait un dernier détail à régler. Une branche de roseau cueillie près du lac de Tuxedo fut placée dans sa main, et ses doigts resserrés autour pour être bien certain qu'il ne la lâche pas.

54

À peine le seuil franchi, Eliza fut accueillie par le délicieux fumet du ragoût d'agneau qu'avait préparé Mme Garcia. Elle n'avait pas refermé la porte que Janie lui sautait dans les bras et l'embrassait.

— Mme Garcia m'a emmenée à la librairie après l'école. Regarde ce que nous avons trouvé.

Eliza prit les deux livres que lui tendait sa fille. Elle lut les titres à haute voix tout en les feuilletant.

— *Saint François d'Assise. Une vie de joie* et *François, l'homme pauvre d'Assise*. Très belles illustrations.

— Tu veux les lire avec moi?

— Bien sûr, ma chérie. Mais laisse-moi d'abord me changer.

Eliza avait hâte de troquer les vêtements qu'elle avait portés lors de la cérémonie pour une tenue plus décontractée. Avant de monter à l'étage, elle fit un détour par la cuisine.

— Comment s'est passée la journée? demanda-t-elle à Mme Garcia tout en soulevant le couvercle du faitout qui mijotait sur le feu.

— Aucun problème à signaler, *señora*, lui répondit son employée de maison, qui versait de la semoule de maïs dans un verre doseur. Le plombier est venu réparer le robinet de la salle de bains qui fuyait.

— Délicieux! s'exclama Eliza qui venait de goûter la sauce.

— Et je suis aussi allée faire quelques provisions pour que les placards de cuisine de votre nouvelle maison ne soient pas complètement vides quand vous arriverez. J'ai aussi pensé que je pourrais vous préparer quelques plats, que vous n'aurez plus qu'à réchauffer.

— Vous êtes une perle, madame Garcia, la remercia Eliza. Pourriez-vous cusiner pour vendredi soir ce poulet que Mack apprécie tout particulièrement?

— C'est déjà prévu, sourit Mme Garcia.

— Que ferais-je sans vous!

— Et j'ai effectué un crochet chez le caviste pour prendre une caisse de vin et une bonne bouteille de whisky, du Dewar, celui que M. McBride préfère.

Eliza savait que Mme Garcia appréciait Mack, et qu'elle voyait d'un bon œil leur relation.

— Au fait, merci pour les deux ouvrages que vous avez choisis avec Janie, lui dit Eliza en changeant de sujet. Croyez-vous que nous avons le temps de lire un peu avant le dîner?

— Il sera prêt dans une demi-heure, lui répondit Mme Garcia après avoir consulté l'horloge murale.

*

Assise sur son lit, Janie tournait les pages de ses nouveaux livres en attendant sa mère. La façon dont saint François était représenté différait de l'un à l'autre. Dans le premier album, il paraissait bien réel; dans le second, il ressemblait plus à un personnage de dessin animé. Mais, dans les deux cas, il était toujours figuré avec une barbe sombre et une tonsure. Il portait des sandales et une robe de bure marron, ceinte d'un long cordon.

Sur certaines images, saint François s'adressait aux animaux; sur d'autres, il prêchait devant ses frères;

d'autres encore le montraient en train de prier, ou bien venant en aide à ses congénères qui, pour la plupart, avaient l'air pauvres et affamés. Mais l'illustration qui marqua le plus Janie fut celle où l'on voyait le saint homme dans une grotte, transcendé par la grâce divine d'une apparition de Jésus-Christ.

Quand elle entendit Eliza approcher, Janie avait pris sa décision. Elle releva la tête et annonça à sa mère :

— Pour Halloween, maman, je veux le costume de saint François.

55

Grâce au copieux buffet dressé après la cérémonie, Fitzroy et Felicity n'avaient plus très faim. Le dîner serait donc léger. Une soupe, du fromage, quelques crackers, et un repas peu onéreux serait prêt. Une aubaine en ces temps difficiles.

Tandis qu'elle cherchait l'ouvre-boîtes dans l'un des tiroirs de sa kitchenette, Felicity se rappela avec nostalgie et amertume la vie qu'ils avaient menée auparavant. Dans leur propriété de Nine Chimneys, la cuisine à elle seule était plus grande que leur appartement d'aujourd'hui. Rien que son dressing occupait plus de place que sa kitchenette actuelle. À l'époque, quand ils vivaient à Nine Chimneys, elle ne s'était jamais préoccupée des questions d'intendance. C'est tout juste si elle savait où se trouvait la cuisine. Elle n'avait pas à préparer les repas. Les Heavener avaient du personnel à leur service pour cela.

Le jour de son mariage, quand elle avait dit oui à son mari et s'était engagée pour le meilleur et pour le pire,

Felicity n'avait pas pris conscience de la portée de cet engagement. Fitzroy était issu d'une famille fortunée qui possédait une demeure dans Tuxedo Park depuis les origines. Bien sûr que leur vie serait radieuse.

Au début, tout s'était déroulé à la perfection. Felicity adorait son nouveau rôle de maîtresse de maison. Elle supervisait le personnel, s'occupait de la décoration et s'affairait dans le jardin à entretenir les massifs de fleurs. Elle menait une vie d'insouciance et de loisirs. Elle fréquentait le club, y jouait au bridge et au tennis, quand elle ne sortait pas en voilier sur le lac.

Fitzroy était un partenaire agréable, qui passait chaque jour du temps avec elle quand il ne s'occupait pas de ses affaires. Lesquelles consistaient à gérer l'héritage familial et à surveiller ses placements, ce qui lui prenait peu de temps.

Où est-il? se demanda Felicity tandis qu'elle découpait de fines tranches de cheddar qu'elle disposait sur des crackers. Une fois le déjeuner achevé, il lui avait dit qu'il avait une affaire à régler et s'était éclipsé. Cela faisait des heures maintenant qu'il était parti et Felicity commençait à s'inquiéter. D'autant que la mort de Vincent lui avait porté un rude coup. Elle n'avait pas vu son mari aussi abattu depuis l'incendie de Nine Chimneys. Mais, à cette époque, Fitzroy avait pu compter sur le soutien indéfectible de Vincent. Aujourd'hui, il n'avait qu'elle pour l'aider à surmonter la perte de son ami.

Felicity savait qu'il était de son devoir de le soutenir dans l'épreuve. Pourtant, elle bouillait d'une colère cachée à son encontre. Fitzroy était responsable de la situation dans laquelle ils étaient englués aujourd'hui. C'était sa faute s'ils s'en trouvaient réduits à occuper ce misérable appartement au-dessus du club. Fitzroy pouvait bien se cacher à lui-même la vérité, personne n'était dupe.

Pendant de longues années, le rendement de ses placements chutait sans qu'il réagisse. Résultat, ils avaient dû batailler fermer pour payer le chauffage, s'acquitter des différents impôts et taxes tout en essayant de maintenir un semblant de train de vie. Même quand ils avaient dû se séparer d'une partie du personnel, il s'était voilé la face. Il lui semblait indécent, avait-il déclaré, qu'il y ait plus d'employés que de résidents dans cette demeure.

Mais le départ de la dernière n'avait en rien réglé le problème. Les pièces volumineuses nécessitaient d'être chauffées, la plomberie était défaillante et la toiture avait besoin d'être réparée, si bien que les factures s'empilaient inexorablement. À la fin, Felicity et Fitzroy ne vivaient plus que dans trois pièces.

Pour autant qu'elle le sache, Vincent Wheelock n'avait jamais proposé à Fitzroy la moindre aide financière au cours de ces années difficiles. Bien que Fitzroy ait consacré beaucoup de temps et d'énergie à aider Vincent dans l'ascension politique de Valentina, bien qu'il fût le parrain de leur fils, jamais Vincent n'avait sorti son carnet de chèques pour leur venir en aide. Quelle espèce de meilleur ami était-il ?

*

La seconde partie de « Key Evening Headlines » était consacrée aux funérailles de Vincent Wheelock. Felicity reconnut la plupart des personnes que l'on voyait pénétrer dans l'église Notre-Dame du Mont-Carmel, dont Fitzroy et elle.

Au moment où le reportage touchait à sa fin, elle entendit la clé dans la serrure.

— Où étais-tu, Fitzroy ? J'étais inquiète…

Il ne lui répondit pas aussitôt. Son visage était rouge, une mèche de cheveux blancs lui barrait le front et le costume qu'il portait depuis la cérémonie était tout froissé.

— Tu as bu ? s'enquit Felicity, suspicieuse.

— Non, je n'ai pas bu, rétorqua son mari en boitillant jusqu'à un fauteuil élimé, dans lequel il s'affala. J'avais besoin de réfléchir, de faire le point.

— Et cela t'a pris quatre heures ?

— J'ai effectué plusieurs fois le tour du lac avant de m'arrêter pour repenser à tous les moments que Vincent et moi avons partagés. Et je dois bien admettre qu'il n'y avait que des bons souvenirs…

56

Pour la troisième fois consécutive, Peter manqua son service.

— C'est quoi ton problème, ce soir ? lui demanda son adversaire. Tu es arrivé avec un quart d'heure de retard, tu as l'air d'une loque et tu joues comme un pied !

— Je n'en sais rien, sans doute un jour sans, répondit Peter en s'approchant du filet.

— Allez, ressaisis-toi. On vient juste de commencer la partie.

— Désolé, mais j'ai vraiment la tête ailleurs.

JEUDI 8 OCTOBRE

57

C'est en milieu de matinée que tomba la première dépêche concernant le décès de Zack Underwood.

LE CORPS DE L'ARCHITECTE DE VINCENT ET VALENTINE WHEELOCK A ÉTÉ RETROUVÉ CE MATIN DANS SON BUREAU DE TUXEDO (ÉTAT DE NEW YORK). D'APRÈS LES PREMIERS ÉLÉMENTS DE L'ENQUÊTE, ZACHARY UNDERWOOD, TRENTE-HUIT ANS, AURAIT ÉTÉ ASSASSINÉ. CETTE DÉCOUVERTE INTERVIENT QUATRE JOURS SEULEMENT APRÈS LE SPECTACULAIRE SUICIDE DE VINCENT WHEELOCK.

Après avoir lu la brève sur son ordinateur, Annabelle Murphy décrocha son téléphone et appela le bureau d'Eliza.

— Bonjour, Paige. Annabelle à l'appareil. Eliza est-elle disponible ?

Tandis qu'elle patientait, Annabelle vit une nouvelle information apparaître à l'écran, qu'elle parcourut rapidement. Le corps de Zack Underwood avait été trouvé en début de matinée par sa secrétaire au moment où celle-ci s'apprêtait à prendre ses fonctions. Le bureau avait été mis à sac et la police cherchait maintenant à déterminer si des documents ou des biens avaient été dérobés. L'article se poursuivait en précisant que Zachary Underwood avait récemment supervisé les travaux de Pentimento, la demeure des Wheelock.

— Tu as vu ça ? lança Annabelle dès qu'Eliza eut décroché.

— Oui, à l'instant. Et dire qu'hier midi je conversais avec lui ! Il avait même accepté de me montrer les plans de Pentimento. Je ne peux pas y croire…

— Cette histoire commence à sentir mauvais, dit Annabelle. Je suis sûre qu'il y a un lien avec la mort de Wheelock.

— Tout à fait d'accord avec toi, lui répondit Eliza. Je n'avais pas encore eu le temps de t'en parler, mais Zack est arrivé aux mêmes conclusions que nous concernant ces chiffres inscrits sur le pot en terre cuite. Et nous avons tous deux appris hier que ce point GPS sur West Lake Road correspondait précisément à l'endroit où un drôle d'accident s'est produit il y a vingt ans de cela. On avait retrouvé là-bas l'épave d'une voiture, mais aucun passager à l'intérieur. Le capot était enfoncé, la tôle froissée, le pare-brise avait explosé en mille morceaux… Et, pourtant, pas la moindre trace de sang !

Annabelle digéra l'information.

— Étrange, en effet. Mais cela peut-il avoir un rapport avec son assassinat ? L'aurait-on tué parce qu'il était au courant de cette vieille histoire ?

— Je n'en sais rien, déclara Eliza. Il m'a en revanche confié que Vincent lui avait demandé d'intégrer quelques particularités architecturales à Pentimento.

— Des particularités architecturales ? Mais lesquelles ?

— Ça, je n'en ai hélas aucune idée. Zack avait promis qu'il m'en parlerait mais, de toute évidence, c'est trop tard… En fait, je suis persuadée qu'il a été éliminé parce qu'il en savait trop.

— Alors que faisons-nous à présent ? interrogea Annabelle tout en réfléchissant à haute voix. Peut-être que B.J. et moi aurions intérêt à aller traîner du côté de Tuxedo, voir s'il n'y a pas quelques informations à glaner…

— Bonne idée ! Et profitez-en pour vous renseigner sur cet accident de voiture. J'ai le pressentiment que ce mystère du passé a un lien direct avec les événements d'aujourd'hui.

58

En quittant Manhattan, Annabelle et B.J. établirent leur plan d'action. D'abord, ils se rendraient au cabinet d'architecture de Zack Underwood, tourneraient quelques images de ses bureaux et étudieraient sur place la possibilité de se glisser à l'intérieur.

— Ne te berce pas trop d'illusions, lança B.J. Je serais surpris que les flics nous laissent nous approcher d'une scène de crime.

— Tu as sans doute raison, mais qui ne tente rien n'a rien ! On verra bien. On peut déjà s'estimer chanceux que le cabinet d'Underwood se trouve en ville et non dans le Park. Si tel avait été le cas, nous n'aurions même pas pu filmer quoi que ce soit.

Annabelle et B.J. avaient espéré que le meurtre de Zack Underwood serait passé inaperçu. Ils quittèrent la Route 17 en direction de Tuxedo et déchantèrent bien vite une fois arrivés en ville. Plusieurs camionnettes satellites et autres voitures de chaînes concurrentes stationnaient déjà dans les parages.

*

B.J. sortit son matériel du coffre et prépara sa caméra pour filmer la façade de l'immeuble où se trouvaient les bureaux de l'architecte. Pendant ce temps, Annabelle se dirigea vers les bandes de plastique jaune délimitant la zone d'investigation pour en interdire l'accès aux badauds.

— Annabelle Murphy, de Key News. J'aimerais voir le bureau de M. Underwood, dit-elle sans se démonter aux deux agents en faction.

— Hors de question ! répondit l'un d'eux.

— Accepteriez-vous alors de m'accorder une interview ?

— Non !

— Même quelques questions rapides ?

— Vous ne connaissez pas la signification du mot *non*? Filez, vous n'avez rien à faire ici.

Annabelle haussa les épaules et rebroussa chemin.

— Merci quand même pour votre coopération, marmonna-t-elle en s'éloignant.

*

La seule source de satisfaction tenait au fait qu'ils n'étaient pas les seuls à s'être vu refuser l'accès de l'immeuble. Assis dans leur voiture, Annabelle et B.J. observaient les journalistes des médias concurrents se faire éconduire un à un.

— Je ne bouge pas d'ici avant que nous ayons dégotté une info que les autres n'auront pas, décida B.J.

— Oui, mais quoi ? demanda la jeune femme en examinant les alentours à travers la vitre. Et si nous allions voir en ville ce qui s'y passe ?

— Pourquoi pas… Après tout, on n'a rien à perdre. Et puis je commence à en avoir marre de rester assis là à ne rien faire.

Ils descendirent de voiture et prirent la direction du centre. Alors qu'ils avaient parcouru quelques mètres, Annabelle aperçut une femme sur le trottoir d'en face. Appuyée contre un arbre, elle observait l'immeuble où avait été commis le meurtre. Son visage affichait une expression proche de la détresse. À tel point qu'Annabelle attrapa le bras de B.J. qui marchait quelques pas devant elle.

— Arrête-toi un instant.

— Qu'est-ce qu'il y a ?

— Tu la vois ? lui demanda-t-elle en la lui montrant du regard. Ne bouge pas, je vais lui parler.

Annabelle traversa la rue et se dirigea vers la femme. Toujours appuyée contre l'arbre, elle fumait une cigarette. Une flopée de mégots jonchait le sol à ses pieds. Elle avait le visage marqué et semblait vulnérable.

— Bonjour, lui lança gaiement Annabelle. Je m'appelle Annabelle Murphy. Je travaille pour Key News.

— Enchantée, lui répondit-elle de manière automatique en serrant la main tendue.

— Quel drame horrible ! lui dit Annabelle en tournant son regard vers l'immeuble.

— Oui, c'est terrible ! Terrible, terrible…, répéta son interlocutrice, dont la voix se fissura.

— Vous connaissiez Zachary Underwood ?

— C'était mon patron, murmura-t-elle, les yeux fermés. Et je pense bien être la dernière à l'avoir vu vivant.

Eurêka ! jubila Annabelle. Cette jeune femme était l'avant-dernière personne à avoir vu l'architecte en vie – la dernière n'étant autre que son meurtrier… Annabelle masqua son enthousiasme quand, après quelques minutes, Aurélia Patterson accepta le principe d'une interview.

Elles s'avancèrent vers B.J. et Annabelle effectua les présentations. Ce dernier ne put s'empêcher de la féliciter intérieurement. Il était impressionné. Ce n'était pas seulement la chance qui avait poussé Annabelle à aborder cette inconnue. Cela relevait plus de la psychologie à déchiffrer les êtres humains et d'un don inné pour mener à bien un reportage.

— Nous sommes garés à deux pas, dit Annabelle tandis qu'ils se dirigeaient vers leur voiture. Mais sans doute connaissez-vous un endroit plus tranquille. Il y a beaucoup d'activité sur ce parking..., poursuivit-elle, sans préciser qu'elle souhaitait procéder à l'interview loin des oreilles et des yeux indiscrets de la police et de ses confrères.

— Où voulez-vous aller? demanda Aurélia.

— Je ne connais pas très bien le coin. Je comptais plutôt sur vous pour nous indiquer un endroit calme. Un jardin public, peut-être? suggéra Annabelle.

— Allons chez moi, lui répondit-elle.

*

Tandis qu'ils empruntaient de nouveau la Route 17, mais en direction de Tuxedo Park, cette fois, B.J. ne sut s'il fallait remercier la chance, le hasard ou le dieu des journalistes. Des fois, tout se passait comme sur des roulettes.

Annabelle, cependant, ne voulait pas avoir l'air de profiter de la situation.

— Je sais qu'ils n'aiment pas beaucoup les caméras dans le Park. Êtes-vous vraiment sûre de vouloir réaliser l'interview là-bas?

— Ils n'ont pas à le savoir! répliqua la jeune femme. Et puis j'ai envie que tout le monde sache ce que j'ai à vous dire, si cela peut contribuer à élucider la mort de Zack. Mais nous n'aurons qu'à faire l'interview chez moi, à l'intérieur. Nous serons en sécurité. Personne n'y verra que du feu…

Le garde à l'entrée reconnut Aurélia et les laissa passer sans la moindre histoire.

*

La maison d'Aurélia Patterson n'était ni très spacieuse, ni très luxueuse – on aurait dit une sorte de petit ranch typique des années 1960.

— Tout le monde s'imagine qu'il n'y a que des belles demeures, dans le parc, dit Aurélia tandis que la voiture remontait l'allée. Mais il n'y a pas que des riches qui vivent ici. Et tout le monde n'est pas non plus membre du Club des cravates noires, loin s'en faut.

Elle se pencha en avant et poursuivit, à l'attention de B.J. :

— Vous n'avez qu'à contourner la maison et vous garer derrière. Personne ne vous verra sortir votre caméra.

Un chien noir et blanc les accueillit quand ils entrèrent dans la maison. Aurélia mit un genou à terre et resta un long moment à l'enlacer et le caresser. Elle l'accompagna ensuite dans le jardin, laissant à B.J. le soin de trouver le meilleur emplacement pour l'interview.

— Elle m'a l'air d'être quelqu'un de fiable, murmura-t-il à Annabelle. En tout cas, elle accorde vite sa confiance. Elle n'a pas peur de laisser deux inconnus seuls chez elle…, poursuivit-il en cherchant une prise pour y brancher un câble.

*

Annabelle commença par les questions d'usage. Elle demanda à Aurélia de décliner son nom et de préciser quelles étaient ses relations avec Zack Underwood.

— J'étais sa secrétaire depuis six ans, répondit Aurélia Patterson. Je travaillais avec lui depuis l'ouverture de son cabinet de Tuxedo.

— Et vous aimiez travailler pour lui ?

Les yeux d'Aurélia s'embuèrent, ses lèvres se mirent à trembler.

— Je n'arrive pas à croire que nous parlons de lui au passé… Zack était un patron formidable. Quelqu'un de très décontracté, du moins dans le cadre des relations professionnelles. J'ai commencé à travailler au cabinet quand mon mari m'a quittée. Cela faisait des années que je n'avais pas occupé un emploi, j'avais perdu toute confiance en moi et je ne connaissais rien à l'architecture. Mais ça ne l'a pas empêché de m'embaucher. Il s'est montré extrêmement patient à mon égard, il m'a appris les termes techniques dont j'aurais besoin et m'a expliqué toutes les procédures à suivre. Pourtant, ce n'était pas quelqu'un de faible. Dès qu'il se mettait au travail, il était d'une exigence rare, un véritable perfectionniste.

— Problablement la raison pour laquelle Vincent Wheelock a recouru à ses services, observa Annabelle.

— Certainement. Et sans doute aussi parce que Zack avait effectué plusieurs stages en Italie. C'était la passion de M. Wheelock. Plusieurs fois, je les ai entendus vanter les beautés de l'architecture romane.

À partir de maintenant, Annabelle savait qu'ils allaient aborder la partie de l'interview la plus délicate pour Aurélia.

— Voulez-vous un peu d'eau avant que nous poursuivions ? lui proposa Annabelle.

— Non, tout va bien. Continuez.

— Quand avez-vous vu Zack pour la dernière fois?

Aurélia se raidit, ses mains se crispèrent sur les accoudoirs de la chaise.

— Hier, en fin d'après-midi.

— Avez-vous remarqué quoi que ce soit d'anormal?

— Non. Zack avait assisté aux funérailles de M. Wheelock, puis il avait pris part au déjeuner donné au Club des cravates noires. Quand il est rentré au bureau, j'ai bien senti qu'il avait la tête ailleurs. Je pense qu'il n'a pas réussi à se concentrer sur ses dossiers. Vers 17 heures, il m'a dit que je pouvais ranger mes affaires et rentrer chez moi. Lui irait courir. Il a enfilé sa tenue de jogging et il est parti. C'est la dernière fois que je l'ai vu vivant…

Des larmes se mirent à couler sur ses joues.

— Je crois bien que j'ai besoin d'un verre d'eau, à présent, dit Aurélia en se dirigeant vers la cuisine.

Elle ouvrit le réfrigérateur, en sortit une grande bouteille et se servit un verre. Quand elle revint, elle avait meilleure figure.

— J'ai quitté le bureau peu de temps après lui, poursuivit-elle. Et, comme je ne savais pas s'il avait pris ses clés – il avait tendance à les oublier –, j'ai préféré laisser la porte ouverte. Je pensais qu'il serait de retour dans une trentaine de minutes, qu'il n'y aurait pas de problème…

Elle s'interrompit, prenant soudain conscience de ce qu'elle venait de dire.

— Si seulement j'avais fermé la porte à clé, Zack serait toujours en vie…

— Ne culpabilisez pas, tenta de la rassurer Annabelle. Si quelqu'un voulait réellement tuer Zack, ce n'est pas une porte fermée à clé qui l'aurait arrêté.

— Merci, renifla Aurélia. C'est gentil.

— Avançons, si vous le voulez bien, la pressa Annabelle. Que s'est-il passé ce matin?

— Eh bien, comme chaque matin, je suis partie à la même heure. Mais, une fois sur place, j'aurais aussitôt dû me douter qu'il était arrivé un malheur…

— Pourquoi, la porte n'était toujours pas fermée à clé?

— Elle était entrouverte… Mais, comme j'avais aperçu la voiture de Zack sur le parking, je me suis d'abord dit qu'il était venu travailler de bonne heure. Je l'ai appelé mais il ne m'a répondu. J'aurais dû alerter la police à cet instant-là. Si seulement j'avais su… Mais au lieu de cela je suis entrée dans le bureau de Zack…

Aurélia marqua une pause, le regard fixé au loin, comme si elle revivait la scène.

— Je sais que c'est difficile, l'encouragea Annabelle, mais pouvez-vous me décrire ce que vous avez vu?

Aurélia acquiesça et ferma les yeux quelques instants avant de poursuivre:

— Le bureau était sens dessus dessous. Des livres et des papiers étaient éparpillés partout, les tiroirs avaient été retournés et leur contenu jonchait le sol. La première pensée qui m'est venue à l'esprit, c'est qu'il allait me falloir un sacré bout de temps pour ranger tout ce bazar…

Aurélia se mit à pleurer.

— Vous y croyez, vous? J'ai d'abord pensé au foutoir…

Annabelle et B.J. attendirent qu'elle se ressaisisse avant qu'elle leur décrive les conditions de la découverte du corps de Zack Underwood. Mais, quand elle reprit la parole, elle n'aborda pas le sujet.

— Une fois que la pièce aura été entièrement passée au peigne fin, la police voudra que je vienne voir s'il ne manque rien.

B.J. décolla son œil de l'objectif et lança un regard à Annabelle. Chacun savait ce à quoi l'autre pensait. Il fallait qu'ils obtiennent d'Aurélia une description de la scène du crime. Mais il ne fallait surtout pas la brusquer ni se la mettre à dos. Ils auraient sans doute besoin d'elle à l'avenir, pour leur dire ce qui avait éventuellement disparu, ou pour les tenir informés de la progression de l'enquête.

— Ce que je vous demande est difficile, j'en ai conscience, lui dit doucement Annabelle. Mais qu'avez-vous vu d'autre?

— Vous faites allusion à Zack?

— Oui, mais pas seulement. Faites-nous part de vos impressions. Qu'avez-vous ressenti?

Aurélia détourna son regard de celui d'Annabelle pour se concentrer sur ses mains, qu'elle serrait l'une contre l'autre, comme pour les empêcher de trembler.

— Après avoir constaté les dégâts, j'ai aussitôt eu le sentiment que je n'étais pas seule dans la pièce. J'apercevais quelqu'un dans mon champ de vision. C'était Zack…

— Il était allongé sur le sol?

Aurélia secoua la tête, sans cesser de regarder ses mains.

— Non. Il était assis dans un fauteuil.

— Vous pensez qu'on l'a tué à cet endroit? s'enquit Annabelle.

— Certainement pas. Il n'aimait pas ce fauteuil, il ne s'y asseyait jamais. Et puis il n'était pas à sa place habituelle. Je pense plutôt qu'on l'a installé là après. Une sorte de mise en scène…

— Que voulez-vous dire?

— Je pense qu'on l'a mis là, enchaîna-t-elle, hésitante, pour qu'il ressemble à un roi…

— Un roi ! s'exclama Annabelle. Je suis navrée mais je ne vous suis pas.

— Avec son sceptre à la main, Zack ressemblait à un roi assis sur son trône…

— Un sceptre ?

Aurélia acquiesça.

— Et à quoi ressemblait ce sceptre ?

— En fait, ce n'était pas un vrai sceptre, mais ça m'y a fait penser. Il s'agissait d'une plante, on aurait dit une tige de roseau.

— Une tige de roseau, répéta Annabelle. Et savez-vous comment Zack a été tué ?

— Il avait une sorte de lanière de cuir enroulée autour du cou, et des marques rouges…

Ses mains tremblèrent de plus belle, son visage était livide.

— Aurélia, vous vous sentez bien ? s'inquiéta Annabelle.

Elle fit signe à B.J. d'arrêter de filmer. À ce moment précis, le téléphone d'Aurélia se mit à sonner.

— La police a terminé son travail d'investigation. Ils veulent que je vienne inventorier ce qui a disparu, leur dit-elle quand elle eut raccroché.

— Vous sentez-vous la force de retourner au bureau ? lui demanda Annabelle.

— Il le faut bien.

— Alors nous allons vous raccompagner en ville.

B.J. pesta intérieurement. Ils avaient réussi à pénétrer l'enceinte de Tuxedo Park, avec une caméra de surcroît. Il aurait voulu profiter de cette aubaine pour y traîner un peu, tourner quelques images et, qui sait, tomber sur un témoin intéressant. Partie remise, espéra-t-il.

59

Après avoir déposé Aurélia devant le cabinet de feu Zack Underwood, Annabelle appela la rédaction de Key News et écouta les instructions.

— Linus veut absolument un sujet pour l'émission de demain matin, informa-t-elle B.J. après avoir raccroché.

Chacun évalua les éléments dont ils disposaient.

— L'interview d'Aurélia est sans conteste notre meilleur atout, dit Annabelle. Mais je propose qu'on n'utilise que le début, quand elle découvre le bureau saccagé. Gardons sa description du cadavre de Zack pour une autre fois. À part ça, nous ne disposons que des images de la façade de l'immeuble où travaillait Underwood et du cordon de police. Je suggère qu'on reprenne des extraits des funérailles de Wheelock, ce qui nous permettra de nourrir le sujet et de glisser vers le lien supposé entre ces deux affaires.

B.J. fronça les sourcils.

— Ouais, ça se tient, grommela-t-il. Mais c'est maigrichon.

— Qu'y pouvons-nous ? La police refuse de s'exprimer. On pourrait aller en ville et interroger des passants…

— Toutes les autres chaînes auront recueilli des commentaires sans intérêt de quidams qui n'ont rien à dire mais veulent passer à la télé. Non, il nous faut du lourd.

Alors qu'ils approchaient du centre-ville, Annabelle eut une idée.

— Fais demi-tour.

— Où va-t-on ? lui demanda B.J. en décélérant.

— À la bibliothèque. On est passés devant ce matin.

*

La façade en pierre de la bibliothèque de Tuxedo était en harmonie avec l'architecture de ce quartier.

À part une femme derrière un comptoir, la salle était déserte. Quand ils s'approchèrent d'elle, la bibliothécaire leva le nez de son livre et leur sourit.

— Bonjour, madame, nous sommes à la recherche d'informations concernant un accident qui s'est produit il y a une vingtaine d'années à Tuxedo Park, dit Annabelle. J'ai effectué quelques recherches sur Internet, mais je n'ai trouvé qu'une simple brève dans le *Times Herald Record*.

— Je n'habitais pas là à l'époque. Mais le *Tuxedo News* en a sans doute parlé. Malheureusement, leurs archives ne sont pas numérisées, il va falloir effectuer une recherche à l'ancienne et feuilleter chaque numéro. Avez-vous une idée approximative de la date de cet accident?

Annabelle indiqua à la bibliothécaire la date à laquelle le *Times Herald Record* avait mentionné les faits. Elle leur demanda de patienter et quitta la salle de lecture.

Quinze minutes plus tard, elle revenait les bras chargés de vieux journaux.

— Commencez donc par ceux-là, leur dit-elle. Mais faites bien attention en les manipulant, ce sont les seuls exemplaires que nous ayons.

Annabelle et B.J. épluchèrent les journaux de la première à la dernière page. Soudain, B.J. s'exclama :

— Là, en bas de page !

— Lis à haute voix.

B.J. se racla la gorge.

— « Une Ford Mustang cabriolet de couleur bleue a été retrouvée abandonnée sur une portion isolée de West Lake Road. La voiture était très sérieusement accidentée mais les recherches aux alentours n'ont pas permis d'identifier le conducteur ni d'éventuels passagers. Les autorités s'activent pour connaître le propriétaire du véhicule. L'officier Clay Vitalli fut le premier sur les lieux, après qu'un automobiliste eut alerté la police de Tuxedo Park. »

— Parfait, s'enthousiasma Annabelle. Étudions les éditions suivantes.

Le numéro du lendemain revenait en détails sur l'accident relaté la veille. Il était même en une du journal. Annabelle lut à haute voix :

— « Le propriétaire de la Ford Mustang cabriolet accidentée découverte sur West Lake Road a été identifié. Il s'agit de Martin O'Shaughnessy, trente et un ans, un habitant de Tuxedo employé comme jardinier paysagiste par de nombreux résidents de Tuxedo Park, dont Vincent et Valentina Wheelock, la grande favorite pour la prochaine élection au poste de gouverneur. La police recherche activement Martin O'Shaughnessy mais n'a pas réussi pour le moment à le retrouver. »

Annabelle ne dénicha qu'un seul autre article, dans une édition de la semaine suivante.

— « La police semble sur le point de refermer le dossier de ce mystérieux cabriolet accidenté découvert sur West Lake Road il y a dix jours. Le véhicule appartient à Martin O'Shaughnessy, un jardinier paysagiste de Tuxedo. Mais ce dernier, malgré les recherches, demeure introuvable. La police pense qu'il s'est enfui en Irlande. William O'Shaughnessy, le frère de Martin, a confié aux enquêteurs que ce dernier se plaignait de plus en plus souvent de ses conditions de travail et de sa vie ici. Il avait également émis à plusieurs reprises le souhait d'aller s'installer en Irlande, le pays natal de leurs parents. »

Annabelle marqua une courte pause pour reprendre sa respiration.

— « L'officier Clay Vitalli a déclaré qu'aucune poursuite ne serait engagée contre quiconque car aucun crime n'avait été commis, sinon abandonner un véhicule accidenté dans un fossé. L'affaire est donc close. »

Annabelle sortit un carnet de son sac et prit quelques notes, que B.J. lut par-dessus son épaule :

— Carcasse de voiture retrouvée abandonnée. Propriétaire Martin O'Shaughnessy disparu. Police referme le dossier. Hum, Hum, commenta B.J., c'est louche cette histoire…

— Tu le penses, toi aussi ? Allons faire des copies de ces articles pour Eliza et retournons à Key News, lança Annabelle.

60

Aurélia Patterson était en larmes quand elle acheva l'inventaire du bureau de Zack Underwood. Elle tendit au chef Vitalli la courte liste des objets et documents manquants. Vu son état, ce dernier demanda à un officier de la raccompagner chez elle ; un autre suivrait dans la voiture d'Aurélia.

— Merci pour votre aide, madame Patterson, lui dit Clay. Reposez-vous. Prenez bien soin de vous. Et, cela va sans dire, ne communiquez à personne le contenu de cette liste ni les détails de l'enquête.

Aurélia eut peur de lui révéler qu'elle avait déjà parlé aux gens de Key News.

*

Dès qu'il put trouver un endroit discret à l'abri des oreilles indiscrètes, le chef Vitalli sortit son téléphone portable et passa deux appels. À chacun de ses interlocuteurs, il tint le même discours :

— Il faut qu'on se voie tous les trois et qu'on discute. Les événements prennent un tour qui ne me plaît pas…

61

Eliza était dans son bureau en compagnie de Margo Gonzalez, la consultante santé et médecine de Key News, quand Annabelle et B.J. entrèrent. Ils leur rapportèrent les propos d'Aurélia Patterson.

— Zack était assis comme un roi sur son trône ? répéta Eliza, incrédule.

— Un roi que l'on aurait voulu tourner en ridicule ? suggéra Margo.

— Si l'assassin s'est livré à une mise en scène, quel message voulait-il délivrer ? s'interrogea Eliza. Qu'est-ce que cela peut bien signifier ? À moins qu'il ne s'agisse d'une signature. Bon nombre de détraqués aiment laisser une empreinte sur le lieu de leur crime, comme pour défier les enquêteurs…

— Je n'en ai aucune idée. Mais jette un coup d'œil à ces articles que nous avons trouvés à la bibliothèque de Tuxedo, lui dit Annabelle en lui tendant les photocopies.

Après les avoir lus, deux détails attirèrent l'attention d'Eliza.

— *Primo*, l'officier Clay Vitalli, dont il est fait mention dans ces articles, est désormais devenu le chef de la police locale. Il était l'un des porteurs du cercueil de Vincent lors de la cérémonie.

— Et c'est bien lui qui t'a conseillé de ne pas prendre de photos dans la serre? demanda B.J.

— Oui, c'est le même. Deuzio, le nom de Martin O'Shaughnessy m'a sauté aux yeux. Le serveur qui m'a parlé de l'accident au Club des cravates noires s'appelle Bill O'Shaughnessy. Il a la cinquantaine. Il pourrait donc très bien avoir un frère âgé de cinquante et un ou cinquante-deux ans. Mais pourquoi ne m'a-t-il pas dit alors que la voiture abandonnée appartenait à son frère?

— Il cache quelque chose, lança B.J.

— Ou il s'agit d'un souvenir douloureux..., suggéra Margo.

— Quelle qu'en soit la raison, il faut d'abord s'assurer que Martin était bien son frère. Ensuite, si l'hypothèse se confirme, il faudra voir s'il a eu des nouvelles de lui depuis le soir de l'accident. Vous voulez que je l'appelle? proposa Annabelle.

— Si Bill O'Shaughnessy a volontairement omis de me parler de son frère, c'est qu'il a ses raisons, dit Eliza. J'ai peur qu'au téléphone il ne se braque. Le mieux est de lui parler en tête à tête. Ses réactions, l'expression de son visage en diront peut-être plus que ses mots. Voyons ce qu'il a à nous révéler si on lui pose la question de but en blanc...

— Mais comment allons-nous le prendre par surprise? s'enquit Annabelle. Trouver son adresse et débarquer chez lui sans prévenir?

— J'ai une bien meilleure idée, sourit Eliza. Je passe le week-end à Tuxedo Park et il y a de fortes chances que je le croise là-bas... Mais, en attendant, j'appelle sans plus tarder le chef Vitalli.

62

Il avait bien essayé de la décourager en éludant ses questions ou en lui répondant de manière évasive et partielle, mais elle s'était montrée déterminée à découvrir ce qui s'était passé vingt ans plus tôt sur West Lake Road. Elle voulait dans un premier temps consulter le rapport de police de l'époque. S'il ne le lui faxait pas, dit-elle, elle s'arrêterait au poste ce week-end avant d'emménager dans son cottage.

Le chef Vitalli raccrocha en jurant à voix basse. Il n'aimait pas qu'Eliza Blake s'intéresse à cette vieille histoire. D'autant que ce n'était vraiment pas le moment.

Mais bon, elle ne peut pas prendre connaissance de ce qui n'existe pas…

Clay trouva le vieux dossier rangé dans le tiroir inférieur de son bureau et le mit à la broyeuse.

63

En repassant avec minutie sa chemise blanche, Bill repensa aux innombrables fois où sa femme s'en était occupée pour lui de son vivant, et aux nombreuses tâches qu'elle accomplissait au quotidien pour leur rendre la vie moins dure : collectionner les coupons de réduction pour obtenir des remises au supermarché, sans cesse guetter les promotions, se creuser la tête pour trouver de nouvelles recettes afin qu'un poulet puisse durer trois repas, régler le thermostat au plus bas, l'hiver, pour que les factures ne s'envolent pas… Pourtant Moira ne s'était jamais plainte qu'ils dussent vivre chichement, qu'un week-end sur les côtes du New Jersey représentât pour eux le plus beau des voyages.

Comme lui, Moira était issue d'un milieu modeste, et elle n'avait pas été élevée pour en espérer davantage. Tant que le loyer et les factures étaient payés et qu'il y avait de quoi manger, elle était satisfaite, voire reconnaissante devant leur bonne fortune. Quand elle fut clouée au lit, les frais médicaux devinrent vite exorbitants, et cela l'angoissa. Bill était persuadé que la bataille engagée contre la compagnie d'assurances qui refusait de couvrir les dépenses n'avait fait qu'augmenter son inquiétude et son stress, pour finalement précipiter sa mort.

Bill serra la poignée du fer jusqu'à ce que ses jointures deviennent blanches. Chaque fois qu'il songeait aux longues semaines d'agonie de Moira, il éprouvait un sentiment mêlant rage et impuissance. Pourtant, il pouvait se consoler en se disant qu'il ne l'avait pas laissée tomber. Il était allé négocier avec l'hôpital un échéancier afin qu'elle puisse bénéficier des meilleurs soins – même si cela signifiait qu'il devrait rembourser jusqu'à la fin de ses jours… Au moins avait-il été à son côté jusqu'à son dernier souffle.

Tandis que le fer glissait sur le coton, les pensées de Bill dérivèrent vers le sujet qu'il essayait d'évacuer depuis ce matin. À l'épicerie, quand il était venu prendre son café et un petit pain, tout le monde ne parlait que de la mort de Zack Underwood.

La veille, Bill avait parlé à Zack de l'accident survenu sur West Lake Road, même s'il ne lui avait pas tout raconté – il n'aurait jamais osé. Après toutes ces années, Bill se disait qu'évoquer l'accident ne porterait pas à conséquence. Après tout, l'accident n'était un secret pour personne. Ce qui était arrivé au conducteur en revanche l'était…

Puis, quand Eliza Blake était venue lui poser les mêmes questions que Zack quelques minutes plus tard, Bill avait aussitôt songé qu'il ne pouvait s'agir d'une coïncidence. Maintenant que l'architecte avait été assassiné, il craignait d'avoir trop parlé. Une crainte qui ressemblait plus à de la peur.

En boutonnant sa chemise avant d'aller prendre son service, Bill se rendit compte qu'il n'avait plus ressenti une telle frayeur depuis le jour où, il y a vingt ans de cela, l'officier Clay Vitalli lui avait expliqué ce qu'il risquait s'il continuait à fourrer son nez partout pour découvrir ce qui était arrivé à son frère Martin.

64

Les nombreux salons du club-house étaient propices à des échanges discrets. Pourtant, Peter Nordstrut et les deux hommes qui l'accompagnaient les dépassèrent sans s'arrêter, longèrent un corridor et gagnèrent l'arrière du bâtiment. Peter s'immobilisa devant la porte métallique donnant sur le terrain de racket[1]. Particularité de ce dernier, il ne possédait ni fenêtre ni ouverture donnant sur l'extérieur, mais Peter savait où se trouvait l'interrupteur. Il alluma, les deux autres entrèrent et la lourde porte se referma derrière eux en grinçant.

— Cet endroit me fiche la chair de poule, déclara Clay. On dirait une vieille crypte.

— Alors, c'est le lieu approprié pour notre discussion, lui répondit Fitzroy.

1. Sport proche du squash.

— D'autant que la légende raconte que ce terrain est hanté, poursuivit Peter. Les balles volent toutes seules, les raquettes aussi…

— Arrête tes conneries, dit Vitalli en desserrant le col de son uniforme. Je ne crois pas un instant à ces histoires de fantômes. Quand on est mort, on est mort. On ne reste pas à flotter comme ça en l'air !

— Et pourtant, continua Nordstrut, on dirait bien que le fantôme de Martin O'Shaughnessy soit revenu nous hanter…

Fitzroy approuva d'un air solennel.

— J'ai toujours su que cette histoire nous rattraperait.

— Pour l'instant, elle ne nous a pas encore rattrapés, martela Clay. Et à nous de faire en sorte qu'elle ne nous rattrape jamais ! Eliza Blake m'a appelé tout à l'heure pour me poser des questions au sujet de l'accident. Quand je lui ai demandé pourquoi Key News s'intéressait à une histoire sans intérêt vieille de vingt ans, elle m'a répondu qu'une série de chiffres découverts dans la serre de Pentimento pointait cet endroit précis de West Lake Road. Elle avait déjà pas mal d'informations, mais elle voulait des détails.

— Et que lui as-tu dit ? l'interrogea Fitzroy.

— D'après toi ? Rien, évidemment. Tu ne pensais quand même pas que j'allais lui raconter que c'est moi qui avais tout mis en scène ! Qui avais envoyé la Mustang s'écraser contre cet arbre ! Non, je suis resté évasif et je me suis excusé de ne pouvoir lui apporter plus d'éléments que ceux déjà en sa possession.

— Et comment a-t-elle réagi ? s'enquit Peter.

— J'ai l'impression qu'elle ne m'a pas cru un seul instant. Elle a voulu à voir le rapport de police – que j'ai aussitôt détruit. Mais je suis quasiment persuadé qu'elle ne va pas lâcher le morceau avant d'avoir appris ce qui s'est passé…

— Et avec les moyens de Key News, elle a de fortes chances de réussir, lâcha Fitzroy, défaitiste.

— Pas si nous prenons les mesures adéquates pour qu'elle – ou n'importe qui d'autre – ne découvre pas la vérité, rétorqua Clay. Mais, ce qui m'inquiète le plus, c'est ce que Vincent a bien pu imaginer avant son suicide mystique. S'il a laissé derrière lui cette série de chiffres conduisant tout droit au lieu de l'accident, quels autres indices a-t-il bien pu disséminer dans Pentimento qui mèneraient jusqu'à nous?

Peter et Fitzroy digérèrent l'information en silence.

— Laissez-moi vous dire une dernière chose, reprit Clay. D'après la secrétaire d'Underwood, seuls les plans de rénovation de Pentimento et un album photos rendant compte de l'avancée des travaux ont disparu de son bureau. Moi, j'ai comme l'impression qu'avant de partir Vincent a imaginé un puzzle grandeur nature, et qu'il avait chargé Zack Underwood de lui en fabriquer les pièces.

— Zack Underwood est mort! Il n'est donc plus en mesure de révéler le moindre de nos secrets, dit Peter.

— Que fait-on à présent? bredouilla Fitzroy, livide.

— On attend et on observe. Mais n'oubliez pas que nous sommes tous mouillés dans cette histoire. Si l'un de nous plonge, les autres plongent avec lui.

65

Après le dîner, Russell regagna la résidence universitaire de Columbia et appela sa mère. Maintenant que les funérailles étaient passées, Valentina devait se sentir bien seule pour affronter la terrible réalité.

— Comment vas-tu, mère? demanda-t-il en s'allongeant sur son lit.

— Bien, Russell, lui répondit-elle d'une voix lasse. La nouvelle employée de maison a commencé ce matin.

— Comment est-elle?

— Elle ne vaut pas Eunice. Mais, pour le moment, elle fera l'affaire. Elle m'aide à tout remettre en ordre avant mon départ. J'envisage de partir la semaine prochaine.

— Et où comptes-tu aller?

— En Italie.

— Penses-tu que ce soit une bonne idée?

— Pourquoi ne le serait-ce pas?

— Il est bien trop tôt, tout va te rappeler papa, là-bas…

— De toute façon, tout ici me fait penser à lui. Et, de surcroît, avec ce qui se passe en ce moment, j'ai envie de m'éloigner. Avant de partir, je m'occuperai des formalités pour que le corps d'Eunice soit rapatrié à Trinidad, mais je n'ai ni le courage ni l'envie d'attendre le résultat de l'autopsie. J'ai juste besoin de changer d'air quelque temps pour retrouver mes repères.

— L'enterrement est passé, mère. Tout va redevenir plus calme.

— Tu n'es donc pas au courant?

— Au courant de quoi? J'étais en cours toute la journée et ensuite je suis allé travailler en bibliothèque.

— Tu ne connais pas la nouvelle! Zack Underwood a été assassiné…

— Mon Dieu! Qu'est-il arrivé?

— Quelqu'un s'est introduit dans son bureau hier soir et l'a tué…

Russell entendit le son des glaçons tinter dans un verre. Il aurait parié qu'elle se servait une vodka.

— Qu'en pense la police? demanda-t-il. Tu as parlé à Clay?

— Non, je ne l'ai pas vu. Je ne sais pas s'il a une piste. Mais je suis persuadée que sa mort est liée à celle de ton père.

— Veux-tu que je vienne ce soir? Je peux être là dans une heure.

— Non, mon chéri. Je te remercie pour ta proposition mais ne te donne pas cette peine. N'oublie pas que la priorité ce sont tes études. En revanche, j'apprécierais que tu viennes ce week-end. Tu me manques, je t'aime. Et j'ai peur que tout cela t'affecte, toi aussi, bien plus que tu l'imagines.

*

Russell lisait un article de sciences politiques mais les mots dansaient sous ses yeux sans qu'ils parviennent à faire sens. Le suicide de Vincent, l'accident d'Eunice, l'assassinat de Zack… C'en était trop.

Sachant qu'il serait incapable de se concentrer, Russell referma le livre et alla dans la salle de bains s'asperger le visage d'eau froide. Il avait besoin de sortir, d'aller se détendre. Quel mal après tout? Son père était mort mais la vie continuait, *sa* vie devait continuer.

*

Il prit le métro et sortit deux stations plus loin. Une fois sur le trottoir, il déambula jusqu'à trouver un lieu qui l'attire. Il entra dans le Broadway Dive, sur la 101e Rue, et slaloma entre la foule jusqu'au bar. L'endroit était bruyant et faiblement éclairé.

— Une Rolling Rock, demanda-t-il au barman.

Russell but sa bière en scrutant la salle. Satisfait de constater qu'il ne connaissait personne, il reporta son attention sur les cibles féminines qu'il pourrait aborder. Dans un box, au fond, trois jeunes femmes séduisantes éclatèrent de rire. La brune était particulièrement jolie mais Russell ne bougea pas, il n'avait pas envie de deux témoins pour observer sa manœuvre d'approche.

Il commanda une autre bière, la but et s'apprêtait à quitter le bar pour un autre endroit quand une petite blonde fit son apparition.

66

C'était la dernière soirée de Janie avant son départ pour Hershey Park en compagnie des Cohen. Elle ne serait absente que deux nuits, mais Eliza ne pouvait s'empêcher d'être nerveuse. Janie, elle, semblait au contraire tout excitée.

Mme Garcia avait préparé la petite valise de Janie, qu'Eliza vérifia.

— Et Zippy ? demanda Eliza en agitant un singe en peluche tout ébouriffé. Tu ne le prends pas ?

Janie sembla considérer la question avec attention.

— Non, je le laisse ici. Je pense que je suis trop grande, maintenant, pour l'emmener avec moi, répondit-elle avec sérieux.

— Comme tu voudras.

D'un côté, Eliza était touchée par le désir de sa fille de devenir grande ; de l'autre, elle n'était pas sûre que laisser derrière elle son inséparable compagnon nocturne soit une bonne idée. Peut-être devrait-elle suggérer à Mme Garcia de le mettre dans un sac et de le donner discrètement à Susan Cohen, juste au cas où Janie le réclamerait au milieu de la nuit…

Janie prit son bain, se brossa les dents et fila au lit. Dès qu'Eliza fut assise à côté d'elle sur la couverture, Janie lui tendit *François, l'homme pauvre d'Assise*.

— On a déjà lu cette histoire hier soir. Tu veux la reprendre?

Janie acquiesça. En ouvrant le livre, il vint à l'esprit d'Eliza que bientôt sa petite fille la solliciterait plus pour la lecture du soir, que sa petite fille bientôt n'en serait plus une…

Ensemble, elles tournèrent les pages. Eliza lisait le texte, ensuite elles commentaient les dessins illustrant la vie du saint. À la fin de l'album, *Le Cantique de frère soleil* était reproduit dans son intégralité.

— C'est quoi un cantique, maman?

— Un chant religieux. Tu veux que je te le lise?

— Oh oui! s'enthousiasma-t-elle en remontant la couette sous son menton.

Eliza commença sa lecture.

Très haut, tout-puissant, bon Seigneur, à toi sont les louanges, la gloire, l'honneur, et toute bénédiction. À toi seul, Très-Haut, ils conviennent, et nul homme n'est digne de te nommer.

Loué sois-tu, mon Seigneur, avec toutes tes créatures, spécialement messire frère soleil qui est le jour, et par lui tu nous illumines. Et il est beau et rayonnant avec grande splendeur, de toi, Très-Haut, il porte le signe.

Loué sois-tu, mon Seigneur, pour sœur lune et les étoiles, dans le ciel tu les as formées claires, précieuses et belles.

Loué sois-tu, mon Seigneur, pour frère vent, et pour l'air et le nuage et le ciel serein et tous les temps, par lesquels à tes créatures tu donnes soutien.

Loué sois-tu, mon Seigneur, pour sœur eau, qui est très utile et humble, et précieuse et chaste.

Loué sois-tu, mon Seigneur, pour frère feu, par lequel tu illumines la nuit, et il est beau et joyeux, et robuste et fort.

Loué sois-tu, mon Seigneur, pour sœur notre mère la terre, qui nous soutient et nous gouverne, et produit divers fruits avec les fleurs colorées et l'herbe.

Loué sois-tu, mon Seigneur, pour ceux qui pardonnent par amour pour toi et supportent maladies et tribulations. Heureux ceux qui les supporteront en paix, car par toi, Très-Haut, ils seront couronnés.

Loué sois-tu, mon Seigneur, pour sœur notre mort corporelle, à qui nul homme vivant ne peut échapper. Malheur à ceux qui mourront dans les péchés mortels, heureux ceux qu'elle trouvera dans tes très saintes volontés, car la seconde mort ne leur fera pas mal.

Louez et bénissez mon Seigneur,

et rendez-lui grâces et servez-le avec grande humilité[1].

Quand Eliza eut terminé la lecture du cantique, Janie s'était endormie. Eliza se leva sans faire de bruit et éteignit la lumière. Elle gagna sa propre chambre et commença à se dévêtir. Ce faisant, elle se dit que le texte était bien plus long que les quelques strophes imprimées au dos des cartes remises après les funérailles de Vincent.

Mais elle n'y pensa bientôt plus, son esprit passant de Vincent à Zack Underwood, et de là à West Lake Road, où la voiture accidentée avait été abandonnée. Elle était certaine qu'il existait une connexion entre ces trois événements. Mais, dans ce cas, se pourrait-il que l'accident dont avait été victime l'employée de maison des Wheelock ne soit pas qu'une coïncidence ? Eliza se mit au lit et tenta en vain de trouver le sommeil. Il lui fallait diriger son esprit vers des pensées positives.

Mack arrivait demain.

67

— Je n'ai pas déjeuné aujourd'hui, ni même dîné, lança la petite blonde en finissant son deuxième cocktail. J'ai le ventre vide et la tête qui commence à tourner.

---

1. Traduction : *Sources chrétiennes*, n° 285.

Elle tanguait dangereusement sur son tabouret de bar en direction de Russell.

— On pourrait aller manger un morceau ailleurs ? lui proposa-t-il.

— Bonne idée, s'exclama-t-elle en descendant de son tabouret.

Elle titubait et s'agrippa à Russell jusqu'à ce qu'elle retrouve l'équilibre.

— Tu sais, je n'ai pas l'habitude de sortir avec le premier type venu rencontré dans un bar, Samuel. Mais tu es tellement classe et si attentionné que je suis sûre que tu es quelqu'un de bien.

Une fois sur le trottoir, ils restèrent côte à côte quelques instants.

— J'aime bien les mecs grands ! dit-elle.

Russell prit son bras pour la guider.

— Où va-t-on ? demanda-t-elle une fois qu'ils eurent parcouru plusieurs blocs.

— Je connais un endroit dans Riverside Park. On a la plus belle vue de tout New York sur l'Hudson. Et leurs hamburgers valent le déplacement.

— Je ne savais pas qu'il y avait un restau dans ce coin, réussit-elle à articuler d'une voix pâteuse.

— Super ! Comme ça tu vas découvrir quelque chose de nouveau…

Il enleva sa veste, la posa sur le dos de sa compagne et lui passa un bras autour des épaules.

— Il fait de plus en plus froid, lui dit-il, mais on est bientôt arrivés.

Ils entrèrent dans le parc et suivirent un chemin qui descendait vers la rivière. Ils croisèrent un joggeur et un homme qui promenait son chien.

— Je ne vois toujours pas de restaurant, dit la petite blonde.

— Il est juste un peu plus loin.

— Je n'aime pas ce parc, lança la jeune femme en essayant de se dégager. Il fait noir, allons-nous-en.

— Allons, lança Russell en accentuant la pression sur son épaule. On y est presque. Tu vas voir.

— Lâche-moi ! hurla la jeune femme.

Elle fit soudain volte-face, réussit à se dégager de son étreinte et lui griffa le visage. Comme un autre joggeur approchait dans le lointain, Russell décida de la laisser filer.

68

Depuis toujours, l'immense confiance affichée par les résidents de Tuxedo Park n'avait cessé d'étonner Clay Vitalli. Ils ne s'inquiétaient jamais de savoir si leurs demeures étaient bien fermées ou s'ils avaient pensé à enlever la clé de leur voiture du tableau de bord. Dans quel monde vivaient-ils ? Dans le sien, il était nécessaire d'être toujours sur ses gardes.

La conversation avec Eliza Blake l'avait rendu nerveux.

Il était essentiel de connaître ce qu'elle et ses amis avaient découvert, comment ils comptaient agir.

Il se glissa discrètement à l'intérieur du petit cottage, alluma sa lampe torche et balaya les pièces à la recherche du meilleur endroit pour y dissimuler un micro.

69

Chaque page plastifiée de l'album bleu turquoise dérobé chez Zack Underwood méritait d'être examinée avec soin. Intérieurs, extérieurs, gros plans, panoramiques… Toutes les photos révélaient une myriade de détails qui, mis bout à bout, rendaient Pentimento unique.

Chaque photo ne pouvait en revanche contenir un indice permettant de résoudre l'énigme imaginée par Vincent afin que la vérité éclate – elles étaient trop nombreuses. Mais certaines devaient mettre sur la voie. Restait à trouver lesquelles…

Le nouveau propriétaire de l'album examinait les photos de la serre. Bingo ! Indice numéro un : une série de chiffres noirs inscrits sur un pot de fleurs en terre cuite.

Où se trouvait l'indice numéro deux ?

Les clichés étaient trop nombreux, il y avait bien trop de détails architecturaux, autant de possibilités… Aucune photo n'attira son regard plus qu'une autre. Mais comment trouver ce que l'on cherche quand, précisément, on ne sait pas ce que l'on cherche ?

Seul réconfort : l'album ne traînait plus dans le bureau de l'architecte. Il était en sécurité ici. Personne ne pourrait le feuilleter pour tenter d'en percer les secrets…

Sauf que cet album n'était pas unique !

Au-dessous de la dernière photo était collé un Post-it. Aurélia Patterson informait son patron qu'elle pourrait lui en faire d'autres copies, si besoin.

Avait-elle conscience de ce qu'elle avait entre les mains ?

Sans doute pas – ou alors pas encore.

Mais, vu le contexte, il se pouvait très bien qu'à l'instar d'Underwood elle se mette à y réfléchir…

VENDREDI 9 OCTOBRE

70

Une fois la sonnerie du réveil éteinte, Eliza retrouva peu à peu sa lucidité et, bientôt, l'excitation la gagna en pensant à la journée à venir. L'anxiété qu'elle ressentait à l'idée de laisser partir Janie pour le week-end céda finalement la place à la perspective de rester deux jours seule avec Mack. Tant que leur relation n'était pas plus avancée, Eliza n'invitait jamais Mack à passer la nuit sous son toit quand Janie était présente. Ils s'étaient déjà séparés une fois et, quand Eliza avait annoncé à sa fille que Mack ne viendrait plus les voir, Janie en avait été perturbée.

Le mois dernier, quand Eliza s'était vu confier l'interview de Carla Bruni, l'épouse glamour du président Nicolas Sarkozy, Mack était venu la rejoindre à Paris pour un week-end romantique. Ils s'étaient promenés main dans la main le long des quais de Seine, ils avaient dîné en amoureux sous les lumières étincelantes de la tour Eiffel et, surtout, ils avaient eu deux nuits de rêve dans un palace de la place Vendôme.

Le week-end à venir serait évidemment différent mais il n'en serait pas moins formidable, espérait-elle. Mack et elle pourraient enfin partager un de ces trop rares moments d'intimité qu'ils appelaient tous deux de leurs vœux. Ils seraient seuls au monde dans son cottage de Tuxedo Park.

Eliza gagna la salle de bains, ouvrit le robinet de la douche et testa la température de l'eau avant d'entrer dans la cabine. Elle se lava les cheveux et s'appliqua un après-shampoing qu'elle laissa agir le temps de se raser les jambes. En sortant de la douche, elle pensa à la journée de travail qui l'attendait. Dès son arrivée à Key News, il lui faudrait d'abord enregistrer les commentaires accompagnant le dernier reportage concernant Vincent Wheelock.

Elle était sûre que B.J. aurait terminé le montage du sujet et qu'il aurait lui-même placé sa propre voix sur les images pour s'assurer que l'ensemble était fluide. Mais, quand Eliza enregistrerait la version définitive, celle qui passerait à l'antenne, il y aurait sans doute quelques retouches à apporter. Chaque individu possède sa propre intonation, son propre rythme, et un décalage, ne serait-ce que d'une seconde, entre le commentaire et l'image suffit à gâcher un reportage.

Eliza choisit dans sa penderie le pull en cachemire bleu que Mack lui avait offert et une jupe noire. Elle ôta la serviette de toilette qu'elle avait sur la tête, s'habilla et se contenta de démêler ses cheveux à l'aide d'un peigne. On s'occuperait de sa coiffure et de son maquillage à Key News.

Elle quitta la pièce. Le couloir était sombre. Seule une faible lumière provenait du rez-de-chaussée. Mme Garcia s'activait déjà en cuisine et Eliza sut qu'une tasse de café fumant l'attendait. Elle entra sur la pointe des pieds dans la chambre de Janie et déposa un baiser sur le front de sa fille. Doucement, elle lui prit le singe en peluche des bras et rajusta sa couette. Eliza dut ensuite se faire violence pour s'éloigner.

71

La réussite du sommet londonien pour la paix au Moyen-Orient et le retour à Washington du président ouvriraient l'édition de « Key to America ». Suivrait un reportage sur les incendies de forêt qui ravageaient la Californie. Le sujet préparé par Annabelle et B.J. viendrait en troisième position.

Dès son arrivée au siège de Key News, Eliza avait enregistré le script écrit par Annabelle. Puis B.J. avait effectué le montage final en moins d'une demi-heure – il était l'un des tout meilleurs à son poste.

*

En régie, Linus Nazareth, le producteur exécutif de « Key to America », gardait un œil sur des écrans diffusant les matinales des chaînes concurrentes, ABC, CBS, CNN, NBC et Fox.

— Excellent ! s'écria-t-il, le poing en l'air en signe de victoire. On est les seuls à avoir obtenu l'interview de la secrétaire. Bon boulot !

Ni B.J. ni Annabelle n'étaient présents en régie, mais l'enthousiasme de Linus leur parvint aux oreilles.

— Pour une fois, dit Annabelle, je vais pouvoir partir en week-end sans le sentiment oppressant que Linus me déteste.

B.J. et Annabelle partageaient quelques bagels et un café en salle de montage.

— Linus ne te déteste pas particulièrement, lui répondit B.J. En fait, il n'aime personne ! Mais, tant que tu lui pondras des sujets qui nous permettent d'avoir un coup d'avance sur la concurrence, il sera content.

— Ce type est dingue!

— Dingue, le qualificatif n'est sans doute pas assez fort, rétorqua B.J. Mais au moins c'est un dingue que l'on connaît. Si l'Audimat plonge, la direction peut très bien le remplacer du jour au lendemain. Et, qui sait, peut-être par quelqu'un d'encore plus taré…

*

Une fois l'émission terminée, Annabelle s'arrêta dans le bureau d'Eliza.

— Très bon reportage, la félicita cette dernière. Merci.

— Je t'en prie, lui répondit Annabelle. Au fait, tu dois compter les minutes avant de pouvoir t'échapper… À quelle heure Mack arrive-t-il?

— Son avion atterrit à 11 heures. Il vient directement ici pour un rendez-vous avec Range Bullock. Et, dès qu'il sort de son bureau, nous filons à Tuxedo Park.

— Passez un bon moment, tous les deux, lui dit Annabelle en souriant. Mais je ne vois pas pourquoi je te dis ça, je suis sûre que vous allez en profiter. Seul petit détail, si vous arrivez à vous éloigner l'un de l'autre ne serait-ce qu'un court moment, tu penseras à interroger Bill O'Shaughnessy au sujet de son frère?

— Oui, chef! Bien, chef! s'esclaffa Eliza en lui adressant un salut militaire.

72

Le père Gehry referma son bréviaire après ses prières matinales. Zack Underwood avait été assassiné, une mort qui le bouleversait d'autant plus qu'il pensait à plusieurs suspects possibles. Mais jamais il n'irait trouver la police pour partager avec elle ses suspicions.

Il s'appuya contre le dossier de son fauteuil et sentit la douce chaleur du cuir sous sa tête. Seigneur, donne-moi la paix de l'âme. Je sais que je ne peux briser le secret de la confession, mais d'autres personnes risquent de payer de leur vie si je me tais. Trouve un moyen, Seigneur, d'épargner ces innocents.

Vincent Wheelock était venu se confesser quelques jours avant son suicide. Il lui avait tout raconté et le père Gehry savait à présent ce qui s'était passé il y a vingt ans. Des événements qui n'avaient depuis cessé de hanter Vincent. Un souvenir qui s'était exacerbé après son séjour en Italie, où sa dévotion pour saint François d'Assise l'avait poussé à suivre sa conscience. Mais l'avait poussé trop loin… Au nom d'une interprétation toute personnelle de la religion, il avait commis l'irréparable.

Vincent Wheelock n'était pas le seul à avoir confessé un crime. Mais jamais le père Gehry ne révélerait à quiconque qu'il connaissait le nom des personnes impliquées dans le meurtre de Martin O'Shaughnessy.

73

Sachant qu'il était trop tard pour aller à son cours de 9 heures, Russell se retourna dans son lit et décida qu'il sécherait aussi celui de 11 heures. Y assister serait une perte de temps. Il serait incapable de se concentrer tant il était physiquement et émotionnellement épuisé.

Il resta allongé un moment mais ne parvint pas à retrouver le sommeil. Il était mécontent de la manière dont les événements s'étaient enchaînés la veille au soir. Mais sans doute était-ce un mal pour un bien…

Finalement, il décida de se lever et gagna la salle de bains. En s'observant dans la glace, il vit deux longues griffures barrer l'une de ses joues. La fille avait été capable de se débattre puis de se défendre. Elle était bien plus forte qu'elle en avait l'air.

Il se demanda si elle était allée trouver la police pour leur signaler les faits, mais ne se montra pas particulièrement inquiet. New York est une ville immense et les flics ont bien d'autres chats à fouetter. Il n'y avait pas eu de viol, pas d'agression, peu de chances donc que cela débouche sur une enquête. Et quand bien même ! Russell n'avait rien dit qui puisse mener les flics jusqu'à lui. Comme d'habitude, il avait brouillé les pistes. Il était bien trop malin pour se laisser bêtement piéger.

74

Annabelle se doutait qu'Aurélia Patterson ne décrocherait pas spontanément son téléphone pour lui communiquer les résultats de son inventaire, aussi décida-t-elle de l'appeler. Elle répondit à la deuxième sonnerie.

— Ah, c'est vous. J'espérais que ce serait la police…

— Navrée de vous décevoir. Je sais combien vous devez être nerveuse.

— Je n'ai pas réussi à fermer l'œil de la nuit, lui avoua Aurélia d'une voix tremblante. Je n'ai pas arrêté de penser à Zack, à la posture dans laquelle je l'ai trouvé. Je n'arriverai jamais à oublier cette scène…

— C'est terrible, je sais. Mais peut-être connaissez-vous quelqu'un à qui parler.

— Vous pensez à un psy?

— Oui, acquiesça Annabelle avec douceur. L'aide d'un professionnel pourrait vous apporter le plus grand bien. Vous avez vécu un véritable traumatisme.

— Vous avez sans doute raison, articula Aurélia sans conviction. J'ai bien consulté un thérapeute lors de mon divorce, mais je ne suis pas certaine qu'il ferait l'affaire. Et puis je ne pense pas que j'arriverai à surmonter cette épreuve.

— Réfléchissez-y, et, si vous souhaitez en parler avec un professionnel, une de mes amies pourra très certainement vous indiquer un bon spécialiste pas loin de chez vous.

— Merci, c'est gentil de votre part de vous soucier de moi.

Annabelle aurait aimé pouvoir lui dire qu'elle l'appelait uniquement pour prendre de ses nouvelles, hélas sa motivation était avant tout professionnelle...

— Aurélia, je suis désolée de revenir sur cet épisode tragique, mais avez-vous constaté s'il manquait quoi que ce soit dans le bureau de Zack?

Annabelle la sentit hésitante à l'autre bout du fil.

— La police vous a demandé de ne pas évoquer l'affaire?

— Oui.

— Je comprends parfaitement que vous respectiez votre parole, Aurélia. C'est tout à votre honneur. Mais peut-être pourriez-vous me confirmer l'hypothèse que nous avons échafaudée?

Aurélia ne dit mot.

— Nous estimons que le meurtre de Zack a un rapport avec le suicide de Vincent Wheelock. Nous pensons aussi que Wheelock, avant de mourir, a conçu une sorte de jeu de piste, un puzzle grandeur nature, et qu'il a dissimulé plusieurs indices à l'intérieur même de son domaine. Pour cela, il aura eu besoin d'aide. Quoi de plus naturel alors que de faire appel aux services d'un architecte pour disséminer les divers éléments permettant de résoudre l'énigme – même si l'architecte en question n'avait pas connaissance des desseins de son client ? Que pensez-vous de notre scénario, Aurélia ?

— Continuez.

— Nous savons que Zack avait signé un contrat de confidentialité lui interdisant de révéler la nature des travaux effectués à Pentimento. Mais le décès de Wheelock rend ce contrat caduc. L'assassin de Zack craint alors que ce dernier ne révèle les différentes cachettes qu'il a aménagées dans la maison…

— Parce qu'il a peur qu'en découvrant ces indices on remonte jusqu'à lui ? demanda Aurélia.

— Exactement ! C'est pourquoi il a décidé de se débarrasser de Zack. Une fois éliminé, il n'existe plus aucun moyen de savoir où les cachettes contenant les indices ont été construites…

— Sauf en examinant les plans et les photos prises une fois les travaux achevés, murmura Aurélia.

— Et c'est cela qui a disparu du bureau de Zack ? s'enquit aussitôt Annabelle. Dites-moi juste si je me trompe…

Aurélia resta silencieuse.

*

— Midnight ! Viens là, mon chien.

Le border collie se précipita vers sa maîtresse, qui caressa son doux pelage noir et blanc. Aurélia se mit à genoux et enlaça longuement l'animal – un geste surtout destiné à se réconforter elle-même. Elle sentait son cœur battre la chamade.

Si Zack avait été assassiné à cause des travaux réalisés à Pentimento, alors elle aussi était en danger.

Aurélia n'avait pas pensé à dire à la police qu'elle avait une copie de toutes les photos que contenait l'album bleu turquoise. En fait, c'était même elle qui avait pris ces photos. Elles étaient toutes archivées dans son ordinateur.

75

Mack apparut dans l'encadrement de la porte, son index sur les lèvres.

— Est-ce qu'elle est là ? chuchota-t-il.

Paige articula un oui silencieux. Mack se glissa discrètement vers le bureau d'Eliza, dont la porte était ouverte. Elle lui tournait le dos, observant l'Hudson par la fenêtre.

— Salut, toi.

Eliza se retourna aussitôt, un large sourire illuminant son visage.

— Mack !

Il laissa tomber son sac de voyage et tous deux se précipitèrent l'un vers l'autre. Tandis qu'ils s'embrassaient, Paige referma discrètement la porte.

— Si tu savais comme tu m'as manqué, dit-il les yeux fermés en la serrant contre lui.

— Toi aussi, lui répondit-elle en décollant la tête de son épaule pour le regarder. Tu as l'air en forme. Juste un peu fatigué.

— Tu es resplendissante.

Il se pencha vers elle et leurs lèvres se trouvèrent.

*

— À quelle heure est ton rendez-vous avec le président ? lui demanda-t-elle tandis que, face au miroir accroché derrière sa porte, elle s'appliquait une nouvelle couche de rouge à lèvres.

— Range a annulé ! répliqua Mack. Sa secrétaire m'a dit qu'il avait je ne sais quelle urgence familiale à régler... Mais, d'après moi, il m'évite.

— Bullock est plutôt du genre franc et direct. S'il n'avait pas voulu te voir, il ne t'aurait pas fixé de rendez-vous.

— J'ai l'impression qu'il a quelque chose à me dire, mais qu'il sait d'avance que cela ne va pas me plaire. Alors il tergiverse.

— Quoi, par exemple ?

— Par exemple que je n'aurai pas de poste à New York à l'issue de mon contrat actuel alors que c'est pourtant lui qui en avait suggéré l'idée.

— Je ne crois pas qu'il agirait de la sorte.

— Espérons-le. Après tout, tu le connais mieux que moi. Il n'empêche, j'ai un mauvais pressentiment... Mais oublions tout ça pour le moment. Interdiction d'y penser ou d'en parler au cours des prochains jours. Je ne veux surtout pas que cela vienne gâcher le peu de temps que nous avons à partager ensemble.

— Tope là ! lui dit-elle en l'embrassant de nouveau.

*

Alors qu'ils s'apprêtaient à quitter Key News, ils croisèrent Annabelle.

— Je sais, les tourtereaux, que vous n'avez qu'une envie : vous envoler loin d'ici, mais je tenais à te dire,

Eliza, que la secrétaire de Zack a terminé son inventaire. Les plans et les photos de Pentimento ont disparu du bureau d'Underwood.

— Elle te l'a dit?

— Non, mais c'est tout comme. Tu peux me faire confiance, je suis certaine de ce que j'avance.

76

Fitzroy s'était montré particulièrement silencieux au cours de la matinée, ce qui tracassait Felicity. Après le déjeuner, quand il lui annonça qu'il partait effectuer une longue promenade pour se changer les idées, elle fut franchement inquiète. À cause de sa légère claudication, son mari n'avait jamais parcouru à pied de grandes distances.

Que lui arrivait-il? Un autre détail chiffonnait Felicity. Après avoir lu les journaux et regardé les informations à la télévision, elle s'était rendu compte que Fitzroy était absent au moment où l'architecte avait été assassiné.

77

Le petit cottage situé sur Clubhouse Road était à l'origine une écurie. Au fil du temps, voitures et SUV ayant remplacé chevaux et calèches, ces bâtiments avaient été transformés en habitations.

Quand elle en franchit le seuil, Eliza se souvint aussitôt pourquoi elle était tombée sous le charme de cet endroit. Au rez-de-chaussée, une seule et unique pièce. Au sol, un vieux parquet de chêne massif recouvert de tapis ; quand on levait la tête, des poutres massives surmontées d'un plafond voûté ; deux fauteuils confortables flanquaient une immense cheminée de pierre ; dans le coin salon, sous la fenêtre, un sofa recouvert d'une étoffe blanche invitait à la paresse ; au milieu de la pièce, une table ronde et ses quatre chaises ; puis la cuisine ouverte, équipée d'appareils ménagers ultramodernes, des étagères sur lesquelles étaient disposés les verres et la vaisselle blanche. Le soleil qui pénétrait dans la pièce réchauffait les murs couleur taupe.

Eliza ouvrit le réfrigérateur.

— Formidable ! s'exclama-t-elle. Mme Garcia a pensé à tout.

— Aussi à ce poulet dont je raffole ? demanda Mack.

— Évidemment ! Tu veux que j'en réchauffe un peu maintenant ?

— Plus tard, lui répondit-il en l'embrassant dans le cou.

Ils montèrent à l'étage et entrèrent dans la plus grande des deux chambres.

— Très joli, commenta Mack.

— Attends d'avoir vu la salle de bains, répliqua-t-elle en lui prenant la main.

Sous la fenêtre qui surplombait un joli muret de pierre, se trouvait une ancienne baignoire sur pieds.

— Je ne vais pas résister longtemps avant d'y plonger, dit Eliza qui déjà avait ouvert les robinets et répandait des sels de bain.

Mack inspecta la taille de la baignoire.

— Je crois bien qu'il y a assez de place pour deux.

78

Emmitouflée dans un gros pull pour supporter la fraîcheur de cette fin d'après-midi, Valentina était assise sur un banc, le regard tourné vers la fontaine. Observer l'eau couler était hypnotique. L'eau jaillissait du haut puis cascadait jusqu'en bas en rebondissant sur le dos des tortues situées sur les rebords de la vasque de marbre.

« Le Lièvre et la Tortue ». Valentina repensa à cette vieille fable qu'elle avait apprise étant enfant. Le lièvre, rapide, téméraire et fanfaron, battu sur le fil par la tortue, lente mais régulière et appliquée. Une bonne morale à méditer, qu'ils avaient essayé d'inculquer à Rusty. Les gens méthodiques et travailleurs remportaient toujours la victoire.

Malheureusement, elle n'était pas certaine que Rusrty ait retenu la leçon. Il prenait trop de risques inconsidérés, surtout pour un jeune homme qui souhaitait embrasser une carrière politique. Un geste stupide ou une erreur de jeunesse pouvait toujours revenir vous hanter, même bien des années plus tard.

Valentina se demanda si Rusty viendrait la voir ce week-end. Elle faillit l'appeler mais se retint. Elle ne souhaitait pas devenir une de ces mères poules, qui veulent connaître les moindres faits et gestes de leur progéniture. Pourtant, elle avait besoin de sa présence. Elle ne voulait pas rester seule.

Elle se leva, rentra et décrocha son téléphone.

— Eliza ! dit-elle avec enthousiasme quand cette dernière répondit. Je vois que vous êtes déjà là.

— Oui, Valentina, juste après le déjeuner. Comment vas-tu ?

— Ça va, je fais aller. Que diriez-vous de venir prendre un verre, toi et Mack?

Eliza hésita, ne voulant pas la décevoir.

— C'est très gentil à toi, mais Mack est arrivé ce matin. Avec le décalage horaire, il est déjà plus de 22 heures pour lui, il se sent fatigué. On peut remettre ça à demain?

— Bien sûr, où avais-je la tête? Vincent et moi étions exténués le premier soir après notre retour d'Europe. Et puis vous avez sans doute d'autres envies pour votre première soirée que de la passer avec une vieille dame comme moi, plaisanta Valentina. Et si vous veniez déjeuner demain? Vers midi?

— Tu peux compter sur nous.

79

Il ne faut pas que cela se produise.

Il ne faut pas qu'Aurélia prenne conscience que ce qu'elle détient peut intéresser la police.

Il ne faut pas qu'elle aille trouver les autorités.

Il ne faut pas non plus que la police l'interroge, elle pourrait se souvenir de certains détails.

Voler les photos était donc nécessaire mais pas suffisant.

Heureusement, Aurélia a un chien. Et que font leurs propriétaires avant d'aller se coucher? Une dernière promenade avec leur animal…

Ce soir, Aurélia serait seule dans le noir, vulnérable. Elle ne se méfierait de rien. Le moment idéal pour éliminer toute menace.

Personne ne verrait rien.

La page imprimée relatant la Passion du Christ, qui lui avait inspiré la mise en scène du cadavre de Zack, lui donna une autre idée pour se débarrasser d'Aurélia de manière spectaculaire – un scénario macabre qui aurait rendu Vincent jaloux…

80

Aurélia se frappa la cuisse.

— Allez, Midnight ! Viens là, mon chien.

Le border collie accourut et suivit sa maîtresse à l'extérieur, la queue battante, visiblement heureux d'aller prendre l'air. Il n'était pas attaché et trottinait quelques mètres devant Aurélia, sûr du chemin qu'ils allaient emprunter. Un bruit dans les fourrés, et il détala en direction de l'écureuil gris ou du tamia rayé qu'il comptait bien débusquer.

Tout en suivant le chemin, Aurélia croisa les bras sur son cardigan. Il est temps de ressortir les affaires d'hiver, songea-t-elle. Elle n'arriva pas à se rappeler si elle avait récupéré son anorak chez le teinturier ou s'il était encore là-bas depuis le printemps dernier. Elle vérifierait en rentrant à la maison.

Elle sursauta en entendant une brindille se briser derrière elle. Elle se retourna, balaya les alentours avec sa lampe torche, mais ne remarqua rien de particulier. Elle reprit sa marche.

— Midnight ! cria-t-elle. Où es-tu, mon chien ? Reviens là.

Elle entendait le crissement des feuilles mortes que remuait le collie à la recherche de sa proie. Il allait revenir dans un sale état, couvert de terre, mais elle n'aurait pas le courage de lui donner un bain ce soir.

— Suffit, Midnight. Reviens, maintenant !

Toute son attention était focalisée sur le chien, sa voix emplissait l'air, aussi ne sentit-elle pas une présence s'approcher derrière elle jusqu'à ce qu'un coup de marteau s'abatte sur sa nuque.

Le corps fut aussitôt traîné hors du chemin vers les sous-bois, aussi loin que possible.

Le chien arriva en bondissant mais stoppa net sa course en voyant sa maîtresse allongée sur un tapis de feuilles mortes. Il avança prudemment et se mit à lui renifler les cheveux, puis le cou, avant de lui donner de petits coups de truffe sur l'épaule. N'obtenant aucune réaction, il lui lécha le visage. L'instant d'après, il s'allongea à côté d'elle et posa sa tête sur sa poitrine encore chaude.

*

La maison d'Aurélia était à deux pas. L'ordinateur portable était ouvert sur la table de la cuisine. S'en emparer fut un jeu d'enfant. Trouver l'appareil photo numérique ne prit que deux petites minutes ; il était rangé dans le placard de l'entrée.

Plus rien ni personne ne pourrait désormais témoigner des travaux réalisés par Zack Underwood à Pentimento…

SAMEDI 10 OCTOBRE

81

Eliza se glissa hors du lit en essayant d'être la plus discrète possible. Elle enfila un peignoir et gagna le rez-de-chaussée. Elle mit le café en route et alluma son ordinateur pour consulter les informations de la nuit. Rien de particulier à signaler. Elle se servit une tasse de café, ouvrit en grand la porte-fenêtre et effectua quelques pas sur la terrasse.

L'air était vif. Eliza inspira profondément, se délectant de l'odeur et des couleurs de l'automne, si différentes de celles de la ville. Des feuilles multicolores jonchaient le sol. Un muret de vieilles pierres séparait le cottage d'un jardin extrêmement bien entretenu.

Tout en avalant une gorgée, Eliza se demanda comment Janie se comportait avec les Cohen. Elle fut tentée d'appeler Susan pour prendre des nouvelles, mais décida d'attendre un peu. Laisse-la vivre sa vie, se sermonna-t-elle.

Elle rentra au moment où Mack descendait l'escalier.

— Tu as bien dormi ? s'enquit-elle après qu'ils eurent échangé un baiser.

— Comme un bébé. Je me demande d'ailleurs comment j'ai bien pu, ajouta Mack en la regardant d'un air malicieux.

Elle lui servit une tasse de café.

— Qu'as-tu envie de faire aujourd'hui ?

— Le programme d'hier me convient à la perfection.

— D'accord, mais je te rappelle que nous déjeunons chez Valentina. Et avant, je veux t'emmener voir un endroit précis. Marcher sera un bon exercice.

— Mais pas aussi bon que celui qui nous attend maintenant, lui répondit-il en l'entraînant vers l'étage.

*

Tandis qu'ils empruntaient la route contournant le lac, Eliza exposa toute l'affaire à Mack, n'omettant aucun détail.

— Je suis déjà allée voir l'endroit où a eu lieu l'accident, et je n'ai rien remarqué de particulier. Mais peut-être ai-je manqué de vigilance. On va y retourner et jeter un nouveau coup d'œil.

— Deux paires d'yeux valent mieux qu'une… À votre service, madame !

— Voilà Pentimento, annonça Eliza quand ils aperçurent l'imposante demeure de style italien.

Mack émit un léger sifflement.

— Eh bien, il doit vraiment falloir être désespéré pour quitter un endroit pareil, dit-il.

Ils poursuivirent leur chemin et croisèrent encore quelques somptueuses demeures avant que la route ne rétrécisse et ne soit plus bordée que par de la végétation.

— Voilà une portion de route, où une voiture ne peut guère espérer battre des records de vitesse, constata Mack. Il ne faut pas non plus être ivre ou se laisser distraire par quoi que ce soit, au moindre écart, tu es sûr de te prendre un arbre, ou le ravin…

Eliza ralentit.

— C'est là, nous sommes bientôt arrivés, dit Eliza en lui montrant l'endroit correspondant aux coordonnées GPS.

Ils sillonnèrent la zone, écartèrent du pied des tas de feuilles mortes, scrutèrent les buissons, sans vraiment savoir ce qu'ils cherchaient. Après plusieurs minutes infructueuses, Eliza s'adossa à un rocher.

— Notre expédition ressemble fort à une chasse au dahu.

— Alors voilà le dahu ! s'exclama Mack. Viens voir.

Il était accroupi au pied d'un arbre majestueux bordant le lac. Eliza le rejoignit. À la base du tronc, tournée vers le lac et donc invisible de la route, se trouvait une plaque de cuivre d'environ trois centimètres d'épaisseur, trente centimètres de hauteur pour environ quarante-cinq centimètres de largeur. Il s'agissait d'un pentagone surmonté de neuf petits rectangles verticaux. L'un d'eux était bien plus haut que les huit autres.

— Qu'est-ce que ça peut bien être ? se demanda Mack à haute voix.

— J'ai déjà vu des objets similaires chez certains antiquaires. Même si celui-ci est imposant, on dirait un vieux cale-porte.

— Un cale-porte en forme de maison ? Étrange…

82

Valentina vint leur ouvrir en personne.

— Bienvenue à Pentimento, les accueillit-elle en se forçant à sourire. Je suis si contente que vous soyez là.

— Tout le plaisir est pour nous, répliqua Eliza en lui tendant un sac en papier. Tiens, ce sont quelques bocaux de confiture de pêches confectionnés par Mme Garcia.

— Comme c'est gentil, mais entrez donc.

Valentina déposa les bocaux sur un guéridon de l'entrée et précéda ses hôtes jusqu'au petit salon où une table avait été dressée près d'une fenêtre donnant sur le lac.

— J'ai pensé que nous serions mieux ici que dans la salle à manger.

— Ces assiettes à soupe sont superbes ! s'exclama Eliza.

— Elles viennent du village de Deruta, dit Valentina avec mélancolie. En fait, tout le mérite en revient à Vincent. C'est lui qui a donné toutes les instructions à l'artisan potier pour qu'il nous fabrique ces pièces uniques.

Tous trois demeurèrent silencieux un moment.

— Il était si talentueux…

— Il l'était à n'en point douter, Valentina, lui répondit Mack. Mais vous l'étiez aussi. Quiconque a suivi votre carrière sait tout ce que vous avez fait pour le peuple américain. Vous étiez une force avec laquelle il fallait compter.

— Vous êtes gentil, Mack. Mais, pour être tout à fait honnête, je n'aurais rien accompli de grand sans la présence et le soutien de Vincent. Bien sûr, d'autres m'ont aidée. Mais Vincent, lui, me guidait.

Bonnie entra dans le petit salon en tenant une soupière. À l'aide d'une louche, elle versa du velouté dans chaque assiette, puis revint déposer une corbeille de pain sur la table.

— Bonnie est ma bouée de sauvetage. Elle est là pour m'aider jusqu'à ce que je trouve une remplaçante à Eunice – même si je ne pense pas dénicher une perle pareille. Je vous remercie, Bonnie. Vous pouvez disposer.

— Si vous avez besoin de moi, je serai dans la volière au cours des dix prochaines minutes. Je vais nourrir les oiseaux.

— Vous allez apporter du raisin au perroquet? lui demanda Eliza en souriant. Ma fille m'en a parlé.

— Oui, en effet. Chaque fois qu'on entre dans la volière, cet oiseau réclame du raisin. Et pourtant, quand on lui en donne, il n'y touche pas. C'est à n'y rien comprendre, ajouta-t-elle avant de s'éclipser.

— Quelle idée Vincent a-t-il eue de vouloir construire cette volière? C'est plus une source de tracas qu'autre chose... Mais il admirait celle de la Villa Borghese à Rome et voulait la sienne. Heureusement, celle-ci est bien moins imposante!

Ils passèrent ensuite à table où ils n'abordèrent que des sujets légers. Mais, une fois le repas terminé, Valentina fut la première à évoquer de nouveau son défunt époux.

— Je suis persuadée que l'assassinat de Zachary Underwood a un lien avec la mort de Vincent.

— Quel genre de lien? lui demanda Eliza.

— Je n'en ai aucune idée, admit Valentina. Mais, lors du déjeuner suivant la cérémonie, Zack est venu pour me dire que, d'après lui, Vincent aurait laissé une sorte de message codé. Il aurait dissimulé ci et là des indices permettant de reconstituer le puzzle. Il m'a aussi parlé de ces chiffres inscrits sur le pot de terre cuite, qui mènent à cet endroit où une voiture a été retrouvée accidentée il y a vingt ans de cela.

— L'accident de West Lake Road, compléta Eliza.

— Comment es-tu au courant?

— Quelqu'un d'autre m'en a parlé, lui répondit-elle de manière évasive. Mais Zack aussi m'en avait touché deux mots lors de ce même déjeuner.

— Et ce matin, nous nous sommes rendus sur place, ajouta Mack.

— Vraiment?

— Oui, et nous y avons trouvé un objet pour le moins étrange.

— Décrivez-le-moi.

— En fait, nous l'avons apporté avec nous, il est dans la voiture.

— Je vais le chercher, proposa Mack.

— Il est couvert de terre et de poussière, intervint Eliza. Le mieux serait que nous allions le voir pour ne pas tout salir ici.

*

Mack ouvrit le coffre de la voiture et Valentina se pencha pour examiner l'objet en cuivre.

— Ça nous a fait penser à une maison, dit Mack.

— Une maison avec une multitude de cheminées, précisa Eliza.

Valentina se redressa.

— Mais pourquoi donc Vincent voulait-il attirer l'attention sur *cette* maison ? murmura-t-elle, songeuse.

— Quelle maison ? lui demanda Mack.

— L'ancienne demeure des Heavener, Nine Chimneys[1].

*

Une fois installés devant une tasse de café, Valentina leur raconta une histoire.

— Nine Chimneys était une demeure somptueuse construite par la famille Heavener dès les débuts de Tuxedo Park. Elle fut ensuite transmise de génération en génération. Mais hélas l'argent vint à manquer et, plus regrettable encore, le pauvre Fitzroy, qui n'avait jamais

1. Neuf cheminées, en français.

été élevé dans l'optique de travailler, se lança dans des placements hasardeux qui accélérèrent leur déchéance. Comme les factures s'entassaient, les Heavener durent se résoudre à se séparer de leur personnel. À la fin, ils ne vivaient plus que dans trois pièces et avaient condamné les autres pour ne pas avoir à les chauffer.

— Tu as dit que Nine Chimneys *était* une vieille demeure. Qu'est-il arrivé ? questionna Eliza.

— Il y a des années de cela, la maison a été ravagée par un incendie, lui répondit Valentina en remplissant les tasses de nouveau. Bien sûr, il y a eu des bruits, des rumeurs, des suspicions… On a évoqué la piste d'un incendie criminel, mais rien n'a jamais pu être prouvé. Fitzroy et Felicity ont alors emménagé dans un petit appartement au-dessus du Club des cravates noires et vivent depuis grâce à l'argent que leur a versé la compagnie d'assurances.

— Si Vincent voulait nous mettre sur une piste, pourquoi nous indiquer cette maison qui n'existe plus ? se demanda Eliza à haute voix.

— De quoi parlez-vous ?

Tous trois se retournèrent et virent Russell dans l'encadrement de la porte.

— Oh, Rusty ! Tu es là, s'exclama Valentina en se levant pour l'embrasser. Je suis si contente que tu sois venu.

Russell salua Mack et Eliza, qui l'informèrent de leur découverte d'une réplique de Nine Chimneys sur West Lake Road.

Eliza se sentit moins coupable de quitter Valentina à présent que son fils était présent à son côté. Mack et elle la remercièrent pour cet excellent déjeuner avant de prendre congé.

— J'ai bien envie d'aller voir l'endroit où se trouvait la propriété des Heavener, dit-elle à Mack. Peut-être cela nous aidera-t-il à comprendre le message de Vincent.

83

La petite route qui menait jadis à Nine Chimneys n'était plus entretenue depuis longtemps. Elle était constellée de nids-de-poule et d'ornières. L'allée privée, qui débouchait ensuite sur la propriété, n'était guère en meilleur état. Les bas-côtés étaient envahis de mauvaises herbes et de buissons touffus. Seuls les chênes centenaires bordant le chemin laissaient imaginer la splendeur d'antan. Leurs hautes branches se rejoignaient pour former une canopée dorée au-dessus de leurs têtes.

— Ça a dû être magnifique, dit Eliza en sortant de la voiture.

Au sol, une immense dalle de béton craquelée dessinait les fondations de l'ancienne maison. Par-ci par-là, des pans de murs étaient encore debout ; des pierres noircies jonchaient le sol à divers endroits. Tout avait été détruit à l'exception d'une seule et unique cheminée dont le conduit se dressait encore vers le ciel.

— Regarde, dit Mack en la pointant du doigt. Celle-ci est intacte, les huit autres se sont effondrées.

— Comme sur la maquette en cuivre que Vincent a laissée près du lac ! s'exclama Eliza.

— Comme sur la réplique que nous *pensons* avoir été laissée par Vincent, rectifia Mack.

Le lierre avait envahi les quelques murs encore debout et la plaque de béton recouverte de mousse s'était fissurée à plusieurs endroits, laissant apparaître des herbes folles. Soudain, un lapin sorti de nulle part fit sursauter Eliza tandis qu'il bondissait pour regagner les fourrés.

— Je ne sais pas pourquoi, mais je me sens nerveuse, dit-elle.

— Peut-être tout simplement parce que cet endroit donne la chair de poule. C'est assez effrayant, il faut bien l'admettre.

Eliza lui prit la main.

— On imagine aisément la vie qu'ont pu avoir ces gens-là, mais aujourd'hui ce n'est plus qu'un tas de ruines, murmura-t-elle.

Ils firent le tour de ce qui fut la maison mais ne découvrirent que du verre brisé, des déjections animales, des canettes de bière vides et de vieux magazines aux page jaunies.

— Je ne vois pas bien ce qu'on pourrait trouver ici, lança Mack.

— Aucune idée non plus, lui répondit Eliza, qui s'avança sur la dalle de béton. Essayons de nous mettre à la place de Vincent. Si tu devais dissimuler un objet ici, où le cacherais-tu?

— Je l'enterrerais.

— Pas bête! Mais le terrain est si vaste qu'on ne sait pas par où commencer. Or, si Vincent a laissé ici un message, c'est pour qu'il soit découvert…

— Il l'a donc caché près d'un endroit qui attirera immédiatement le regard, poursuivit Mack.

Au même moment, tous deux tournèrent la tête vers l'unique cheminée encore intacte.

*

Mack se courba, se plaça au milieu de l'âtre et se pencha vers le haut pour regarder dans le conduit de la cheminée. Il mit son bras à l'intérieur et commença à inspecter les parois.

— Fais attention ! lui dit Eliza, il y a peut-être des oiseaux ou d'autres animaux qui nichent ici.

Les doigts de Mack entrèrent en contact avec un objet lisse posé sur le manteau intérieur de la cheminée. Précautionneusement, il essaya de le dégager et de s'en saisir.

— Je l'ai ! s'écria-t-il.

— De quoi s'agit-il ?

— Une sorte de boîte, dit-il en s'extirpant de la cheminée.

Il souleva le couvercle. À l'intérieur il y avait sept cubes en bois. Il en sortit un et l'examina. La lettre C était gravée sur l'une de ses faces, une tortue sur la face opposée.

— On dirait des cubes pour enfants, commenta Mack en les sortant un à un de leur boîte.

Eliza les examina. Ils lui semblèrent familiers sans qu'elle sache pourquoi. Elle épela les lettres une à une.

— A, C, I, M, R, T, U. Qu'est-ce que cela peut bien signifier ?

— Pour le moment, je n'en ai aucune idée, avoua Mack.

Eliza essaya plusieurs combinaisons en déplaçant les lettres. CRITUMA, TRACIUM, MARTICU. Aucune ne faisait sens.

— Et pourquoi pas ACTRIUM ? suggéra Mack.

— Qu'est-ce que ça signifie ?

— C'est une marque d'aliments pour chiens.

— Je n'en ai jamais entendu parler, lui répondit Eliza. Je ne vois vraiment pas où cela peut nous mener mais, après tout, pourquoi pas, c'est *a priori* le seul mot que l'on puisse former avec toutes ces lettres… Et, avec Vincent, il faut s'attendre à tout…

84

De retour au cottage, Eliza étala les cubes en bois sur la table et les examina de nouveau, cherchant d'autres combinaisons. Soudain, elle eut une illumination. Des cubes identiques à ceux-ci, elle en avait déjà vu.

— Mack ! s'écria-t-elle. Ces cubes sont identiques à ceux incrustés dans le manteau de la grande cheminée de Pentimento, celle qui se trouve dans la salle de réception. Ils forment le mot ROME.

— Cela signifierait donc que Vincent les a tous fait fabriquer en même temps, réfléchit Mack à haute voix. Il en a utilisé quatre pour orner sa cheminée et a gardé les sept autres de côté pour plus tard… Ceux de Nine Chimneys. Cela ressemble vraiment à un plan mûri de longue date…

— Oui, on dirait, répliqua Eliza.

Elle se leva et alla chercher une paire de ciseaux dans un tiroir de la cuisine. Elle découpa quatre carrés de papier sur lesquels elle inscrivit les quatre lettres du mot ROME et les posa sur la table à côté des cubes.

— ROME ACTRIUM. Est-ce que cela t'évoque quelque chose ? demanda-t-elle à Mack.

— Absolument rien !

Eliza commença alors à mélanger les lettres pour élaborer diverses combinaisons.

— Quel message Vincent a-t-il voulu laisser ? Désignait-il une personne ? Quels prénoms peut-on former avec toutes ces lettres ?

— MARC, TIM, MOIRA, MAC sans k, MORT, égrena Mack. Je n'en vois guère d'autres. L'un d'eux a-t-il un rapport avec l'affaire qui nous préoccupe ?

— À ma connaissance, non, lui répondit Eliza. Et quand bien même aurions-nous un prénom… Quel nom de famille pourrait-on former avec les lettres restantes et lui accoler?

— TIM MAC ROURE, MOIRA MCRUTE… Guère convaincant.

— Tu as évoqué tout à l'heure le prénom MORT, mais il pourrait tout aussi bien s'agir du nom commun, suggéra Eliza.

— Mort, mort… Ça collerait assez bien avec l'atmosphère générale, commenta Mack. MORT AU CRIME! proposa-t-il. Ça colle!

— Toutes les lettres rentrent, oui, mais ça ressemble plus à un slogan d'étudiant réactionnaire qu'à un message codé.

Ils continuèrent ainsi pendant quelque temps à essayer diverses solutions, sans résultat probant.

— Et dire que j'étais bon au Scrabble dans le passé, lâcha Mack, qui commençait à trouver le temps long.

— Tu veux boire quelque chose? lui proposa Eliza.

— Un whisky, si tu as.

Eliza se leva et découvrit sur une étagère du cellier, posée au-dessus de la caisse de vin, une bouteille de Dewar, qu'elle posa sur la table.

— Mon préféré! s'enthousiasma-t-il.

— Mme Garcia a pensé à tout. Tu veux des glaçons?

Eliza revint avec deux verres et de la glace. Ils burent quelques gorgées, puis Eliza remua de nouveau les lettres.

— Repartons de notre point de départ. Qu'avions-nous? ROME ACTRIUM.

— Attends, j'ai peut-être une idée, lâcha Mack. ROME ACTRIUM, même si ça ne veut rien dire, ça sonne un peu comme une maxime latine, or nous savons que

Vincent était fasciné par l'Italie. Il y a peut-être une piste à creuser. Quels mots peut-on former se terminant en UM ou IUM ?

Ils réfléchirent quelques instants en silence.

— ATRIUM, suggéra Mack. À part ça, je ne…

— Ça y est, je l'ai ! s'écria Eliza. CRÉMATORIUM.

85

Quand il entendit la voix d'Eliza Blake lui parvenir grâce au micro qu'il avait installé dans le cottage, Clay Vitalli blêmit. Son pouls s'accéléra et il sentit le sang battre ses tempes. Il n'arrivait pas à déterminer ce qui était le pire, le fait que Vincent ne se soit pas montré loyal envers ceux qui avaient pris tous les risques pour les protéger, lui et Valentina, ou la possibilité qu'Eliza Blake découvre que le corps de Martin O'Shaughnessy était enterré à Nine Chimneys.

Il aurait tout loisir de ruminer la traîtrise de Vincent ultérieurement. L'homme était mort, à présent. Il était trop tard pour tenter de le raisonner – ou lui régler son compte. Clay ne pouvait pas non plus influer sur le plan diabolique qu'il avait concocté, et dont les premiers effets se faisaient déjà sentir.

Eliza Blake, en revanche, était bien vivante. Et elle semblait parfaitement à même de mettre au jour le complot qui s'était ourdi quelque vingt ans plus tôt. Il fallait la dissuader de poursuivre son enquête.

Clay composa le numéro de Fitzroy Heavener.

— La situation s'envenime, Fitzroy. Je suis sûr que tu voudras prendre connaissance des dernières découvertes d'Eliza Blake…

86

Midnight était resté à veiller sa maîtresse toute la nuit. À certains moments, il se pelotonnait contre elle pour lui tenir chaud ; à d'autres, il posait sa truffe et ses pattes sur elle ou lui léchait le visage pour l'enjoindre de se réveiller.

Chaque fois qu'il entendait une voiture passer, il laissait Aurélia quelques instants et se précipitait vers la route pour essayer d'attirer l'attention des conducteurs. Mais aucun ne s'arrêta, un chien se promenant seul dans Tuxedo Park n'ayant rien d'inhabituel.

La journée était déjà bien avancée quand le border collie entendit enfin des voix humaines. Il se mit aussitôt à aboyer dès qu'elles se rapprochèrent, un homme et une femme qui effectuaient une promenade.

— Que se passe-t-il, mon garçon ? lui demanda l'homme en voyant l'état d'excitation de l'animal. Tu es le chien de qui ?

Midnight aboya plus fortement.

— Tu ne crois pas qu'il tente de nous dire quelque chose, Hank ? suggéra la femme.

— Où est ton maître, mon garçon ?

Il essaya de caresser le collie, mais celui-ci s'enfonça aussitôt dans le sous-bois, aboyant de plus belle.

— Qu'est-ce que tu veux nous montrer ? questionne Hank, qui décida de le suivre.

— Sois prudent ! l'avertit sa femme.

Hank essaya tant bien que mal de se frayer un chemin dans le sous-bois.

— Où m'emmènes-tu ? demanda-t-il à l'attention du chien.

En réponse, ce dernier émit un jappement lugubre. C'est alors que Hank découvrit le corps gisant sur un lit de feuilles mortes.

— Que se passe-t-il, Hank ? Qu'as-tu trouvé ? s'enquit sa femme qui avait accouru en entendant la plainte de l'animal.

— Reste en arrière, Colleen ! Ne t'approche pas ! Reste où tu es ! Je ne veux pas que tu voies ça…

Le crâne de l'inconnue avait été défoncé et il doutait qu'elle puisse être encore en vie. Il s'agenouilla près d'elle, à la recherche d'un souffle. Rien.

Il saisit alors son poignet pour prendre son pouls. Quand il la souleva, la main du cadavre s'ouvrit et deux dés roulèrent à terre.

87

— Quel est le problème ? s'exclama Fitzroy. Qu'as-tu de si urgent à nous dire pour nous convoquer sur-le-champ ?

— Et pourquoi avoir choisi cet endroit, bon Dieu ? vociféra Peter.

Les trois hommes se tenaient sur les ruines de Nine Chimneys.

— *Primo*, nous sommes samedi, aujourd'hui, le club est bondé. Le court de racket est sans doute occupé…

— Et l'autre raison ? le pressa Peter, visiblement agacé.

Clay planta son regard dans celui de Fitzroy.

— Parce qu'Eliza Blake et son ami ont établi un lien entre ce lieu et le mot crématorium…

— Comment ? demanda Peter. Comment ont-ils pu en arriver à cette conclusion ?

— Il nous faut ici remercier notre très cher, notre très vieil ami Vincent. Ce traître avait caché des sortes de cubes ou je ne sais quoi dans cette cheminée, expliqua-t-il en la montrant du doigt. Blake s'est souvenue d'avoir vu des cubes identiques à Pentimento. En prenant les lettres inscrites sur chaque cube et en les remettant dans l'ordre, elle a ainsi pu former le mot crématorium.

Fitzroy semblait abattu. Il s'assit sur quelques pierres et se prit la tête à deux mains.

— Je savais que ça finirait par nous retomber dessus un jour, gémit-il d'une voix plaintive. Je le savais.

— Ne sois pas si pessimiste, Fitzroy ! le houspilla Peter. Elle n'a encore rien trouvé de concret. Surtout, elle est loin d'avoir *tout* découvert. Et, crois-moi, ce n'est pas demain la veille.

— Facile à dire, répliqua Fitzroy. On voit bien que ce n'est pas *toi* qui as mis le feu à Martin O'Shaughnessy. *J'ai* eu ce privilège.

— Non, effectivement, je n'ai pas eu ce privilège, railla Peter. Mais j'ai moi aussi tenu mon rôle dans cette histoire. Et, pas plus que toi, je n'ai envie que tout cela soit rendu public.

— Peter a raison, approuva Clay. Comme je te l'ai déjà dit, nous sommes tous mouillés et nous avons tous gros à perdre. Si l'un de nous tombe, nous tombons tous. Moi, j'ai mis en scène l'accident de voiture. Toi, Fitzroy, tu as brûlé le corps afin qu'il ne puisse être identifié, du moins grâce aux méthodes scientifiques de l'époque. Et toi, poursuivit-il en se tournant vers Peter, tu as réglé les autres détails près du lac. Nous avons tous pris part à ce crime, Fitzroy.

— Et si la vérité éclate aujourd'hui, nous allons tous payer…, conclut ce dernier.

88

Eliza téléphona à Susan Cohen pour savoir comment se passait leur séjour et prendre des nouvelles de Janie. Dès qu'elle fut en ligne, la fillette se montra intarissable. Son enthousiasme était communicatif.

— Il y a des manèges partout, on est même allé sur la grande roue, c'est haut, et la parade elle est vraiment géniale ! Et tu sais quoi, les lampadaires dans la rue ils ressemblent à de gros bonbons au chocolat géants…

— J'ai hâte que tu me racontes tout ça de vive voix, ma chérie.

— Moi aussi, maman. À demain.

Et Janie raccrocha.

Eliza éprouva un petit pincement au cœur, mêlé de fierté et de soulagement. Janie se portait comme un charme et s'amusait sans sa maman.

*

Tandis qu'ils quittaient Tuxedo Park pour aller dîner, Eliza appela Annabelle pour l'informer de leurs dernières découvertes.

— Tu crois qu'on s'est servi de cet endroit pour y brûler des cadavres ? demanda Annabelle, sceptique.

— Je ne sais que penser, admit Eliza. Mais, dans un premier temps, peux-tu te renseigner sur l'incendie qui a ravagé Nine Chimneys ? Il y a eu des rumeurs à l'époque, on a parlé d'escroquerie à l'assurance. Fitzroy Heavener a peut-être lui-même allumé le feu pour toucher l'argent.

— OK, je me mets en chasse. Mais n'oublie pas que nous sommes samedi soir. Si je n'ai rien sur Internet, il faudra attendre lundi pour passer quelques coups de fil.

*

Le River Palm Terrace, bien que situé à quinze minutes de Tuxedo Park en empruntant la Route 17 vers le sud, se trouvait dans le New Jersey.

Assis à une table recouverte d'une nappe blanche brodée, ils choisirent une bouteille de pinot noir puis examinèrent la carte. Mack commanda un filet de bœuf saignant accompagné de légumes croquants, Eliza des gambas grillées et des asperges cuites à la vapeur.

Pendant les deux heures qui suivirent, ils évitèrent de parler de Tuxedo Park pour n'aborder que des sujets plus gais, Janie, des anecdotes de leur quotidien, leur avenir commun…

Une fois le repas terminé, ils commandèrent deux verres de brandy, qu'ils dégustèrent main dans la main.

— Tu te sens en forme pour conduire ? demanda Eliza alors qu'ils se levaient pour partir.

Elle dut s'appuyer au dossier de la chaise pour rétablir son équilibre.

— Parce que moi, il en est hors de question.

— Ne t'inquiète pas, lui répondit Mack. Je me sens bien.

89

Ils riaient, se tenaient enlacés. Un couple heureux.

Mais un couple de fouineurs. Un couple qui possédait de puissants moyens d'investigation. Un couple qui ne lâcherait pas tant qu'il n'aurait pas résolu l'énigme imaginée par le cerveau tordu de Vincent.

Il lui ouvrit la portière pour qu'elle prenne place dans la Volvo, puis il fit le tour de la voiture et s'installa derrière le volant. Leur voiture quitta le parking du restaurant.

Bien que la Route 17 fût assez tortueuse à cet endroit-là, le conducteur roulait à vive allure, comme s'il était pressé de rentrer. Ce qui était compréhensible. N'importe quel homme serait pressé d'emmener Eliza Blake chez lui.

La Volvo ralentit à l'approche de Tuxedo Park.

Attends un instant. Laisse-les entrer et prendre quelques dizaines de mètres d'avance.

Les feux arrière s'éloignaient. Il était clair désormais que les occupants de la Volvo n'avaient pas remarqué la voiture qui les suivait.

90

— Ne rentrons pas tout de suite, murmura Eliza en se rapprochant de Mack. La nuit est si belle. Prenons la route du lac.

Mack roulait doucement, peu coutumier de ces petits chemins de campagne non éclairés.

— Heureusement que la lune brille, dit-il. Même avec les phares, c'est tout juste si j'aperçois la route.

Après une montée, la route descendait vers le hangar à bateaux, derrière lequel on devinait le club-house.

— Arrête-toi près du hangar, le pressa Eliza.

Mark se gara au bord du lac, le capot tourné vers l'étendue d'eau. Il coupa le moteur.

— J'ai l'impression d'être à nouveau étudiant, dit-il en passant un bras autour des épaules d'Eliza pour l'attirer vers lui. À quand remonte la dernière fois où j'ai peloté une fille dans une voiture?

— Et qui te dit qu'elle va se laisser peloter? lui répondit-elle avec un sourire aguicheur.

— C'est ce qu'on va voir...

Mack se pencha vers elle et l'embrassa. Un baiser si intense qu'aucun des deux ne remarqua la voiture qui venait de s'immobiliser à une cinquantaine de mètres.

— Allons ailleurs, suggéra Mack dans un souffle. On n'a pas de place, ici.

— Rentrons à la maison.

Il fit marche arrière et regagna le chemin. Il bifurqua à droite.

— J'aurais pris à gauche, dit Eliza après quelques centaines de mètres. Mais, pour être franche, je ne sais pas quel est le chemin le plus court pour regagner le cottage.

— Formidable! s'esclaffa Mack. Je vais faire demi-tour.

Le chemin grimpait. Il était sinueux et toujours aussi étroit.

— Attends un peu, lui conseilla Eliza. On va sans doute trouver une allée un peu plus loin, où tu pourras manœuvrer.

Elle scrutait les bas-côtés à la recherche d'un tel endroit quand la Volvo fit soudain une embardée.

— C'est quoi cette connerie? lança Mack.

Il jeta un coup d'œil dans le rétroviseur intérieur et aperçut les contours d'une voiture qui roulait derrière eux tous feux éteints. Avant que Mack décide quoi que ce soit, le véhicule qui les suivait vint de nouveau les heurter.

— Il essaie de nous pousser dans le fossé ! cria Eliza.

— Accroche-toi ! lui dit Mack, les dents serrées. Je vais accélérer et semer ce taré.

La Volvo prit de la vitesse. Eliza se retourna, regarda par la vitre arrière et hurla :

— Il fonce droit sur nous !

Avant que Mack ouvre la bouche, un troisième impact, plus violent que les précédents, expédia la Volvo hors de la route. La voiture fit un bond et se retrouva un instant suspendue dans le vide.

*

Eliza eut l'impression de vivre la scène au ralenti. Le choc. La voiture quitte la route. Le vide. L'atterrissage brutal. La longue glissade folle à flanc de colline. Le lac qui se rapproche. L'arrêt brutal contre un arbre. Les air-bags qui se gonflent. Deux minutes pour recouvrir ses esprits, le regard fixe, le corps encore tremblant...

Allait-elle bien ? Elle ordonna à son cerveau d'actionner ses bras, puis ses jambes. *A priori* rien de cassé. Aucune douleur particulière. Elle n'avait pas non plus l'impression de saigner.

— Mack ! appela-t-elle en se tournant vers lui.

Mais l'airbag lui bloquait la vue.

— Mack, tu te sens bien ?

Pour seule réponse, elle n'obtint qu'un faible gémissement.

— Mack, dis-moi quelque chose je t'en supplie.

Seul le silence, cette fois, lui répondit.

Elle essaya de se contorsionner pour l'apercevoir. En vain. Elle s'adossa au siège dans le noir. Au bout de quelques secondes sans bouger, elle perçut la respiration de Mack. Une respiration rauque et laborieuse.

En tâtonnant, elle réussit à agripper son sac qui avait glissé sous son siège. Elle prit son portable pour appeler les secours, mais il n'y avait pas de réseau…

Il ne lui restait plus qu'à sortir de la voiture pour aller chercher de l'aide. Elle réussit dans un premier temps à enlever sa ceinture de sécurité, mais la portière résista. Eliza eut alors une soudaine poussée d'adrénaline et donna un violent coup d'épaule contre la vitre. La portière s'ouvrit en grinçant et elle fut à l'extérieur du véhicule.

Eliza se releva, hébétée, dépoussiéra ses vêtements et entreprit de gravir la colline.

91

Avaient-ils pu en réchapper? Peu de chances. À cet endroit, la chute en direction du lac avait été spectaculaire. Et même une Volvo, si solide soit-elle, n'avait pu les protéger.

Mais, quand même, s'ils n'étaient pas morts? Le doute subsistait.

Autant aller vérifier. Il y avait aussi cet indice à laisser sur les lieux de son forfait pour signer son crime.

92

Eliza remontait lentement la colline pentue, s'aidant de rochers et de branches pour progresser. Quand elle parvint enfin à regagner la route, elle entendit le bruit d'un moteur approcher. Elle s'apprêtait à se mettre en travers de la chaussée, à agiter les bras et à crier pour attirer l'attention du conducteur quand elle remarqua que la voiture roulait tous feux éteints.

La voiture qui les avait poussés dans le ravin !

Aussitôt, elle s'abrita derrière le tronc d'un arbre, se mit en boule et retint sa respiration. Le véhicule s'arrêta à l'endroit où ils avaient été projetés dans le vide. Elle entendit une portière claquer, puis des bruits de pas sur le bitume.

Visiblement, l'intention de leur assaillant était de descendre près de la voiture accidentée pour s'assurer qu'ils étaient bien morts. Car, cela ne faisait aucun doute, il avait voulu les tuer.

Qu'adviendrait-il s'il trouvait Mack vivant mais inconscient, dans l'incapacité de se défendre ?

Tétanisée, Eliza ne sut comment réagir.

93

La lune se reflétait sur le toit de la Volvo. Il était évident qu'il n'y avait aucun mouvement en contrebas, sinon la fumée s'échappant du capot.

La nuit fut soudain trouée par les phares d'un véhicule arrivant dans le lointain.

Il fallait prendre une décision rapide.

Rester et risquer que quelqu'un aperçoive sa voiture, se demande pourquoi elle était garée là cette heure ? Partir sans s'être assuré que le sort des occupants de la Volvo était définitivement réglé ?

S'ils n'étaient pas morts, Eliza Blake et son ami devaient être sérieusement blessés. Personne ne les trouverait cette nuit, demain non plus, avec un peu de chance. Et, avec encore un peu de chance, il serait trop tard quand on découvrirait la Volvo accidentée.

Et si jamais ils survivaient malgré tout, ils auraient sans doute compris l'avertissement…

Quelques pièces de vingt-cinq cents *furent lancées sur la tôle de la voiture. Quelques instants d'attente. Aucune réaction, aucun bruit… Alors trois nouvelles poignées de pièces furent lancées.*

94

Toujours tapie dans le noir, Eliza perçut d'étranges sons. Comme de brèves averses de métal s'abattant sur la Volvo. Puis elle entendit une portière claquer et la voiture s'éloigner.

Elle expira enfin l'air accumulé dans ses poumons, gagna la route et se mit à courir.

DIMANCHE 11 OCTOBRE

95

Assise seule dans la salle d'attente de l'hôpital du Bon-Samaritain, Eliza regarda ses mains, remarquant pour la première fois qu'elles étaient couvertes de sang séché. Elle ne savait pas s'il s'agissait du sien ou de celui de Mack. Elle s'était entaillé les mains, les avant-bras et les jambes en gravissant la colline pour sortir du ravin. La blessure à la tête de Mack avait, elle, saigné abondamment.

Eliza ferma les yeux. Revoir le corps de Mack allongé dans une coque puis hissé jusqu'à la route la fit de nouveau trembler. Il était d'une immobilité telle qu'Eliza ne savait pas alors s'il était vivant ou mort.

Mais Mack avait survécu. Il était actuellement opéré d'urgence. Lésions internes, avait diagnostiqué le médecin urgentiste, sans que cela la renseigne vraiment sur la gravité de son état. L'opération risque de durer un moment.

Au son d'une voix, Eliza ouvrit les yeux. Une infirmière se tenait devant elle.

— Avez-vous besoin de quoi que ce soit ? Peut-être aimeriez-vous vous rafraîchir…, lui proposa-t-elle gentiment.

Prenant conscience qu'il s'agissait sans doute moins d'une question que d'une suggestion, Eliza la suivit. Elle portait toujours les chaussures trop grandes pour elle que l'automobiliste qui s'était arrêtée en la voyant affolée au milieu de la route lui avait prêtées.

Dans les toilettes, Eliza se lava d'abord les mains, puis se rinça le visage à grande eau, éliminant toute trace de sang et de boue séchée. Quand elle se regarda ensuite dans le miroir, c'est à peine si elle se reconnut.

Son visage n'était pas seulement livide, il était cadavérique. Ses cheveux en bataille étaient emmêlés. Mais c'est son regard surtout qui était effrayant. Ses pupilles étaient si dilatées que le noir masquait presque le bleu de ses yeux. Un regard halluciné, le regard de quelqu'un totalement paralysé par la peur.

L'idée qu'elle pouvait perdre Mack, alors qu'elle s'était de nouveau autorisée à aimer, lui semblait au-delà du supportable. Elle avait déjà perdu John, quelque huit ans plus tôt. Jusqu'à récemment, elle avait reporté toute son affection sur Janie et s'était concentrée sur sa vie professionnelle, incapable de baisser la garde pour laisser entrer quelqu'un d'autre dans sa vie. Jusqu'à ce qu'elle rencontre Mack et tombe de nouveau amoureuse... Il n'était pas concevable qu'aujourd'hui elle le perde. Même si, hélas, c'était une possibilité. Des injustices se produisaient tout le temps.

Elle s'aspergea une nouvelle fois le visage et se mit à prier :

— S'il te plaît, mon Dieu, épargne Mack. Ne me l'enlève pas.

*

— Mon portable et mon porte-monnaie sont restés dans la voiture, dit-elle à l'infirmière de garde. Puis-je utiliser ce téléphone ?

— Bien sûr, mais si vous le souhaitez je peux vous prêter le mien, lui répondit-elle en sortant un portable de la poche de sa blouse. Je vous demanderais en revanche de bien vouloir passer votre appel à l'extérieur.

Eliza sortit de l'hôpital. Le ciel commençait à s'éclaircir. Bientôt, le soleil se lèverait. Elle eut des scrupules à appeler Annabelle si tôt, mais elle avait vraiment besoin de parler à une amie.

*

— J'arrive, lui dit Annabelle avant même qu'elle ait fini de tout lui expliquer.

— Mais, c'est dimanche et…

— Arrête, je serai là dans une heure environ. Je prends évidemment mon portable avec moi. D'ici là, si tu as besoin, n'hésite pas à m'appeler.

— Annabelle?

— Quoi?

— Merci.

96

Peu après le lever du soleil, la police de Tuxedo Park, emmenée par son chef Clay Vitalli, examinait le lieu de l'accident. Des traces de gomme sur le bitume, puis de pneus mordant la poussière, furent trouvées à l'endroit où la Volvo avait plongé dans le vide. La voiture avait ensuite creusé un sillon dans la végétation jusqu'à son arrêt brutal contre le tronc d'un arbre.

— Une chance qu'ils soient encore en vie, lança l'un des officiers en observant la carcasse.

— Ouais, lui répondit un collègue. Car on voulait les tuer.

Les policiers prenaient des notes et photographiaient la scène sous tous les angles.

— C'est bizarre ! s'exclama l'un d'eux en ramassant quelques pièces de vingt-cinq *cents* posées sur le toit de la Volvo. Qu'est-ce qu'elles font là ?

— Et il y en a d'autres partout autour.

En tout, trente pièces furent découvertes sur les lieux de l'accident.

97

— Nous voilà, lança Annabelle quand elle entra dans la salle d'attente de l'hôpital en compagnie de Margo et de B.J.

— On tenait absolument à être là avec toi, lui dit B.J.

— Je devrais vous dire que vous n'auriez pas dû venir, mais je suis si contente de vous voir...

Eliza se leva et les embrassa tour à tour, longuement.

— Quelles sont les nouvelles ?

— Je n'en ai pas. Il est toujours au bloc, mais personne n'est venu me tenir au courant.

— Je vais aller me renseigner, dit Margo en filant vers le bureau des infirmières.

— Ça sert toujours d'avoir un médecin avec soi, plaisanta B.J. Surtout dans un endroit aussi inhospitalier que cet hôpital inconnu...

— Un hôpital n'est-il pas toujours inhospitalier ? lui demanda Eliza.

— Ce que je veux dire, c'est que tu serais sans doute plus rassurée si Mack était hospitalisé en ville, dans un...

— Tais-toi, espèce d'idiot ! le coupa Annabelle.

B.J. sembla embarrassé.

— Ça va, B.J. Ne t'en fais pas. Je comprends ce que tu veux dire. Mais, vois-tu, John était soigné dans ce qui était sans doute le meilleur centre anticancéreux de New York – voire de tout le pays –, pourtant le miracle n'a pas eu lieu. Je suppose que son heure avait sonné, ajouta-t-elle, fataliste.

Annabelle la prit dans ses bras.

— Celle de Mack n'a pas encore sonné. Il reste de l'espoir.

Margo revint à ce moment-là dans la salle d'attente.

— Deux bonnes nouvelles ! lança-t-elle. Ni le cerveau ni la moelle épinière n'ont été touchés.

Eliza laissa échapper un long soupir.

— Merci, mon Dieu, dit-elle en regardant Margo.

Le visage de cette dernière n'affichait pourtant aucun sourire.

— Que se passe-t-il ? Qu'est-ce qu'il y a ? lui demanda Eliza.

— Il est mal en point, répliqua Margo sans détour. Il a eu plusieurs côtes brisées, dont l'une au moins lui a perforé le poumon. Sa rate était dans un si sale état qu'ils ont dû procéder à une ablation. Quant à son foie, il présentait plusieurs lésions sérieuses qu'ils tentent en ce moment de circonscrire.

— Mais, mais… Il va quand même s'en sortir ? l'implora-t-elle.

— Je vais être honnête avec toi, lui répondit Margo en soutenant son regard. Il est encore trop tôt pour se prononcer. Mack est sérieusement touché et les jours à venir seront décisifs. Mais il est jeune et en bonne santé. Sauf complications, il devrait s'en tirer.

Il devrait, pas il va, songea Eliza en croisant les bras sur sa poitrine pour se réchauffer et se réconforter. Pourquoi Mack était-il si grièvement touché alors qu'elle-même n'avait eu que quelques égratignures ? Elle se sentit coupable de l'avoir entraîné dans cette aventure. Et puis non, se reprit-elle. Ce n'était pas elle la responsable de ce cauchemar.

*

— Tu veux nous parler de ce qui est arrivé ? proposa Annabelle tandis qu'ils étaient tous quatre attablés à la cafétéria de l'hôpital.

— Je ne sais pas trop, murmura Eliza encore sous le choc.

— Prends ton temps, lui suggéra Margo.

Eliza garda le silence un bon moment avant de se lancer :

— Nous venions tout juste de rentrer après un dîner romantique. Nous nous sommes arrêtés quelque temps pour regarder le lac, puis nous avons décidé de rentrer au cottage. Seulement, nous avons pris la mauvaise direction et, avant d'avoir pu effectuer un demi-tour, cette voiture est arrivée derrière nous et nous a percutés.

— Quel type de voiture était-ce ? s'enquit B.J.

— Aucune idée. Il faisait noir et ses phares étaient éteints.

— Donc tu n'as pas pu apercevoir le visage du conducteur ?

— Hélas, non. Et je m'en veux à présent de ne pas avoir tout fait pour l'identifier quand il est revenu…

— Il ? releva Margo. Tu es donc sûre qu'il s'agit d'un homme ?

— Non. C'est seulement ce que je suppose.

— Qu'entends-tu par : quand il est revenu ? questionna Annabelle.

Eliza leur raconta alors ce qui s'était passé après l'accident.

— Je pense qu'il voulait s'assurer qu'il avait terminé le travail, si l'on peut dire… Et je me demande bien comment il va réagir à présent en apprenant que tel n'est pas le cas…

*

Annabelle sortit de l'hôpital, prétextant le besoin de prendre l'air. En fait, elle voulait passer quelques coups de fil sans qu'Eliza l'entende. Inutile de l'inquiéter davantage.

Quand son correspondant décrocha, elle déclina aussitôt son identité, précisa qu'elle travaillait pour Key News et, surtout, qu'elle était l'une des meilleures amies d'Eliza Blake.

— Il me faut un maximum d'informations sur l'accident de la nuit dernière, dit-elle d'un ton autoritaire.

— J'aimerais pouvoir vous aider, madame, mais l'enquête est en cours. Nous ne pouvons divulguer aucun élément.

— À d'autres, voulez-vous ! s'énerva Annabelle. Quelqu'un a essayé de tuer la présentatrice vedette de « Key to America » et l'un des correspondants de Key News est actuellement entre la vie et la mort. Alors dites-moi ce que vous savez.

Malgré son ton menaçant, l'officier de garde ne se laissa pas démonter.

— Désolé, madame. Seul le chef Vitalli est habilité à parler à la presse.

— Passez-le-moi ! exigea-t-elle.

— Il n'est pas là, pour le moment. Mais, si vous me laissez votre numéro, il vous appellera dès que possible.

Annabelle lui communiqua ses coordonnées tout en sachant pertinemment que Vitalli ne la rappellerait jamais.

Après avoir raccroché, elle prit conscience qu'elle n'avait prévenu ni Range Bullock ni Linus Nazareth. Ils seraient furieux quand ils apprendraient qu'ils n'avaient pas été aussitôt alertés.

*

Le président de Key News décrocha au bout de deux sonneries.

— Bullock, dit-il d'un ton rogue.

En entendant ce qu'Annabelle lui raconta, il se radoucit.

— J'arrive, lui dit Range. Enfin, je m'occupe d'abord des détails pour assurer leur sécurité et j'arrive.

98

Clay rentra chez lui pour avaler une tasse de café et prendre une douche. Il avait froid et se sentait sale après ces heures passées sur le lieu de l'accident.

En apercevant sa fille dans le salon qui disputait un match de tennis imaginaire en se parlant à elle-même, il réprima un soupir. Tout partait à vau-l'eau en ce moment. Le suicide de Vincent Wheelock, les assassinats de Zack Underwood et de sa secrétaire, Aurélia Patterson, et maintenant la tentative de meurtre à l'encontre d'Eliza Blake et de Mack McBride… Tous les habitants de Tuxedo Park étaient sous le choc.

Le maire ne cessait d'appeler. Il voulait des informations, il exigeait des réponses à ses questions, il attendait des résultats ! Nul doute que le poste de Clay serait sur la sellette si l'enquête ne progressait pas rapidement.

Le conseil municipal s'était réuni en séance exceptionnelle, avec pour résultat ce communiqué publié sur le web annonçant des mesures renforcées visant à assurer le bien-être et la sécurité des résidents de Tuxedo Park.

— Ben voyons, grommela Clay.

Il était également rappelé aux habitants quelques précautions élémentaires : ne pas sortir seul, ne jamais laisser un enfant sans surveillance, fermer à clé maisons et voitures et, surtout, signaler immédiatement aux autorités tout individu ou événement suspect.

Il était certain que les résidents de Tuxedo Park ne supporteraient pas longtemps que leur petit nid douillet soit ainsi menacé. Si Clay ne parvenait pas rapidement à ramener le calme et la tranquillité, ils choisiraient quelqu'un d'autre pour le remplacer et assurer leur sécurité.

Sa première réaction avait été de tenir la presse à distance et d'en dire le moins possible. Mais, vu l'enchaînement des événements, il savait que cette position ne serait pas tenable très longtemps. Dès que la tentative de meurtre à l'encontre d'Eliza Blake filtrerait, tous les médias se déchaîneraient. Ce serait une avalanche de questions. Ils voudraient connaître les faits, l'évolution de l'enquête, obtenir des détails, des réponses… Et toute cette agitation rendrait plus compliquée encore cette affaire déjà complexe.

Clay Vitalli devait se préparer à lâcher quelques informations. Sinon, on pourrait le suspecter d'avoir quelque chose à cacher…

99

Le chirurgien fit enfin son apparition dans la salle d'attente.

— Tous les actes chirurgicaux sont à présent terminés. M. McBride est actuellement en réanimation avant d'être transféré dans notre unité de soins intensifs.

— Comment va-t-il ? demanda Eliza, pleine d'espoir.

Le visage du médecin était dénué de toute expression.

— Le foie est plus gravement touché que nous ne le craignions au premier examen et il souffre de multiples lésions. Mais nous surveillons de près l'évolution de son état. Nous en saurons plus dans un jour ou deux.

— Puis-je le voir ? demanda Eliza.

Le chirurgien hésitait.

— Je veux le voir !

— Très bien, suivez-moi, concéda-t-il enfin. Mais préparez-vous, il est dans un sale état.

*

Malgré l'avertissement du chirurgien, Eliza reçut un uppercut en le voyant, qui la laissa pantelante et sans voix. Le visage de Mack, si bronzé et resplendissant quelques heures auparavant, était grisâtre, presque translucide. Un tube sortait de sa bouche, un autre de ses narines. Ses bras immobiles, étendus le long de son corps, étaient perfusés. Et c'est tout juste si l'on voyait sa poitrine se soulever quand il respirait.

Eliza dut se raccrocher aux barreaux de son lit pour ne pas vaciller. Une infirmière surveillait un moniteur dans un angle de la pièce. Quand elle aperçut Eliza, elle lui sourit faiblement.

— Essayez de ne pas trop vous inquiéter, lui dit-elle. Parfois, l'état d'un patient est bien meilleur que ne le laisse supposer son apparence.

— Et c'est le cas ? lui demanda Eliza en pressant sa main sur celle de Mack.

Soit l'infirmière n'entendit pas sa question, soit elle préféra l'ignorer.

100

Susannah Lansing était si excitée la veille au soir qu'elle n'avait pas réussi à fermer l'œil de la nuit. Pourtant, elle n'était pas le moins du monde fatiguée quand elle arriva au club-house. Elle était au contraire euphorique et pleine d'espoir.

Susannah n'avait aucune raison de venir aussi tôt. Le traiteur ne serait pas là avant une heure et les bénévoles que Valentina avait recrutés n'arriveraient que bien plus tard. Mais Susannah voulait profiter de ce moment de tranquillité pour se promener seule dans les couloirs du club ou emprunter les allées sillonnant les courts de tennis. Si tout se déroulait comme elle l'avait imaginé, elle pourrait très prochainement fouler ces mêmes courts en tant que membre à part entière du Club des cravates noires.

Susannah fut tirée de son rêve éveillé par le bruit d'une voiture qui se garait sur le parking. Elle reconnut immédiatement la femme qui sortit de la Jaguar verte et se dirigea vers elle, une expression soucieuse lui barrant le visage.

— Bonjour, Marjorie.

— Bonjour, Susannah.

Susannah tenta de masquer sa joie. Marjorie venait de l'appeler par son prénom, alors que d'ordinaire elle était de celles qui l'ignoraient ostensiblement, se comportant comme si elle n'existait pas.

— Vous avez appris la nouvelle ? lui demanda Marjorie.

— Quelle nouvelle ?

— La voiture d'Eliza Blake et de son ami a été poussée dans le ravin, hier soir, pas très loin du hangar à bateaux.

— C'est horrible ! Comment vont-ils ?

— J'ai entendu dire qu'elle allait bien, mais que lui en revanche était très sérieusement blessé. Il serait entre la vie et la mort, murmura-t-elle en dézippant le haut de son survêtement. Je ne sais vraiment pas ce qui se passe, ici, mais je commence à avoir peur. D'abord le suicide de notre cher Vincent, puis l'assassinat de cet architecte, suivi de celui de cette pauvre femme qui vivait un peu plus haut dans ce petit ranch.

— Quelle femme ? Quel petit ranch ?

— Je ne la connaissais pas personnellement, mais c'était la secrétaire de l'architecte. On l'a retrouvée morte dans les sous-bois non loin de chez elle. Apparemment, on lui aurait défoncé le crâne à coups de marteau pendant qu'elle promenait son chien. Non mais vous imaginez ! C'est horrible ! Moi, j'ose à peine sortir. En tout cas le soir. Mais vous n'étiez vraiment pas au courant ? Tout le monde ne parle que de ça…

Susannah détourna le regard.

— Vous savez, j'ai été tellement prise par l'organisation de ce tournoi destiné à lever des fonds pour les handicapés, que je n'ai pas eu une minute à moi. Je n'ai vu personne depuis plusieurs jours… Et qu'en dit la police ?

— Comme d'habitude, pas grand-chose, lui répondit Marjorie. Moi, ça m'angoisse. C'est pour ça que je viens prendre un peu d'exercice, sinon je vais devenir folle.

Susannah regarda Marjorie s'éloigner vers la salle de sport. Après quelques mètres, cette dernière se retourna.

— Au fait, Susannah. Organiser cette manifestation est tout à votre honneur. Je reviendrai tout à l'heure vous donner un coup de main, lui promit-elle en lui souriant.

Susannah jubila intérieurement. Son plan avait l'air de fonctionner.

101

— Ils pensent qu'il ne se réveillera pas avant un bon moment, annonça Eliza à ses amis quand elle les rejoignit dans la salle d'attente.

— Pourquoi n'en profites-tu pas pour rentrer chez toi, prendre une bonne douche bien chaude et te reposer un peu ? lui suggéra Margo. Je reste ici en attendant.

Eliza la regarda, l'air perdu.

— Je ne sais pas si c'est une bonne idée. Je veux être là quand il reprendra connaissance.

— Écoute-moi, Eliza, lui dit doucement Margo en lui prenant le bras. Que tu restes ici à attendre sur une chaise n'a aucun sens. Tu l'as dit toi-même, Mack risque de ne pas se réveiller avant un bon moment. Et n'oublie pas non plus que toi aussi tu as été victime de l'accident. Il faut que tu te reposes. Rentre chez toi, douche-toi, mange un peu et, surtout, repose-toi. S'il y a la moindre amélioration, je t'appelle aussitôt.

— À propos d'appel, il faut que je prévienne sans tarder les parents de Mack qui vivent en Floride. Ils ne sont toujours pas au courant, les pauvres.

— Tu pourras le faire de chez toi. Tu y seras d'ailleurs bien mieux que dans ce hall d'hôpital pour passer un tel coup de fil.

Eliza céda à contrecœur.

— On t'accompagne, lui dit Annabelle en adressant un signe de tête à B.J. J'ai eu Linus au téléphone, on a du boulot.

Eliza la regarda d'un air interrogateur.

— Le chef Vitalli va donner une conférence de presse. B.J. et moi allons la couvrir.

Le visage d'Annabelle dut la trahir car Eliza lui demanda ce qu'elle lui cachait.

— La nouvelle vient de tomber, dit-elle d'un ton lugubre. On déplore un nouveau cadavre. Aurélia Patterson a été assassinée…

*

À peine rentrée chez elle, Eliza rassembla son courage pour informer les parents de Mack de la triste nouvelle. Elle les assura qu'il avait été opéré dans les meilleures conditions possibles et qu'on veillait sur lui. Elle leur promit de les appeler dès que sa situation évoluerait.

Pendant qu'elle était au téléphone, Annabelle lui avait fait couler un bain chaud.

— Il faut que tu admettes que ton corps a été rudement secoué dans cet accident. Dès demain, tu verras, tu seras percluse de courbatures. Alors, détends-toi. B.J. est en bas, il te prépare un thé. Après, on va te laisser pour assister à la conférence de presse. Ça ira ?

— Oui. Sauf que je m'en veux de ne pas venir avec vous. J'en aurais profité pour coincer Clay Vitalli quelques instants. Vendredi dernier, quand je l'ai eu au téléphone pour qu'il m'envoie le rapport de l'accident de voiture ayant eu lieu sur West Lake Road, c'est tout juste s'il ne m'a pas envoyée bouler. Et, évidemment, il ne m'a rien faxé.

— Je verrai si je peux lui en toucher deux mots. Et puis, ne t'inquiète pas, tu seras évidemment la première au courant s'il y a du nouveau.

Annabelle descendit, puis remonta peu de temps après avec un plateau.

— Thé, toasts et marmelade. Ordre du médecin !

— Merci, Annabelle. Maintenant, file !

— J'aurais des scrupules à te laisser seule s'il n'y avait pas ce garde qui vient d'arriver. Range a fait appel aux services d'une compagnie privée de sécurité.

— Tout se passera bien, ne t'inquiète. Pourras-tu cependant fermer la porte en partant ? Même avec ce garde dehors, je me sentirais plus en confiance.

— Pas de problème. Et je te laisse aussi mon portable, au cas où tu en aurais besoin.

102

La tentative d'assassinat perpétrée à l'encontre d'Eliza Blake et de Mack McBride se répandit comme une traînée de poudre et enflamma les médias. Le poste de police de Tuxedo Park croula sous une avalanche de coups de fil venus de toutes parts, y compris de l'étranger. Radios, journaux, télévisions, sites Internet d'information, tous insistaient pour que l'accès de Tuxedo Park leur soit autorisé.

Mais le chef Vitalli avait renforcé la sécurité à l'entrée du parc et décidé de tenir sa conférence de presse en ville, à la bibliothèque municipale.

Le parking était plein, à tel point que des camions satellites et d'autres véhicules appartenant à divers médias avaient dû se garer dans la rue principale, provoquant des embouteillages.

La salle elle aussi était bondée. Tous les journalistes avaient hâte d'apprendre ce qui était arrivé à deux de leurs confrères.

— Il y a même le correspondant d'une chaîne japonaise, dit Annabelle à B.J. tandis que ce dernier préparait son matériel.

Le brouhaha se calma peu à peu, puis le silence se fit quand le chef Vitalli monta sur l'estrade, s'installa derrière un pupitre et donna trois coups sur le micro pour vérifier qu'il fonctionnait, provoquant quelques larsens. Il était grand, le visage buriné, et avait pour l'occasion revêtu son uniforme d'apparat.

— Bonjour à tous, commença-t-il. Je suis Clay Vitalli, le chef du département de police de Tuxedo Park. Je vais tout d'abord vous lire un communiqué, je répondrai ensuite à certaines de vos questions.

Il s'éclaircit la voix et baissa le regard vers ses notes.

— Au cours de la semaine écoulée, Tuxedo Park a été le théâtre d'événements tragiques qui ont ébranlé notre communauté et l'ont laissée sous le choc. Nous avons d'abord déploré, dimanche, le suicide de Vincent Wheelock, l'un de nos concitoyens les plus respectés. Mercredi soir, Zachary Underwood, un architecte de talent qui avait rénové plusieurs demeures du parc, a été assassiné. Hier, en fin d'après-midi, nous avons retrouvé le corps sans vie d'Aurélia Patterson, une habitante de Tuxedo Park. Enfin, comme la plupart d'entre vous le savent déjà, hier soir, la voiture d'Eliza Blake et de Mack McBride, de Key News, a été précipitée dans un ravin à l'intérieur même du parc alors qu'ils s'apprêtaient à rentrer chez eux. Par chance, tous deux ont survécu.

Vitalli regarda l'assemblée avant de poursuivre :

— Ces actes inqualifiables ne resteront pas impunis. La police de Tuxedo Park travaille déjà d'arrache-pied sur ces affaires. Chaque indice, chaque témoignage pouvant mener à la résolution des meurtres de M. Underwood et de Mme Patterson, ainsi qu'à la tentative d'homicide dont ont été victimes Mme Blake et M. McBride, seront étudiés à la loupe. Aucune piste ne sera négligée. Je vous remercie.

— Dans quel état se trouvent Eliza et Mack ? s'enquit aussitôt un reporter.

— M. McBride est actuellement à l'hôpital du Bon-Samaritain. Son état est stationnaire. Quant à Mme Blake, elle s'en est sortie indemne. Pour de plus amples renseignements sur leur état de santé, je vous invite à contacter le service de presse de Key News.

Du fond de la salle, un journaliste lança sa question :

— Vous dirigez un département aux moyens limités. Allez-vous solliciter une aide extérieure ?

— Nous travaillons en lien étroit avec les forces de police de Tuxedo, puisque le crime de M. Underwood a été commis en dehors des limites du parc. Les autres affaires dépendent de notre juridiction, et d'elle seule. Nous n'avons besoin d'aucun renfort.

— Avez-vous des détails concernant le meurtre de Mme Patterson ? demanda un producteur de CNN.

— Aurélia Patterson était la secrétaire de M. Underwood. Elle vivait seule. Il est probable qu'elle a été assassinée vendredi soir tandis qu'elle promenait son chien. Un couple de promeneurs a trouvé son corps samedi en fin d'après-midi.

— Comment a-t-elle été tuée?

— Elle est décédée d'un traumatisme crânien résultant d'un coup violent.

— Avec quoi a-t-elle été frappée ?

— Vraisemblablement un marteau.

— La position dans laquelle son corps a été retrouvé présentait-elle un intérêt spécifique? questionna Annabelle.

Le regard de Vitalli se durcit. Il prit quelques secondes avant de répondre :

— Un crâne brisé, ça ne vous suffit pas, comme «intérêt spécifique»? lança-t-il de manière sarcastique.

— Laissez-moi alors vous préciser ma question, chef, réagit aussitôt Annabelle sans se laisser démonter. Le tueur a-t-il mis en scène son crime? A-t-il positionné le cadavre de telle sorte qu'on pense qu'il a voulu nous adresser un message? A-t-il laissé sur place un quelconque objet? Autrement dit, a-t-il signé son crime?

— Aucun commentaire. La conférence est terminée.

Tandis que tous partaient déjà ou rangeaient leur matériel, Annabelle se dirigea vers Vitalli.

— Chef, attendez!

Vitalli se retourna et la regarda agacé.

— Je me présente. Annabelle Murphy, de Key News. Eliza Blake vous a demandé un ancien rapport concernant un accident de voiture survenu sur West Lake Road. J'aimerais que vous me le remettiez. J'irai le lui donner.

— Et moi j'aimerais être millionnaire! Mais ça n'arrivera jamais…, lui répondit-il de manière plus ironique encore que tout à l'heure. Un rapport vieux d'une vingtaine d'années! Non mais vous plaisantez ou quoi? Vous voyez ce qui se passe en ce moment? Vous croyez que j'ai du temps à perdre en allant chercher dans les archives un vieux dossier sans intérêt? Nous avons des meurtres sur les bras. Et un coupable qui court toujours...

103

Eliza sortit de la baignoire et se sécha doucement. Son corps était endolori. Son cou était raide, ses jambes et ses bras semblaient peser des tonnes, et les paumes de ses mains qu'elle s'était entaillées en escaladant la colline la tiraillaient.

Elle enfila un peignoir et s'allongea sur le lit. Elle prit aussitôt le portable d'Annabelle et appela Margo. Mack dormait toujours et, pour le moment, tout se passait aussi bien que possible, aucune complication. Un garde était également posté devant sa porte, dans le couloir.

— Tu devrais fermer les yeux et essayer de dormir, lui conseilla Margo.

Eliza savait qu'elle avait un anti-inflammatoire dans son sac, mais il était resté dans la voiture. Pour la première fois, elle pensa à tout ce qu'il contenait: son portefeuille, ses cartes de crédit, son permis de conduire, son portable, les clés de sa maison de Ho-Ho-Kus. Bref, tout ce dont elle aurait besoin pour rentrer chez elle.

Inquiète et se sentant vulnérable, Eliza se leva et se rendit dans la salle de bains où elle avala trois comprimés d'aspirine avant de retourner dans sa chambre. Elle savait qu'elle ne parviendrait pas à dormir, aussi demeura-t-elle assise sur le bord de son lit.

Des images de la nuit précédente lui revinrent: la terreur au moment de chuter dans le vide, la peur de perdre Mack, l'ascension de la colline pour aller chercher de l'aide, le moment de panique quand elle s'était roulée en boule au pied de l'arbre pour ne pas être vue, et ce bruit étrange, cette pluie métallique venue s'abattre sur le toit de la Volvo.

Quel était donc ce bruit?

Puis ses pensées dérivèrent vers Vincent et ses stigmates, Zack sur son trône, un roseau en guise de sceptre dans une main...

Un coup frappé à la porte la fit sursauter. Elle se redressa brusquement et descendit prudemment l'escalier. Avant d'ouvrir la porte, elle jeta un coup d'œil par la fenêtre. Valentina s'entretenait avec le vigile.

— J'ai appris ce qui vous est arrivé. J'ai essayé de t'appeler mais ça ne répondait pas.

— Mon téléphone est resté dans la voiture. Ça ne captait pas là-bas.

— Ne m'en parle pas! dit-elle d'un ton agacé. La couverture est désastreuse dans certains coins du parc. Ce n'est pourtant pas faute d'avoir alerté les opérateurs. J'espère qu'à cause de cet accident, qui aurait pu coûter la vie à deux personnes, ils vont enfin se décider à nous offrir un service digne de ce nom. Mais, je m'égare, excuse-moi. Comment te sens-tu? questionna Valentina d'une voix adoucie.

— Ça va, merci, répliqua-t-elle en la laissant entrer. C'est l'état de Mack qui me préoccupe.

Eliza lui donna ensuite tous les détails.

— Valentina, je suis certaine que la tentative d'homicide dont nous avons été victimes ainsi que les autres meurtres sont liés au décès de Vincent. Quand nous t'avons quittée hier après le déjeuner, Mack et moi sommes allés à Nine Chimneys. Nous avons trouvé sept cubes de bois identiques à ceux qui sont incrustés dans ta grande cheminée.

— Ceux qui forment le mot ROME?

— Oui, viens voir.

Eliza entraîna Valentina vers la table, d'où les cubes n'avaient pas bougé depuis la veille.

— Regarde le mot que l'on peut former avec ces onze lettres.

— Crématorium, lut-elle avec effroi. Mon Dieu ! Est-ce que cela signifie que Nine Chimneys servait de crématorium ? Qu'une ou plusieurs personnes auraient été incinérées là-bas ?

— Je n'en sais rien pour le moment, lui répondit Eliza. Mais j'ai besoin de ton aide, Valentina. Que tu fasses appel à tes souvenirs. Quand a eu lieu l'incendie qui a ravagé Nine Chimneys ? Était-ce avant ou après l'accident de voiture de Martin O'Shaughnessy ?

Valentina blêmit.

— Oh, bien avant, oui. Laisse-moi réfléchir. J'étais enceinte de Rusty quand la voiture a été retrouvée. Et Fitzroy et Felicity habitaient déjà au-dessus du club depuis plusieurs années.

— Merci pour cette information... Elle m'est précieuse.

Valentia regarda sa montre.

— Je vais devoir te laisser. Il faut que je me rende à cette œuvre caritative organisée au club-house.

— Mince, j'avais complètement oublié ! s'exclama Eliza.

— Et c'est tout à fait compréhensible.

— Veux-tu m'attendre quelques minutes ? Je m'habille rapidement et je viens, lui dit Eliza en se dirigeant vers l'escalier.

Valentina la retint par le bras.

— Est-ce bien raisonnable ? Quand tu as accepté l'invitation, tu ne pouvais pas deviner ce qui allait t'arriver. Tout le monde comprendra. Crois-moi, ma chérie, personne ne t'en tiendra rigueur.

— Je ne resterai pas longtemps, lui assura Eliza. Mais j'ai promis de passer, alors j'y vais, même pour un court moment. Je ne veux décevoir personne.

104

Des ballons bleus et blancs décoraient les barrières entourant les terrains de tennis. Bien que le niveau des matchs ne fût guère élevé, les spectateurs s'enthousiasmaient et applaudissaient les points gagnants ou les jolis coups.

Eliza, accompagnée de son garde du corps, se mêlait à la foule, souriait, serrait de nombreuses mains et adressait un mot gentil à chacun, consciente des regards et des chuchotements que suscitait sa présence. Beaucoup, cependant, venaient directement la trouver pour lui demander comment elle allait, lui exprimer leur soutien ou simplement lui dire qu'ils avaient été horrifiés par son accident et les événements tragiques des jours derniers.

Une femme encore séduisante à l'accoutrement excentrique l'aborda.

— Bonjour, Eliza, je suis Susannah Lansing, se présenta-t-elle en lui tendant la main. Je tenais à vous remercier d'être parmi nous aujourd'hui, surtout après ce que vous venez d'endurer…

— Je suis heureuse d'avoir pu me joindre à vous, croyez-le bien. Vous devez être l'organisatrice de cette manifestation, si je ne me trompe ?

— Oui, en effet. Je suis flattée que vous ayez retenu ce détail.

— Valentina m'a parlé de vous. Elle semble vous tenir en haute estime.

— Vraiment? sursauta Susannah qui n'arriva pas à masquer sa surprise.

— Vraiment, lui répondit Eliza, qui d'un geste ample du bras balaya les courts et les stands. Et je comprends pourquoi.

— Vous n'avez pas idée du plaisir que me procurent vos paroles, roucoula Susannah.

Eliza s'excusa. Son téléphone vibrait. C'était Annabelle. Elle se mit à l'écart de la foule et décrocha.

— Qu'avez-vous appris en conférence de presse? lui demanda aussitôt Eliza sans plus de préambule.

— Pas grand-chose. Aurélia Patterson aurait été tuée de coups de marteau sur le crâne. À part ça, rien qu'on ne sache déjà. Cependant, quand j'ai voulu en savoir plus sur la scène de crime, la manière dont était positionné le corps et tout le reste, Vitalli s'est refermé comme une huître. Je suis prête à parier qu'il nous cache des choses.

— Il ne sait pas qu'Aurélia nous a décrit la mise en scène du corps de Zack, n'est-ce pas?

— Non, et je suis même à peu près certaine qu'elle ne lui a rien dit non plus. La concurrence, idem. Ils vont tous tomber de haut, ABC, CBS, NBC et les autres! Nous diffusons la seconde partie de son interview ce soir, dans « Key Evening Headlines ». Il faut que je prépare un sujet pour l'émission. Un camion satellite est en route pour ensuite envoyer les images au siège.

— Et là, tu es où en ce moment?

— À l'entrée du parc, le gardien ne veut pas nous laisser entrer.

— Passe-le-moi! Et, une fois que vous aurez franchi la barrière, demande-lui où se trouve le club-house. Je vous y attends.

105

Cleo Vitalli, un large sourire aux lèvres, venait de terminer sa partie et tapait dans ses mains de concert avec les spectateurs qui l'applaudissaient. Derrière ses verres épais, ses grands yeux bleus cherchaient son père autour du terrain. Mais elle ne le vit pas.

L'un des policiers qui travaillent avec lui était venu la chercher à la maison et l'avait conduite jusqu'ici. Il lui avait dit que son père serait là à temps pour assister à son match et qu'ainsi ils rentreraient ensemble après le tournoi. Ne pas voir son père la perturbait.

— Salut, Cleo. Jolie partie !

Cleo se tourna en direction de la voix et sourit quand elle reconnut Rusty. Quand ils étaient petits, Rusty et elle jouaient souvent ensemble. Mais, en grandissant, Rusty avait eu bien d'autres centres d'intérêt et ils avaient cessé de se voir aussi fréquemment. Mais elle l'aimait toujours bien. Il lui manquait et elle aurait aimé qu'il soit là plus souvent.

— B'jour, Rusty, dit-elle timidement.

— Tu t'es super bien battue, bravo.

— Merci, répondit-elle en baissant le regard.

— Où est ton père ?

— Je sais pas. Il devrait être là.

— Voyons voir si on peut le trouver.

Russell lui tendit une main qu'elle s'empressa de saisir.

106

Eliza était fatiguée, de plus son corps endolori la faisait souffrir. Elle n'avait qu'une envie, qu'Annabelle et B.J. arrivent pour la conduire à l'hôpital retrouver Mack.

Quand un couple s'approcha d'elle, elle réprima son envie de prendre ses jambes à son cou.

— Bonjour, madame Blake, je m'appelle Colleen D'Alessandro, et voici mon mari, Hank.

Eliza leur serra la main.

— C'est gentil à vous d'être venue cet après-midi, lui dit Colleen.

— Surtout après ce qui s'est produit hier, renchérit Hank.

Trop fatiguée pour leur répondre, Eliza se contenta de hocher la tête en souriant.

— Nous-mêmes avons failli ne pas venir, dit Colleen. Nous avons été si affectés par notre mésaventure d'hier.

— Nous sommes le couple qui a découvert le corps d'Aurélia Patterson, précisa Hank.

Eliza sentit soudain un regain d'énergie.

— Nous nous promenions quand nous avons croisé ce border collie qui aboyait, aboyait… J'ai tout de suite pensé qu'il voulait nous dire quelque chose, ajouta Colleen.

— Alors je l'ai suivi dans le sous-bois, et c'est là que je l'ai trouvée. C'était horrible, frissonna Hank. Elle était allongée sur le sol, le crâne défoncé…

— Dis-lui pour les dés, Hank.

— Oui, je ne sais pas si ce détail peut avoir son importance, mais moi j'ai jugé ça très étrange. Dans l'un de ses poings fermés, elle tenait deux dés, comme si elle s'apprêtait à les lancer. Vous en pensez quoi?

107

Clay Vitalli descendit de son véhicule de fonction et se dirigea vers les courts de tennis. Il chercha sa fille du regard mais ne la vit pas. En se renseignant auprès d'un bénévole, il apprit que Cleo avait terminé sa partie trente minutes plus tôt.

Il se sentit abattu à l'idée qu'il avait manqué le match de sa fille et qu'il n'avait pas été là pour la féliciter à sa sortie du terrain. Cleo n'avait pas souvent l'opportunité de briller. Lui avait de moins en moins d'occasions de se réjouir…

Foutue conférence de presse!

Tandis qu'il arpentait le club à la recherche de sa fille, il fut arrêté par de nombreux résidents inquiets qui voulaient savoir où en était l'enquête. Il répliqua invariablement qu'il ne pouvait rien dire pour ne pas compromettre les investigations en cours, mais que l'on progressait… La plupart, heureusement, se contentaient de cette réponse laconique.

Cleo serait-elle entrée dans le club-house?

Clay y pénétra à son tour pour l'y chercher. Elle n'était pas dans la salle des trophées, ni dans la salle de sport. Tandis qu'il s'enfonçait dans le bâtiment, Clay commença à l'appeler.

Où peut-elle bien être?

— Cleo?

En arrivant à l'arrière du club-house, il se mit à paniquer. Et si Cleo était sortie et qu'elle errait seule dans le parc? Et si quelqu'un lui avait tendu un piège pour l'attirer loin de tous? Elle était si naïve. Il ne cessait pourtant de lui répéter qu'elle devait se méfier des inconnus. Mais il restait persuadé que n'importe qui pouvait aisément abuser d'elle et la soumettre à son bon vouloir ; son désir de plaire était si grand qu'elle ne saurait refuser.

Il approchait de la porte du court de racket, là où il avait retrouvé Fitzroy et Peter quelques jours plus tôt. Une salle sombre aux murs de béton, sans aucune fenêtre, l'endroit idéal pour commettre un forfait sans témoin.

Essayant de ne pas faire grincer la lourde porte métallique, Clay l'ouvrit et regarda à l'intérieur. Il vit aussitôt Cleo de dos, debout au niveau de la ligne de fond de court. Tout près d'elle se tenait Russell Wheelock, une main sur la hanche de sa fille.

108

Dès qu'elle vit la voiture arriver, Eliza se précipita à sa rencontre.

— Vous ne devinerez jamais ce que je viens d'apprendre, leur dit-elle en prenant place sur la banquette arrière.

Sans attendre de réponse de leur part, elle poursuivit :

— Aurélia Patterson serrait dans sa main une paire de dés !

— Des dés ! répéta B.J. tout en manœuvrant pour sortir du parking, la voiture de sécurité dans leur sillage. Quel type de dés ? Des dés à coudre, à jouer ?

— Des dés à jouer, avec six faces numérotées de un à six. J'imagine mal qu'elle soit sortie promener son chien avec une paire de dés dans la main…

— Une mise en scène, donc. Comme pour Zack, constata Annabelle. Zack que l'on retrouve étranglé par une sorte de lanière de cuir, puis assis comme sur un trône, un roseau à la main en guise de sceptre. Et Aurélia, à présent, à qui on a défoncé le crâne à coups de marteau avant de déposer deux dés dans sa main…

— C'est très bien, tout ça, dit B.J. Mais c'est censé nous mener où ?

— Pour le moment, les seules conclusions que l'on peut en tirer sont les suivantes : les deux victimes se connaissaient et, chaque fois, l'assassin a mis en scène ses crimes.

Ils restèrent un moment silencieux, tentant d'y voir plus clair. Ce fut Annabelle qui rompit le silence :

— Tu crois que je peux inclure nos dernières trouvailles dans le sujet qui sera diffusé ce soir ?

— Bien sûr, lui répondit Eliza. La police ne nous a pas expressément demandé de nous taire pour les besoins de l'enquête, que je sache. Alors pourquoi nous en priver ? Et puis ce sont des éléments que nous avons découverts nous-mêmes. C'est de l'information. Et notre rôle n'est-il pas justement d'informer le public ?

109

Clay s'approcha sans bruit et agrippa Russell par le col de sa chemise. Il le tira violemment en arrière et resserra sa prise.

— À quoi es-tu en train de jouer, Rusty ? Si tu l'as touchée, je te jure que tu vas regretter d'être né.

Le visage de Russell devint rouge violacé.

— Eh, calmez-vous, Clay. Calmez-vous. Ce n'est pas ce que vous croyez.

— Ah, bon ! Et de quoi s'agit-il alors ? grommela-t-il en relâchant un peu sa pression.

— Cleo et moi sommes venus ici pour nous entraîner, pas vrai Cleo?

Clay observa sa fille. Ses yeux bleus étaient grands ouverts. Elle avait les joues rouges et son survêtement était froissé.

— On s'exerçait à frapper dans la balle avec ces drôles de raquettes, hein Cleo?

Cleo, bouche bée, ne disait rien.

— Regardez, Clay, les raquettes et les balles sont là. Cleo voulait jouer avec moi. Je lui faisais voir le geste.

— C'est vrai, Cleo? s'enquit Clay.

En sentant la colère dans la voix de son père, les yeux de la jeune femme s'embuèrent, ses lèvres se mirent à trembler et elle éclata en sanglots.

Clay savait d'expérience qu'il ne servait à rien de continuer à brusquer sa fille. Quand elle était dans cet état-là, elle se renfermait sur elle-même. Après tout, Clay n'avait pas vraiment vu Russell la toucher de manière équivoque, même s'il redoutait que cela ait pu se produire.

En raccompagnant sa fille jusqu'à sa voiture, Clay Vitalli émit le souhait que Russell Wheelock n'ait jamais vu le jour. Sa courte existence avait déjà causé tant de ravages…

110

— Pendant qu'on est dans le parc, on devrait en profiter pour tourner quelques séquences, dit B.J. À commencer par les façades des maisons qui illustreront notre reportage : Pentimento, le petit ranch d'Aurélia Patterson… Il faut aussi qu'on se rende sur le lieu de ton accident, Eliza.

— Très bonne idée, approuva Annabelle. Et pendant qu'on y est, on filmera l'endroit où a été retrouvée l'épave de la Mustang cabriolet sur West Lake Road et, surtout, les ruines de Nine Chimneys.

— Ça va nous prendre bien trop de temps ! maugréa Eliza.

— Non, objecta B.J. Je travaillerai vite. Je sais que tu meurs d'envie d'aller retrouver Mack à l'hôpital, mais une telle occasion ne se représentera peut-être pas de sitôt.

*

En une demi-heure à peine, B.J. avait mis en boîte tout ce dont ils avaient besoin.

— Avant de partir, tu pourras t'arrêter au poste de police ? demanda Eliza à B.J. J'aimerais bien récupérer mes effets personnels.

— Je viens avec toi, dit-il en se garant devant le commissariat.

La voiture du garde du corps d'Eliza s'arrêta juste derrière eux.

— Parfait, ça va me laisser un peu de temps pour préparer mon script, leur dit Annabelle.

L'agent qui officiait derrière le guichet d'accueil leva la tête et reconnut Eliza. Il se redressa aussitôt.

— Content de vous voir, madame. Comment vous sentez-vous ? s'inquiéta-t-il aimablement.

— Je m'en suis bien sortie. Mon ami, en revanche, est grièvement blessé. Nous nous apprêtons à aller lui rendre visite à l'hôpital.

— C'est un miracle que vous soyez encore en vie ! s'exclama-t-il. Des accidents, j'en ai vu beaucoup durant ma carrière, mais aucun d'aussi spectaculaire que le vôtre.

— Vous avez vu la Volvo ? lui s'enquit-elle.

— Oui, madame. J'étais sur les lieux de l'accident, ce matin à la première heure. Votre voiture est tout juste bonne pour la casse. Et j'ai peine à réaliser que vous soyez là devant moi. Quelle chance ! Comme je vous le disais, c'est un véritable miracle.

— Merci, lui dit-elle. Mais j'ai laissé mon sac et mon téléphone portable dans la voiture, je me demandais si vous les aviez récupérés.

— Oui, nous les avons. Si vous voulez bien patienter une petite minute, je vais aller les chercher.

— Quel soulagement ! dit Eliza tandis qu'ils attendaient. Je ne vais pas avoir à tout faire refaire.

Le policier revint avec une boîte contenant les effets personnels d'Eliza.

— Puis-je me permettre une question ?

— Je vous en prie.

— Pourquoi aviez-vous autant de petite monnaie avec vous ?

— Pardon ? murmura-t-elle, surprise.

— Toutes ces pièces de vingt-cinq *cents*. Les collègues et moi on s'est dit que ce n'était certainement pas pour aller au Lavomatic…

— Désolée, mais je ne comprends pas de quoi vous parlez.

— On a découvert trente pièces de vingt-cinq *cents* sur place. Quelques-unes sur le toit de la Volvo, la plupart tout autour de la voiture.

Eliza et B.J. se regardèrent interloqués.

— Trente pièces, murmura Eliza.

*

— Ah ! Tu as retrouvé ton sac. Bonne nouvelle ! s'exclama Annabelle.

— Et ce n'est pas la seule ! dit B.J. en actionnant la clé de contact.

Ils lui parlèrent des pièces de vingt-cinq *cents* dénichées sur place.

— Cela correspond tout à fait aux sons que j'ai entendus quand j'étais cachée. Celui ou celle qui a essayé de nous tuer a jeté des pièces sur la voiture avant de s'enfuir.

— Dans quel but ? Je ne comprends pas, admit Annabelle.

— Il en a jeté trente, précisa Eliza. Trente pièces, cela ne t'évoque rien ?

— Trente pièces de vingt-cinq *cents*…, répéta-t-elle à haute voix.

— Trente pièces, dit B.J. pour la mettre sur la voie. Trente deniers d'argent…

— Le prix de la trahison de Judas ! souffla Annabelle.

— Exactement, lui dit B.J.

— Et maintenant, récapitulons, proposa Eliza. Nous avons les trente deniers. Nous avons la lanière en cuir avec laquelle Jésus a été fouetté tout au long de son chemin de croix. Nous avons le roseau en guise de sceptre que lui avaient mis entre les mains ceux qui se moquaient de lui car il se prétendait roi des Juifs.

— Et les soldats, n'ont-ils pas joué sa tunique aux dés ? renchérit B.J.

— Et nous avons enfin le marteau, qui a servi à enfoncer les clous dans sa chair, conclut Eliza.

Annabelle n'en revenait pas.

— Mon Dieu ! s'exclama-t-elle. Un homme se suicide en s'infligeant les stigmates du Christ. Et maintenant nous avons un assassin qui utilise la Passion du Christ pour mettre en scène ses crimes…

111

En franchissant la barrière, ils aperçurent un nombre impressionnant de journalistes qui faisaient le pied de grue à l'extérieur de Tuxedo Park. Des voitures et des camionnettes étaient garées sur des dizaines de mètres de chaque côté de la route.

— J'imagine leur frustration ! lança B.J., hilare.

— Nous serions à leurs côtés si je n'avais pas loué ce cottage, lui rappela Eliza.

B.J. conduisait lentement tant ils étaient nombreux. Soudain, un journaliste hurla et une forêt de caméras vint s'agglutiner autour de la voiture. Tous voulaient quelques images de la présentatrice vedette de Key News.

— Je ne devrais pas descendre et leur dire quelques mots ? s'interrogea Eliza à haute voix.

— Hors de question ! répliqua Annabelle.

Sur la route les menant à l'hôpital, Eliza consulta les messages qui s'étaient accumulés sur son répondeur. Range Bullock, Linus Nazareth, Harry Granger, le coprésentateur de « Key to America », Paige Tintle, son assistante… Tous avaient essayé de la joindre, ignorant qu'elle était momentanément privée de son portable. Susan Cohen avait également appelé pour la prévenir qu'ils seraient de retour de Hershey Park aux alentours de 20 heures.

— Vous êtes vraiment certains que vous n'avez pas besoin de moi en fin de journée pour enregistrer le reportage ? demanda Eliza.

— Non, sois tranquille, la rassura Annabelle. Bruce Harley est en route avec le camion satellite, c'est lui qui présentera le sujet. On le filmera devant l'entrée de Tuxedo Park, à moins qu'on ait le temps de trouver un endroit plus original.

— L'idéal serait d'avoir accès à une des églises de Tuxedo et de placer Harley sous un Christ en croix. Plus c'est visuel, mieux c'est, ajouta B.J.

— T'es vraiment un grand malade ! s'écria Annabelle.

B.J. sourit.

— Sans doute, mais pas autant que notre assassin…

*

De nouveau, les abords de l'hôpital grouillaient de journalistes et Eliza dut fendre la foule pour gagner le hall d'entrée.

Range Bullock, le président de Key News, discutait avec Margo quand Eliza pénétra dans la salle d'attente. Il se leva et l'enlaça.

— Dieu merci, tu n'as rien.

— Je vais bien. Lessivée, mais ça va. (Puis, se tournant vers Margo :) Comment va Mack ?

— État stationnaire, mais il ne s'est toujours pas réveillé. Le médecin est passé le voir il y a dix minutes à peine. Rien à signaler.

— Merci mille fois, Margo, d'être restée près de lui. Tu ne sais pas combien je suis touchée…

— On a organisé une sorte de chaîne, dit Range. On va se relayer à son chevet jusqu'à ce qu'il sorte de l'unité de soins intensifs. Je prends le prochain quart. Une fois que tu seras allée le voir, Margo te raccompagne chez toi.

— Vraiment, vous avez tout prévu ?

— Oui, lui répondit Range. À quoi ça rime que tu restes ici à regarder les heures défiler.

Eliza jeta un coup d'œil à Margo.

— Crois-tu vraiment que ta présence à son côté l'aidera à se réveiller plus tôt? lui demanda cette dernière avec douceur.

Si Janie ne rentrait pas ce soir, Eliza ne se serait pas laissé convaincre aussi facilement. Mais elle avait envie de voir sa fille, de l'embrasser, de lui parler... Et, si Mack revenait à lui, elle pourrait être de retour à l'hôpital en moins d'une demi-heure.

— Vous avez raison. Nul ne sait quand Mack se réveillera. Mais que l'on m'appelle dès qu'il y a du nouveau! exigea-t-elle. Et puis une bonne nuit de sommeil ne sera pas de trop pour être en forme demain matin pour l'émission.

— Quoi! s'étonna Range. Tu ne veux pas prendre un jour ou deux de repos?

— Quand je t'aurai appris ce que nous avons découvert au sujet des meurtres de Tuxedo, tu comprendras que je ne veuille laisser à personne d'autre le soin d'en informer les téléspectateurs de « Key to America ».

112

La lanière de cuir et le roseau, le marteau et les dés...

Tout s'était déroulé selon le plan prévu – un scénario sophistiqué qui aurait rendu Vincent Wheelock vert de jalousie.

Seule ombre au tableau : Eliza Blake et Mack McBride n'étaient pas morts. Certes les trente deniers avaient bien été jetés sur la carcasse de la voiture, mais ils en avaient réchappé. Donc la satisfaction n'était pas là. Il aurait sans doute fallu s'en tenir au plan d'origine et se servir d'un des instruments utilisés pour faire souffrir le Christ. Quelle idée d'avoir utilisé un véhicule pour les projeter dans le vide !

Pour le moment, tout avait été mis en œuvre pour que l'énigme de Pentimento ne soit pas résolue. Et tant qu'elle ne le serait pas, la menace d'être découvert ne restait… qu'une menace.

Pour le moment, seuls deux indices de cette fichue énigme avaient été découverts : l'accident de Martin O'Shaughnessy et les ruines de Nine Chimneys.

Pour le moment, personne n'avait pu faire le lien avec ce qui s'était passé vingt ans plus tôt.

Pour le moment, le secret était encore bien enfoui.

Seul le père Gehry était au courant de toute l'histoire, privilège du confesseur…

Et seule Eliza Blake représentait une menace. Fouineuse et tenace, elle ne lâcherait pas avant d'avoir reconstitué le puzzle.

Le prochain meurtre devrait s'en tenir au plan d'origine.

113

Le dimanche était toujours une journée chargée pour le père Gehry, et celui-ci n'avait pas fait exception. Il avait célébré trois messes le matin, puis avait rencontré les parents des futurs premiers communiants dans la salle paroissiale pour répondre à leurs questions et leur expliquer le déroulement de la cérémonie.

Il avait ensuite dû sauter le déjeuner car il avait promis à l'organiste de la paroisse d'aller rendre visite à sa sœur qui vivait dans une maison de retraite médicalisée. Après avoir prié avec elle, il avait effectué un saut au club-house pour féliciter Susannah Lansing de sa charitable initiative. Il aurait aimé rester un peu plus longtemps, tant l'atmosphère semblait joyeuse et festive, mais sa journée était loin d'être terminée. Vers le milieu de l'après-midi, il s'était rendu à l'hôpital pour apporter la communion à cinq de ses ouailles, avec qui il avait évidemment passé un peu de temps.

Avant de rentrer chez lui, il pensa à s'arrêter en ville pour acheter le lait de son petit-déjeuner du lendemain. Tandis qu'il empruntait l'allée menant au presbytère, le père Gehry sut qu'il n'aurait pas le temps de s'accorder ne serait-ce qu'une courte sieste. Octobre était le mois du Rosaire et aujourd'hui avait été organisée une veillée de prière. Plusieurs de ses paroissiennes devaient du reste déjà être là à réciter des chapelets.

Il se gara, laissa la brique de lait sur le siège avant de sa voiture et se dirigea sans plus tarder vers l'église.

*

Après avoir récité cinquante *Je vous salue Marie* et improvisé une brève homélie sur la vertu et la sagesse de la Sainte Vierge, le père Gehry donna la bénédiction à ses fidèles, qui s'éparpillèrent un à un. Il alla ensuite chercher un petit sac de velours vert dans la sacristie et revint collecter les quelques pièces que contenaient les troncs.

Alors qu'il passait en revue les différentes tâches qui l'attendaient le lendemain, il sentit une présence dans son dos et se retourna.

— Bonsoir, mon père.

Le père Gehry s'inclina en guise de salut.

— Vous assistiez à la prière, ce soir? Je ne crois pas vous avoir aperçu.

— Non, mon père, je viens d'arriver.

— Et qu'est-ce qui vous amène ?

— Ce n'est peut-être pas le moment, je vous dérange sans doute. Mais j'ai vraiment besoin de vous parler.

Le père Gehry était fatigué. Sa première intention fut de lui dire qu'il avait eu une très longue journée, qu'il serait préférable de remettre cette conversation au lendemain. Mais il se ravisa.

— Asseyons-nous, voulez-vous ? dit-il en désignant un banc. De quoi voulez-vous me parler ?

— Je pense que vous le savez déjà.

— C'est à vous de me le dire. Dites-le à haute voix. Vous vous sentirez bien mieux après, je vous le promets. Vous verrez, parler sera pour vous un immense soulagement.

— Cela m'est impossible, mon père. Si je parle, ma vie est ruinée.

Le prêtre réfléchit quelques instants, cherchant l'inspiration.

— Prions ensemble. Invoquons saint Raymond, gardien des secrets, lui qui eut la bouche cadenassée par ses geôliers afin qu'il se taise, demandons son intercession.

Le père Gehry s'agenouilla sur un prie-Dieu et baissa la tête.

— Saint Raymond, nous venons à toi, pauvres pécheurs, le cœur lourd de secrets. Trop d'innocents ont souffert. Nous te demandons humblement assistance. Porte nos prière jusqu'au Ciel et aie pitié de nous. Par la grâce de Jésus-Christ, notre Seigneur.

Le père Gehry, toujours agenouillé, tête baissée, attendait un *amen* qui ne vint pas. En lieu et place, il sentit la lame d'un couteau s'enfoncer dans son flanc gauche.

*

Dans un placard de la sacristie se trouvaient les différentes huiles sacrées. Il était trop tard pour utiliser l'huile des malades. À quoi pouvait bien servir l'huile des catéchumènes ? Le saint chrême, plus épais que les deux huiles précédentes et bien plus odoriférant, ferait l'affaire.

Le saint chrême, qui avait été déposé sur les paumes des mains du père Gebry le jour de son ordination, fut étalé en couronne autour de son crâne, tout comme Jésus avait été oint de myrrhe avant d'être mis dans un linceul et porté au tombeau.

LUNDI 12 OCTOBRE

114

Un bruit provenant du lit voisin réveilla Felicity. Elle alluma sa lampe de chevet et regarda les aiguilles de son réveil.

— Il est plus de minuit, Fitzroy. Pourquoi ne dors-tu pas ?

— Ne t'inquiète pas, rendors-toi.

— Mais que se passe-t-il ? Tu pleures ? demanda-t-elle incrédule.

Elle chaussa ses lunettes et observa le visage de son mari.

— Mais oui, tu pleures ! Qu'est-ce qui t'arrive ?

Il glissa une main dans ses cheveux gris.

— Je ne sais pas combien de temps il me reste avant que tout soit dévoilé – avant que *mon* forfait soit dévoilé, lui répondit-il, la voix brisée.

Felicity ferma les yeux le temps de trouver la réponse adaptée.

— Écoute, Fitz. Écoute-moi. Tout le monde ici sait que tu as mis le feu à Nine Chimneys pour toucher l'argent de l'assurance. Je ne t'ai jamais posé de questions à ce sujet, et tu ne m'en as jamais parlé. Mais, crois-moi, tout le monde est au courant. Tout le monde le sait. Partant de ce constat, tu n'as aucune inquiétude à avoir.

— Mais il ne s'agit pas de ça…

— De quoi s'agit-il alors ? Qu'as-tu fait qui te mette dans cet état ?

— Bien des années après avoir incendié Nine Chimneys, j'ai commis un acte bien pire, lui avoua-t-il en sanglotant.

Felicity rejeta sa couverture et alla rejoindre Fitzroy. Elle s'assit à côté de lui sur son lit.

— Qu'as-tu commis de si répréhensible ? lui demanda-t-elle doucement.

— Il faut que ça sorte, Felicity. Il faut que je me confie à quelqu'un, gémit-il tandis que les larmes coulaient sur ses joues.

Jamais Felicity n'avait vu une telle expression de détresse sur le visage de son mari.

— Eh bien, je suis là. Je t'écoute, lui dit-elle en posant sa main sur son bras.

— J'ai brûlé un homme, lâcha-t-il.

— Je ne comprends pas, dit-elle en se raidissant.

— J'ai mis le feu à un être humain. Je l'ai fait rôtir.

— Et, et… il était vivant quand tu l'as… ? se récria-t-elle horrifiée.

— Non, il était déjà mort. J'ai mis le feu à son cadavre pour qu'on ne puisse pas l'identifier. Ensuite, on a enterré ce qui restait de lui à Nine Chimneys.

— Qui était-ce ? Et pourquoi ? Et qui est ce *on* ?

— Martin O'Shaughnessy. L'homme à qui j'ai mis le feu et dont j'ai ensuite fait disparaître le cadavre n'était autre que Martin O'Shaughnessy.

Les yeux de Felicity s'agrandirent.

— Tu étais impliqué dans toute cette affaire ? L'accident de voiture, sa disparition ?

Fitzroy hocha la tête.

— Tu savais donc qu'il n'avait pas pu s'enfuir en Irlande ou ailleurs ? Tu savais qu'il était mort ?

Fitzroy acquiesça de nouveau tout en s'essuyant les yeux avec la manche de son pyjama.

— Pourquoi n'es-tu pas allé trouver la police?

— La police était au courant, crois-moi, dit-il d'un ton sarcastique. Clay Vitalli savait tout depuis le début.

— Lui? Il était impliqué dans cette histoire?

— Absolument. Tout comme Peter Nordstrut. Tous les trois, nous protégions Vincent et Valentina. Nous leur étions entièrement dévoués. Nous étions ceux sur qui ils pouvaient compter pour accomplir ce qui devait l'être. Nous étions déterminés à remporter cette campagne électorale.

— Je ne comprends pas, dit Felicity. Les protéger de quoi?

— Je t'en ai déjà trop dit, Felicity. Il ne faut pas que la vérité éclate, même si je sens que cela me soulagerait d'un énorme fardeau. C'est terrible de vivre avec un tel poids sur la conscience, et de craindre jour après jour que tout soit découvert.

— Tout cela est de l'histoire ancienne. Pourquoi voudrais-tu que la vérité éclate aujourd'hui?

— Je t'en ai trop dit, Felicity. C'est pour ton bien que je ne répondrai plus à toutes tes questions. Je ne veux pas que tu sois impliquée, d'une manière ou d'une autre...

Felicity regagna son lit. Une fois la lumière éteinte, elle eut cette idée :

— Fitzroy, tu pourrais aller voir le père Gehry. Il sera sans doute à même de soulager ta conscience.

— Oublie toute cette histoire, Felicity.

115

Annabelle avait réussi à convaincre le chef de la police de Tuxedo Park, Clay Vitalli, d'accorder une interview exclusive à « Key to America ».

La veille au soir, elle était allée lui exposer leurs découvertes. Ils savaient pour la mise en scène des crimes et les symboles christiques retrouvés près de chaque cadavre, ainsi qu'à l'endroit où Mack et Eliza avaient été agressés. Ils en parleraient lundi au cours de l'émission, aussi lui offrait-elle la possibilité de réagir en direct.

Elle lui avait proposé d'envoyer sur place un camion satellite afin de pouvoir réaliser l'interview en duplex depuis Tuxedo Park, mais Vitalli avait refusé. Il avait tenu à se déplacer en personne jusqu'au siège de Key News.

Vu le caractère sensible de l'enquête, Linus Nazareth avait relu lui-même les questions préparées par Annabelle. Un reportage résumant l'ensemble de l'affaire, commenté par Eliza, serait diffusé au cours de la première demi-heure de «Key to America», avant que la journaliste reçoive le chef Vitalli sur le plateau de l'émission.

On appela Annabelle quand Vitalli arriva à Key News. Elle descendit pour l'accueillir dans le hall et l'accompagna jusqu'au studio. Tandis qu'ils se dirigeaient vers l'ascenseur, Annabelle l'informa du déroulé de l'émission.

— Vous avez le temps d'aller vous faire coiffer et maquiller, lui dit-elle.

— Au cas où vous ne l'auriez pas remarqué, j'ai les cheveux coupés en brosse, répliqua-t-il d'un ton bourru. Quant au maquillage, il en est hors de question.

On l'équipa d'un micro, dont le fil fut caché sous sa chemise, et Annabelle lui indiqua où prendre place. Il s'assit sur le fauteuil et écouta Eliza lancer le sujet qui précéderait l'interview.

— Tuxedo Park, dans l'État de New York, est depuis une semaine le théâtre d'événements tragiques. Jamais au cours de sa longue et riche histoire, cette enclave privée située à environ soixante-dix kilomètres au nord-ouest de Manhattan n'avait fait autant parler d'elle. Tout a commencé avec l'étrange suicide de Vincent Wheelock, le mari de Valentina Wheelock, ex-gouverneur de l'État de New York et ancienne ambassadrice des États-Unis en Italie. Wheelock, en effet, s'est infligé les stigmates du Christ après sa crucifixion en se donnant cinq coups de couteau ayant entraîné sa mort. Deux assassinats ont suivi. Puis, samedi soir, Mack McBride et moi-même avons été victimes d'une tentative de meurtre quand notre voiture a été projetée dans un ravin, à l'intérieur même de Tuxedo Park. McBride a été sévèrement touché, mais son état est stationnaire.

Vitalli jeta un coup d'œil sur un moniteur au moment où l'image montrait la façade du bureau de Zachary Underwood.

— Zack Underwood, un architecte multi récompensé, qui avait entre autres supervisé les travaux d'embellissement de la demeure des Wheelock, a été étranglé dans son bureau mercredi soir dernier.

La scène suivante s'attardait sur le petit ranch d'Aurélia.

— Aurélia Patterson, la secrétaire d'Underwood, a été frappée à mort vendredi soir alors qu'elle promenait son chien. Key News a appris que ces deux meurtres avaient ensuite été mis en scène, comme si l'assassin tenait à nous envoyer un message ou à laisser une signature.

La mâchoire de Vitalli se crispa quand il vit ces images qu'ils avaient réussi à filmer sans la moindre autorisation.

— Le cadavre d'Underwood a ensuite été placé dans un fauteuil. Quand on l'a retrouvé, il avait une lanière de cuir autour du cou et tenait en sa main une tige de roseau. Patterson, elle, a été découverte alors que son poing serré renfermait deux dés.

Sur l'écran qui suivit, Eliza se tenait devant une photo aérienne agrandie de Tuxedo Park. Elle pointait l'endroit où la Volvo avait quitté la route.

— Quand notre voiture a été précipitée dans le ravin par un conducteur inconnu, elle a dévalé la colline avant de finir sa course contre un arbre, non loin du lac. Sans réseau téléphonique, j'ai été contrainte de laisser M. McBride dans la voiture pour aller chercher de l'aide. Au moment où j'atteignais la route, notre agresseur est revenu sur les lieux de son forfait. Je me suis cachée et j'ai alors entendu une pluie métallique s'abattre sur la voiture. Un bruit étrange que je n'ai pu identifier sur le moment. Puis notre agresseur est reparti et j'ai enfin pu alerter les secours.

Des images de la Volvo endommagée apparurent à l'écran.

— Sur les lieux de l'accident, les policiers ont retrouvé des pièces de vingt-cinq *cents*, certaines sur le toit de la voiture, les autres tout autour de l'épave. En tout, trente pièces.

Un montage réalisé par B.J. à partir de tableaux de la Renaissance remplaça l'image de la Volvo. L'écran était séparé en trois scènes distinctes. À gauche, on voyait le Christ, un roseau à la main, recevoir des coups de fouet sous les moqueries et les quolibets de ses persécuteurs ; au centre, des soldats romains jouaient aux dés sa tunique ; le dernier panneau, enfin, montrait Judas Iscariote recevant trente deniers d'argent, le prix de sa trahison.

Eliza quitta son pupitre pour rejoindre le chef Vitalli. Elle prit place dans un fauteuil, en face de lui, tandis que le reportage tirait à sa fin.

— Les références à la Passion du Christ et à sa crucifixion sont évidentes dans cette affaire. Vincent Wheelock se suicide d'abord en s'infligeant les stigmates du Christ. Ensuite, Tuxedo Park est le théâtre de meurtres ou d'agressions perpétrés par quelqu'un qui signe ses forfaits de manière tout aussi grotesque que blasphématoire.

Ces derniers mots parurent déplaire à Vitalli, au point qu'un éclair de colère brilla dans son regard.

Le reportage prit fin, laissant place au direct. Eliza et Clay apparurent à l'antenne.

— Clay Vitalli, le chef de la police de Tuxedo Park, est avec nous ce matin, et je l'en remercie.

Clay lui adressa un bref salut.

— Chef Vitalli, pouvez-vous expliquer à nos téléspectateurs où en est votre enquête. Quelles sont les dernières nouvelles ?

— Je dois d'abord dire que vous avez fait preuve d'irresponsabilité en diffusant ce reportage ! s'insurgea le policier.

— Vraiment ? s'étonna Eliza. Qu'entendez-vous par là ?

— Je ne sais pas d'où vous tenez vos prétendues informations, mais aucune ne vous a été communiquée par nos services.

— Êtes-vous en train de nous dire qu'elles sont inexactes ?

— Je suis seulement en train de vous dire que vous n'avez pas le droit d'effrayer le public de la sorte, en particulier la population de Tuxedo Park, sans confirmation officielle.

— Il existe des sources d'information fiables, autres que celles délivrées au compte-gouttes par les canaux officiels, chef. Mais, dans le cas présent, nous avons pu bénéficier du témoignage de l'un de vos hommes.

— Donnez-moi son nom ! rugit Vitalli.

— Vous savez bien que cela m'est impossible, nous protégeons nos sources. Mais poursuivons, si vous le voulez bien. Avez-vous un suspect ?

— Je ne peux rien révéler à ce stade au risque de compromettre l'enquête.

— Que pensez-vous alors du lien évident qui existe entre le suicide de Vincent Wheelock et cette série de meurtres et d'agressions ?

— Il est bien trop tôt pour en parler… Et puis c'est vous qui voyez une connexion entre ces affaires. Rien n'est prouvé pour le moment !

— Enfin, chef, admettez qu'il ne peut s'agir d'une coïncidence.

— Écoutez, à l'heure actuelle, je ne confirme ni n'infirme vos allégations. Laissez-nous faire notre travail sereinement.

Eliza consulta rapidement ses notes.

— Hier, en conférence de presse, vous avez dit que vous n'envisagiez pas l'arrivée de renforts pour vous aider à résoudre cette enquête. Pensez-vous toujours que ce soit là la plus judicieuse des décisions ?

— J'ai confiance en notre département. Nous allons élucider l'affaire.

— Deux assassinats en moins d'une semaine, une tentative de meurtre… N'est-ce pas trop pour une petite unité comme la vôtre ? Pourquoi vous entêtez-vous à refuser toute aide ?

— Parce que nous n'en avons pas besoin ! lui rétorqua Clay, cinglant, en se levant. Maintenant, si vous voulez bien m'excuser, j'ai du travail !

116

Depuis que le bedeau de la paroisse avait pris sa retraite quatre ans plus tôt, Mary Meehan, soixante-douze ans, s'était portée volontaire pour aller ouvrir chaque matin de la semaine les portes de l'église.

Elle gara sa voiture sur le parking désert de Notre-Dame du Mont-Carmel. En se dirigeant vers la sacristie, Mary se fit la réflexion qu'elle passait beaucoup de temps ici ces derniers jours. Hier soir encore, elle assistait à la veillée du Rosaire. Mais elle aimait sa chère église et se sentait privilégiée de l'ouvrir chaque matin, pour lui faire sa toilette et l'apprêter, comme elle aimait le dire.

Inutile de se dépêcher, elle avait une heure devant elle pour remplir les burettes d'eau et de vin, préparer le calice et sortir du linge propre, ouvrir le livre saint à la page du jour et déposer sur une chaise de la sacristie l'aube, la chasuble et l'étole que revêtirait le père Gehry qui, comme à son habitude, arriverait avec un simple maillot de corps sous son gilet. Il la gratifierait comme toujours d'un « Merci, Mary », avant d'aller actionner la cloche annonçant le début de l'office. Mary ne pouvait imaginer meilleure façon de commencer sa journée.

Pour le calendrier liturgique, ce lundi était un jour ordinaire mais, pour le calendrier civil, ce lundi était férié. Cela signifiait-il qu'il y aurait plus ou moins de monde à la messe de 8 heures ? se demanda Mary. Elle compta vingt hosties qu'elle déposa sur la patène autour de celle du prêtre, espérant qu'il y en aurait assez.

Elle se dirigea ensuite vers le panneau électrique et appuya sur les boutons étiquetés « messe ordinaire » éclairant l'autel et le chœur. Inutile, disait le père Gehry, d'illuminer l'ensemble de l'édifice quand on est en petit comité.

Il ne restait plus à Mary qu'à aller déverrouiller la porte de l'église pour que les fidèles puissent entrer. Comme chaque matin, elle s'arrêta en chemin et alluma un cierge pour son défunt mari, décédé dix ans auparavant. Nul doute que George était monté directement au paradis, mais prier pour lui chaque jour était pour elle un moyen de penser à lui.

En faisant le signe de croix, une fois sa prière achevée, elle perçut une odeur qui n'était pas là la veille au soir. Elle se retourna et lâcha aussitôt les clés de l'église, qui tombèrent au sol dans un bruyant fracas. Tétanisée, elle ne put bouger, sinon les lèvres pour émettre un faible cri en voyant le corps du père Gehry.

117

À quelques minutes de la fin de « Key to America », la dépêche de l'Associated Press tomba : le père Michael Gehry avait été assassiné.

Eliza entendit la voix de Linus Nazareth dans son oreillette qui lui résuma les faits avant de lui demander d'improviser.

— Nous apprenons à l'instant que le prêtre de l'église catholique de Tuxedo a été assassiné. Le corps du père Michael Gehry a été retrouvé ce matin par une paroissienne dans l'église Notre-Dame du Mont-Carmel. Le père Gehry, qui avait célébré mercredi les funérailles de Vincent Wheelock, aurait été poignardé. Cela porte à trois le nombre de victimes en moins d'une semaine. Plus d'informations ce soir dans « Key Evening

Headlines » et, dès demain matin, dans notre nouvelle édition de « Key to America ». Excellente journée à tous.

*

Dès qu'ils eurent confirmation qu'ils n'étaient plus à l'antenne, Eliza se leva précipitamment de son siège et gagna la régie de contrôle.

— Je file sur place avec Annabelle et B.J.

— Parfait ! De mon côté, j'envoie un hélico pour qu'on ait des vues aériennes de ce charmant petit coin de paradis… si tranquille.

118

Valentina frappa doucement à la porte de la chambre de son fils. N'obtenant pas de réponse, elle cogna un peu plus fort.

— Rusty, c'est moi. Je peux entrer ?

— C'est Columbus Day, aujourd'hui. Je n'ai pas cours. Laisse-moi dormir.

Elle tourna néanmoins la poignée et entra dans la pièce plongée dans le noir.

— Rusty, quelque chose de terrible vient de se produire, lui dit-elle en approchant de son lit.

Russell ouvrit aussitôt les yeux en grand, tout son corps se raidit.

— Écoute, mère, ne prête pas attention à ce que Clay Vitalli peut bien raconter. Je peux tout expliquer.

— Expliquer quoi ? lui demanda-t-elle surprise. Je ne parle pas de Clay, Rusty.

Russell émit un soupir de soulagement.

— Je parle du père Gehry. Il a été assassiné !

— Quoi ? s'exclama-t-il en se redressant dans son lit.

— Je viens juste d'apprendre la nouvelle en écoutant les informations. Il a été poignardé. On a retrouvé son corps dans l'église ce matin.

— Mon Dieu, c'est horrible ! dit Russell.

Il se leva, écarta les rideaux et ouvrit la fenêtre.

— J'ai comme l'impression que toutes les personnes qui me sont proches sont frappées de malédiction, dit Valentina.

— Attends une minute. Il se passe des événements tragiques, certes, mais ne sois pas mélodramatique.

— D'abord la disparition de Vincent. Puis ce pauvre prêtre qui a célébré les funérailles de ton père, l'architecte et son assistante qui ont réalisé les travaux de Pentimento, Eliza, qui est une amie chère… Toutes ces affaires sont liées. Et je n'oublie pas cette pauvre Eunice ; je suis sûre à présent que sa mort n'était pas accidentelle. On est en train de se débattre en plein cauchemar.

— Arrête, mère ! lui ordonna-t-il d'un ton ferme en se dirigeant vers elle. Le père Gehry connaissait tout le monde ici. Zack Underwood et Aurélia Patterson avaient à n'en point douter de nombreuses relations. Eliza Blake sans doute bien plus encore… Tu n'étais pas la seule à les connaître.

Russell posa ses mains sur les épaules de Valentina et l'embrassa sur le front.

— Allez, viens. Descendons prendre notre petit-déjeuner.

Tandis qu'il enfilait un peignoir, Valentina l'observa de plus près.

— Russell ? D'où viennent ces griffures sur ton visage ?

— Oh, ça? dit-il en les effleurant du bout des doigts. Ce n'est rien. Je me suis fait ça en jouant au basket, l'autre soir.

— Vraiment? s'étonna-t-elle. Russell, dis-moi la vérité! Tu as encore eu des histoires avec une fille?

— Il ne s'est rien passé, mère.

Valentina étudia le visage de son fils. Elle se demanda s'il n'était pas de son devoir de le pousser dans ses retranchements, mais elle n'en eut ni le cœur ni le courage. Avant, c'était Vincent qui se chargeait des discussions délicates. Désormais, ce serait à elle de reprendre le flambeau. Mais pas maintenant.

— Très bien, dit-elle. Allons petit-déjeuner. Ensuite, je passerai à l'agence de voyages. Je dois retirer les billets et il me reste encore quelques détails à régler.

— Et moi, j'irai me recoucher.

119

Eliza, Annabelle et B.J. s'arrêtèrent à l'hôpital du Bon-Samaritain. Paige Tintle, qui assurait son tour de veille, les informa que Mack n'avait toujours pas repris connaissance. Après lui avoir rendu visite, Eliza alla voir l'infirmière de garde, qui lui affirma que l'état de Mack était stationnaire.

— Je dois y aller, mais je reviendrai cet après-midi. Appelez-moi s'il se réveille, je vous prie.

De l'hôpital, ils se rendirent à Notre-Dame du Mont-Carmel. B.J. filma l'église et ses alentours, ainsi que la porte barrée par les rubans jaunes de la police interdisant l'accès à cette scène de crime.

Les paroissiens venus prier pour leur défunt prêtre s'étaient vu refuser l'accès du lieu de culte. Ils s'étaient réunis près de la fontaine, devant le presbytère. B.J. les filma tandis qu'Eliza et Annabelle leur parlaient. Ils affichaient tous des visages décomposés par la douleur et l'incompréhension.

— Je ne peux pas croire qu'il ait été assassiné, leur dit une femme en larmes. Le père Gehry était si bon, c'était un saint homme. Tout le monde l'aimait.

— Pas tout le monde, visiblement, murmura Annabelle en se rapprochant de la fontaine.

Tandis que B.J. remballait sa caméra, Eliza fixa son regard sur l'eau qui cascadait sans répit dans le bassin rectangulaire. De là, ses pensées allèrent à la dernière conversation qu'elle avait eue avec Vincent le soir où il s'était donné la mort. Près de la fontaine de Pentimento, il s'était montré insistant, certain qu'elle ne le laisserait pas tomber.

Je fais de mon mieux, Vincent. Mais je ne comprends toujours pas où vous voulez en venir. Où doit nous mener votre puzzle ? Quel était le sens de vos paroles quand nous étions tous deux près de la fontaine ? « Vous connaissez la frontière entre le bien et le mal… Je sais alors que vous saurez comment vous y prendre… Vous accomplirez ce qui doit être accompli. »

La fontaine de Pentimento !

La fontaine aux tortues !

Soudain Eliza se rappela les cubes de bois découverts à Nine Chimneys.

— Annabelle, B.J. ! Vite, on file à Pentimento.

120

Susannah n'aurait pu se montrer plus satisfaite de la journée de la veille. Tout simplement une franche réussite. De très nombreuses personnes étaient venues la féliciter et la remercier d'avoir si bien su organiser cette manifestation à but caritatif. Une résidente du parc lui avait même demandé si elle jouait au paddle-tennis ; il lui manquait du monde dans son équipe. Susannah interpréta sa question comme un signe indiquant qu'elle souhaitait la voir devenir membre du Club des cravates noires. Une journée parfaite !

Susannah prit une douche et s'habilla. Elle voulait apporter des fleurs à Valentina pour la remercier d'avoir mis à sa disposition toutes les infrastructures du club de tennis.

Susannah voulait prolonger son opération séduction. Proposer à Valentina les services de Bonnie après l'accident d'Eunice avait constitué un premier pas. D'autres marques d'attention ne pouvaient pas la desservir…

121

— Bonjour, Bonnie, dit Eliza quand l'employée de maison vint leur ouvrir. Mme Wheelock est-elle là ?

— Je suis désolée, madame Blake. Mme Wheelock vient juste de partir.

— Savez-vous si elle sera bientôt de retour ?

— Je n'en ai aucune idée, lui répondit Bonnie en ajustant son tablier. Elle est allée en ville et m'a dit qu'elle avait plusieurs courses à effectuer.

Eliza prit un air embarrassé et consulta sa montre.

— Comme toujours, mes collègues et moi sommes pressés. Je venais voir Mme Wheelock afin qu'elle nous autorise à aller jeter un rapide coup d'œil à la fontaine du jardin. Pensez-vous que nous puissions y aller, même si elle n'est pas là ?

— Je ne vois pas pourquoi Mme Wheelock refuserait. Entrez, je vous en prie.

— Ne vous donnez pas cette peine, Bonnie, nous allons faire le tour par l'extérieur.

Avant cela, Eliza alla trouver son garde du corps et lui demanda d'aller jeter un coup d'œil au cottage afin de contrôler que tout était tranquille là-bas.

— Je suis en bonne compagnie, je ne risque rien, lui dit-elle pour le rassurer.

Puis elle mena Annabelle et B.J. dans le jardin, dont la fontaine, réplique de celle embellie par Bernini, était le point central.

— Elle est superbe, n'est-ce pas ? s'enthousiasma Eliza en observant les tortues de bronze en pleine escalade pour atteindre le bassin supérieur. Celle qui est à Rome vient d'être restaurée, et je défie quiconque de distinguer l'original de la copie.

— Arrêtons les cours d'histoire de l'art et venons-en au fait, l'interrompit B.J.

Annabelle fit le tour de la fontaine, à la recherche d'un indice.

— Je ne vois rien, dit-elle.

— Moi non plus, lui répondit Eliza.

— Attendez une minute, les filles. Vous croyez vraiment que Wheelock aurait laissé un indice à la vue de tous ? Et rappelons-nous pourquoi nous sommes là. Eliza s'est souvenue des tortues gravées sur les cubes de bois. Alors, ne perdons pas de temps.

B.J. s'assit sur le rebord de la fontaine et défit ses chaussures. Il retroussa son pantalon au-dessus de ses genoux et entra dans l'eau pour se diriger vers le bassin supérieur. Il prit ensuite appui sur une sorte de nénuphar pour atteindre la première tortue, qu'il inspecta sur toutes les coutures.

En touchant sa carapace de bronze, il sentit un mouvement.

— Regardez ! cria-t-il. Ça bouge !

122

La journée était belle et ensoleillée, presque chaude, comme souvent au cours de l'été indien.

Susannah tenait dans ses bras l'imposant bouquet qu'elle comptait offrir à Valentina. Quand Bonnie lui annonça que Mme Wheelock était sortie, Susannah eut du mal à cacher sa déception. Bien sûr, elle ne s'attendait pas à ce que Valentina lui ouvre en personne – même si elle l'avait secrètement espéré –, mais elle comptait au moins la trouver chez elle. Valentina l'aurait alors invitée à entrer pour la remercier de ce si joli bouquet. Et Susannah aurait ainsi recueilli les impressions de Valentina sur la journée d'hier, puis elles auraient toutes deux passé un agréable moment à papoter comme deux vieilles amies. Partie remise.

Susannah confia le bouquet à Bonnie et fit demi-tour. Elle entendit alors des voix en provenance du jardin, et un doute l'assaillit. Bonnie lui aurait-elle menti ? Se pourrait-il que Valentina soit là et l'évite ?

Susannah ne reconnut pas la berline garée dans l'allée, mais à coup sûr elle n'appartenait pas aux Wheelock. À qui donc, alors ? Valentina était-elle en ce moment en bonne compagnie ? Était-elle de trop ?

N'y tenant plus, Susannah se sentit obligée d'aller voir ce qui se tramait dans le jardin.

123

Autour de la fontaine, Eliza et Annabelle observaient B.J. qui dévissait la carapace de la première tortue. Quand il eut fini, il regarda à l'intérieur de la cavité mais ne vit rien. Il retourna alors la carapace et lança un cri de joie.

— Qu'est-ce qu'il y a?

— Qu'as-tu trouvé?

Il leur tendit la carapace.

— Des points et des traits, dit Eliza.

— Ça pourrait être du morse, suggéra Annabelle.

— Ça m'en a tout l'air, confirma B.J. qui partit dévisser les trois autres carapaces.

Chacune possédait une série différente de points et de traits.

— Je reconnais celle-ci, dit B.J., Trois points, trois traits, trois points : SOS.

— Que disent les autres? lui demanda Eliza.

— Désolé, mes souvenirs de scoutisme sont assez lointains et j'ai oublié de réviser mon alphabet morse avant de partir.

— Toi, tu as été scout ! le railla Annabelle. Je t'imagine bien en short en train d'essayer d'allumer un feu en frottant deux bouts de bois. Heureusement, aujourd'hui, on dispose des technologies modernes, dit-elle en sortant son BlackBerry. Et, coup de chance, ici on peut se connecter à Internet.

Ils travaillèrent alors en équipe. Eliza énumérait les séries de points et de traits, Annabelle cherchait leur correspondance en lettres et B.J. notait les mots ainsi obtenus sur son calepin.

Ils obtinrent quatre mots ou séries de lettres : SOS, GOUV, DOCK et PHOT.

— Voilà qui ne nous avance guère, lâcha B.J. avant d'aller replacer les carapaces sur le dos de chaque tortue.

À aucun moment ils ne se doutèrent que quelqu'un n'avait rien perdu de leur découverte.

124

Après avoir quitté Pentimento, ils regagnèrent le cottage d'Eliza. Ils décidèrent de prendre un repas sur le pouce tout en discutant des indices trouvés à l'intérieur des carapaces. Eliza ouvrit le réfrigérateur et sortit quelques restes de viande froide et du fromage. Elle mit également de la soupe à la tomate sur le feu.

— SOS, GOUV, DOCK et PHOT. Qu'est-ce que Vincent veut bien vouloir dire? s'interrogea B.J.

— Il semble évident que SOS signifie à l'aide, répondit Annabelle. Soit il en demande pour lui. Soit quelqu'un en a besoin. GOUV pourrait désigner Valentina, qui a été gouverneur d'État.

— Ça se tient, dit Eliza en remuant la soupe. PHOT pour photos? suggéra-t-elle.

— Quant à DOCK, enchaîna Annabelle, une allusion aux pontons du lac?

— Pas bête du tout, la félicita Eliza. On devrait y aller.

— SOS, GOUV, DOCK, PHOT, répéta B.J. On ne sait même pas dans quel ordre les lire, ni si Vincent avait en tête un ordre précis de lecture.

Eliza apporta les mugs de soupe, qu'elle posa sur la table.

— C'est exact, dit-elle. Mais de tous les indices, DOCK est le seul qui *a priori* nous donne une indication de lieu. Alors, commençons par là.

Ils se dépêchèrent de terminer leur repas. Annabelle et Eliza débarrassèrent la table. B.J. ne bougea pas.

— Eh, le macho ! l'interpella Annabelle. Tu pourrais nous donner un coup de main.

— C'est quoi ce bazar ? jura-t-il à voix basse.

Toutes deux le regardèrent interloquées. B.J. plaça un index sur ses lèvres et de l'autre leur indiqua le plafond. Il grimpa sur la table et inspecta le lustre en fer forgé. Il redescendit et, d'un air enjoué, leur proposa :

— Et si nous allions prendre le café dehors ?

Une fois qu'ils furent sortis, il leur annonça qu'il venait de découvrir un micro caché dans le lustre.

— Quelqu'un a très bien pu entendre tout ce que nous disions…

— Je me demande depuis combien de temps il est là, s'interrogea Eliza. Si ça se trouve, quand Mack et moi avons découvert le mot *crématorium*, nous étions écoutés, ce qui expliquerait que l'on ait voulu nous éliminer…

— C'est possible, en effet, approuva Annabelle. Mais cela signifie alors que la personne qui nous écoute sait que nous avons l'intention de nous rendre près du lac.

— On devrait se débarrasser de ce micro, suggéra B.J.

— Pas tout de suite, lui répondit Eliza. Inutile que la personne qui nous espionne sache qu'on l'a découverte.

125

Columbus Day était la journée idéale quand on était candidat à une élection. Partout, il y avait des festivités, des parades, des gens à rencontrer, des mains à serrer…

Peter Nordstrut suivait le poulain qu'il cornaquait pour sa première campagne d'investiture au Congrès. Ce dernier, d'un abord sympathique, était d'un naturel parfois déconcertant. En ce moment, il marchait derrière la fanfare d'une grande école interprétant « Born in the USA ». Il se trémoussait, souriait et adressait des saluts de la main à la foule. En fait, il semblait réellement s'amuser, et les spectateurs se laissaient gagner par son enthousiasme et son énergie.

Il s'était montré très convaincant lors des différentes réunions publiques que lui avait organisées Peter pour séduire l'électorat, que ce soit en mairies, dans des maisons de retraite ou lors de dîners en plus petit comité. Il ne restait plus que trois semaines avant l'élection et Peter se montrait confiant. S'il ne commettait pas d'impair d'ici là, son candidat siégerait en janvier prochain à Washington D.C.

Alors que la parade arrivait bientôt à son terme, Peter sentit son téléphone vibrer.

— Allô, cria-t-il pour couvrir le vacarme.

— C'est Clay, Peter.

— Quoi de neuf?

— Eliza Blake et sa bande de fouineurs sont en route pour les docks. Vincent avait laissé un autre indice menant là-bas. Ils risquent de découvrir ce que tu y as fabriqué…

— Il leur faudrait draguer le lac. Et quand bien même, tout cela est si vieux qu'ils ne pourront jamais rien prouver…

— Tu sembles bien sûr de toi, Peter. Attention, ton arrogance pourrait te jouer des tours. Nous avons chacun notre part de responsabilité. N'oublie pas que si l'un de nous plonge, nous plongeons tous…

126

Quelques rares voiliers étaient amarrés aux pontons entretenus par le Club des cravates noires. B.J. gara la voiture de Key News sur le parking et le garde du corps d'Eliza vint se ranger à côté d'eux. Annabelle et Eliza allèrent au bord de l'eau tandis que B.J. sortait sa caméra du coffre.

— Essaie de te montrer discret, lui conseilla Eliza.

— Regarde autour de toi, lui répondit B.J. Il n'y a personne. L'endroit est à nous.

Et il commença à prendre plusieurs plans larges du lac et de ses abords immédiats. Il n'y avait que trois voiliers de taille modeste, aucun bateau à moteur.

— Valentina m'a dit un jour que les bateaux à moteur étaient interdits sur le lac. Trop bruyants, se souvint Eliza.

Ils se dirigèrent vers le hangar à bateaux, un long bâtiment en bois de plain-pied de couleur vert foncé. À l'intérieur, il y avait des barques retournées et des avirons alignés sur des râteliers. Sur un mur se trouvaient des poissons et des animaux empaillés, et, à côté d'eux, la photo du membre du club qui les avait pêchés ou tués posant avec sa proie.

— Je déteste la taxidermie, grommela Annabelle. Regarde ce pauvre renard roux…

— Eh, venez voir, lança B.J. en arrêt devant une photo. Regardez le nom du bateau inscrit sur la poupe.

— Bingo ! s'exclama Annabelle en observant attentivement le cliché.

Vincent et Valentina Wheelock, alors dans la force de l'âge, se tenaient debout sur le pont arrière d'un voilier. Vincent souriait en exhibant sa prise. Le nom inscrit sur la poupe du bateau n'était autre que GOUV.

— *Gouv*, répéta Eliza. Ils ont dû baptiser leur voilier ainsi en pensant à leur rêve d'ascension politique.

Puis elle plissa les yeux pour lire le commentaire gravé sur la plaque de cuivre apposée sous le cadre.

— « Rêves engloutis », lut-elle. Je ne comprends pas. Pourquoi cette légende ? Leur rêve est pourtant devenu réalité. Valentina a été élue gouverneur.

— Regarde attentivement, lui suggéra B.J. Ce n'est pas la plaque d'origine. Celle-ci est légèrement plus petite que la précédente. Tu vois cette trace claire tout autour. Et, si tu la compares aux autres, tu remarques qu'elle est bien plus brillante.

— Tu as raison, approuva Eliza, qui observa le poisson empaillé accroché au mur à côté de la photo.

Il s'agissait d'une prise de taille modeste aux nageoires recouvertes d'épines. Sur la plaque de cuivre, qui elle aussi avait remplacé l'originale, on pouvait lire : « Animal à plumes. »

— Animal à plumes ! répéta B.J. Cela n'a aucun sens ! Cette bestiole est un poisson. Il est recouvert d'écailles, pas de plumes !

— Faisons le point, proposa Eliza. Quels étaient les indices ? SOS.

— À l'aide, répondit Annabelle.

— GOUV.

— Le nom du voilier des Wheelock.

— PHOT.

— Sans doute ces photos accrochées au mur, dit Annabelle. Vincent voulait attirer l'attention sur ce cliché en particulier et sur le poisson empaillé juste à côté, raison pour laquelle il a changé les plaques d'origine.

— Et DOCK, conclut Eliza. L'indice qui nous a permis d'arriver jusque-là.

— Parfait, dit B.J. Mais je ne vois vraiment pas où tout cela nous mène…

— Rêves engloutis, animal à plumes… Qu'est-ce que Vincent a bien voulu dire? s'interrogea Eliza à voix haute.

— Et maintenant on fait quoi? demanda Annabelle.

— Avec toute l'agitation de ce week-end, je n'ai pas eu le temps de m'entretenir avec Bill O'Shaughnessy, comme je l'escomptais. Son frère semble au centre de l'affaire. Il est temps d'aller lui rendre une petite visite, suggéra Eliza. Il pourra peut-être nous aider.

127

Le service des renseignements leur communiqua le numéro de William O'Shaughnessy, qui décrocha après deux sonneries. Eliza se présenta et s'enquit s'ils pouvaient se rencontrer pour parler en tête à tête.

— C'est à quel sujet? rétorqua Bill, méfiant.

— Au sujet de votre frère Martin.

— Je ne pense pas que ce soit une bonne idée. C'est de l'histoire ancienne. Inutile de remuer le passé.

— Que vous le vouliez ou non, Bill, le passé est en train de refaire surface. Et nous avons toutes les raisons de croire que les trois meurtres de la semaine dernière sont liés à ce qui s'est déroulé autrefois. Si vous savez quoi que ce soit, il est de votre devoir de nous en parler pour éviter que la série noire continue.

— D'accord, finit-il par accepter. Mais rencontrons-nous ailleurs qu'à Tuxedo Park. Voyons-nous chez moi. Je ne prends mon service qu'en fin d'après-midi, si vous voulez venir maintenant.

Eliza lui précisa qu'elle viendrait accompagnée de deux collègues. Il lui indiqua son adresse.

*

Le bungalow de Bill se trouvait non loin de la Route 17, dans un petit lotissement composé d'une douzaine de maisonnettes identiques. La plupart d'entre elles étaient mal entretenues ; les peintures des façades s'écaillaient et les jardins étaient envahis de mauvaises herbes. Le bungalow de Bill faisait exception. Un gros trèfle vert était peint sur la boîte aux lettres.

Bill les attendait devant la porte et les invita à entrer. Son salon de taille modeste était propre et bien rangé. Il n'y avait la place que pour un canapé, deux chaises et une table basse. Ainsi qu'une petite cheminée, sur laquelle trônait une photo de mariage.

— Mme O'Shaughnessy est-elle là ? demanda Eliza en se tournant vers une porte qui devait être celle de la cuisine.

— Mon épouse est décédée, lui répondit Bill.

— Oh, je suis navrée. Veuillez m'excuser.

— Ne vous excusez pas. Elle repose en paix à l'heure qu'il est.

Il leur fit signe de s'asseoir. Dès qu'ils furent installés, Eliza alla directement au but de leur visite :

— Quand vous et moi avons parlé après les funérailles de Vincent Wheelock, vous avez évoqué cet accident qui avait eu lieu sur West Lake Road une vingtaine d'années plus tôt. Mais vous avez omis de me dire qu'il s'agissait de la voiture de votre frère Martin…

Eliza le regarda dans l'attente d'une explication.

— Je n'aime pas parler de mon frère depuis qu'il a disparu. C'est le passé.

— Je peux vous comprendre, acquiesça Eliza. Mais, comme je vous le disais au téléphone, nous sommes persuadés que sa disparition et les trois meurtres sont liés. Nous savons aussi que Vincent Wheelock a conçu une énigme pour qu'une certaine vérité éclate après sa mort. Or le premier indice que nous avons découvert mène précisément à l'endroit où votre frère Martin a eu son accident de voiture. Mais quelqu'un n'a visiblement pas envie que toutes les pièces du puzzle soient assemblées.

— Et vous en avez trouvé d'autres?

Eliza réfléchit rapidement. Sans doute devait-elle lâcher quelques informations pour en obtenir d'autres.

— Eh bien, sur West Lake Road, justement, nous avons trouvé un nouvel indice qui nous a conduits tout droit à l'ancienne demeure des Heavener.

— Nine Chimneys, précisa Annabelle.

— Je me souviens de cette propriété. Elle était superbe. Mais elle est partie en fumée.

— Là, nous avons découvert une autre pièce du puzzle, continua Eliza, décidée à jouer franc-jeu. Je vous épargne les détails mais cela nous a permis de reconstituer un mot : crématorium.

Bille se renversa en arrière.

— Oh, mon Dieu, non ! siffla-t-il entre ses dents. Ne me dites pas que ce salopard a brûlé mon frère.

Annabelle se précipita vers la cuisine et revint avec un verre d'eau. Bill était blême, ses mains tremblaient.

— On peut poursuivre, Bill? Ça va aller? lui demanda Eliza.

— Oui, répondit-il en secouant la tête, visiblement incrédule et sonné. Ce misérable fils de pute s'est débarrassé du corps de Martin…

— De qui parlez-vous, Bill?

— De Clay Vitalli ! Ce grand protecteur de la veuve et de l'orphelin. Une belle pourriture ! Mais je ne vaux guère mieux…

— Que voulez-vous dire ?

— Quand Martin a disparu, j'aurais dû remuer ciel et terre pour découvrir ce qui lui était arrivé, mais je n'ai pas bougé le petit doigt, ou presque. J'ai bien essayé au début de demander des explications, car je me doutais qu'il n'avait pu disparaître sans laisser ne serait-ce qu'un mot. Mais Clay m'a ordonné de ne pas faire de vagues et de la boucler. Et je lui ai obéi…

— Pourquoi donc ? s'enquit Eliza.

— Si je persistais, souffla Bill en baissant la tête. il menaçait Moira – ma femme – de représailles. Il faut me comprendre, implora-t-il. À l'époque, déjà, Vitalli bénéficiait de nombreuses protections. C'était un homme influent. Et je suis certain qu'il disait vrai. Moira en aurait payé le prix. Ce n'étaient pas des paroles en l'air, croyez-moi. Je ne voulais pas qu'elle ait un accident, ou pire…

— Ça a dû être horrible pour vous ?

— Oh, oui ! Mais vous finissez toujours par vous accommoder de la réalité. J'en suis peu à peu venu à me persuader que Martin l'avait bien cherché, et qu'il n'avait à s'en prendre qu'à lui-même…

— Comment ça ? le relança Eliza.

Bill se leva et sortit de la pièce. Il revint avec une photo qu'il tendit à Eliza.

— Il était plutôt beau garçon, hein ?

Eliza ne put qu'acquiescer en regardant cet homme roux aux yeux rieurs et au sourire franc qui fixait l'objectif. Il était torse nu, une main repliée contre sa hanche, l'autre appuyée sur le manche d'une pelle. Eliza tendit le cliché à Annabelle.

— Et il le savait, qu'il était beau gosse, continua Bill. Il en jouait auprès des femmes. Elles ne lui résistaient pas…

— Je les comprends…, apprécia Annabelle.

— Quand il s'est mis à son compte, reprit Bill, la donne a changé. En tant que jardinier paysagiste, il allait travailler dans les plus belles propriétés des environs. Il s'est mis à côtoyer les jolies femmes fortunées qui y habitaient. Et de fil en aiguille…

— Vous sous-entendez qu'un mari aurait pu découvrir que son épouse avait une aventure avec votre frère ? lui demanda B.J.

— C'est possible.

— Et ce mari jaloux aurait alors décidé de l'éliminer ?

— C'est une manière d'envisager les choses. La voiture de Marty a été retrouvée accidentée, mais vide. Depuis ce jour-là, personne n'a plus jamais entendu parler de lui.

— J'ai mis la main sur de vieux articles de l'époque disant qu'il était parti s'installer en Irlande, dit Annabelle.

— Si tel avait été le cas, vous ne croyez pas qu'il aurait donné de ses nouvelles ? se récria Bill. Non, je suis certain qu'il est mort.

Tous restèrent silencieux un bon moment.

— Puis-je me permettre une dernière question, Bill ? lui demanda Eliza. Pour quelle raison Vincent nous a-t-il envoyés sur West Lake Road ? En avez-vous la moindre idée ?

Bill s'agita sur le canapé, mal à l'aise. Mais la vérité devait bien finir par sortir. Aussi se décida-t-il à répondre :

— Parce que mon frère entretenait une liaison avec Mme Wheelock.

128

Un tour près des pontons s'imposait. De même qu'une visite du hangar à bateaux. Il fallait découvrir quels nouveaux indices Vincent avait pu laisser sur place.

Eliza Blake et ses acolytes avaient-ils déjà trouvé la réponse ?

« Rêves engloutis » ! La légende sous la photo de Vincent et Valentina à bord du Gouv *était on ne peut plus appropriée. Quand le voilier avait coulé – ou, plus exactement, quand on l'avait sabordé –, il avait emporté avec lui au fond du lac leurs dernières illusions. Le rêve d'une union parfaite, idyllique, où mari et femme se faisaient mutuellement confiance et avançaient main dans la main vers un objectif commun, avait sombré ce jour-là.*

Bien qu'il ne fasse aucun doute que Vincent avait aimé Valentina jusqu'à son dernier souffle, un ressort avait dû se briser en lui. Comment lui accorder son entière confiance ? Infidèle un jour, infidèle toujours…

Mais qui aurait pu le lui reprocher ?

Le pire fut sans doute pour lui d'être obligé de couvrir son infidélité. En pleine campagne électorale, un scandale de cette ampleur aurait anéanti toutes les chances de Valentina de devenir gouverneur d'État. Or elle était la grande favorite, et ils y avaient consacré tant d'énergie…

Vincent avait donc choisi d'avaler cette couleuvre. Il s'était tu et il était resté à son côté.

Même si, de toute évidence, il n'avait jamais pu oublier – ni pardonner…

129

Eliza, Annabelle et B.J. étaient électrisés par la révélation de Bill O'Shaughnessy mais ils n'en laissèrent rien paraître. Ils conservèrent un visage neutre en attendant que ce dernier poursuive. Comme Bill gardait le silence, Eliza le relança :

— Que pouvez-vous nous dire de leur relation ?

— Ce que je peux en dire ? Je sais que ça faisait deux ou trois mois qu'ils se voyaient régulièrement.

— Leur liaison a donc commencé avant que Valentina Wheelock devienne gouverneur ? s'enquit Annabelle qui se rappelait la date des journaux évoquant l'accident puis la disparition de Martin.

— Oui.

— Et cette relation était-elle toujours d'actualité au moment où votre frère a disparu ? lui demanda Eliza.

— Je crois bien que oui, répliqua Bill. Mais Martin n'était pas très loquace au sujet de ses conquêtes. Il me donnait rarement de détails. Dans la vie de tous les jours, c'était plutôt une grande gueule. Mais concernant sa vie amoureuse, motus. Il ne la ramenait pas. Il n'était pas du genre à jouer les fanfarons.

—Vincent était-il au courant de l'aventure de Martin avec sa femme ?

— Je ne sais pas, répondit Bill. Si Martin a pu avoir des doutes à ce sujet, il ne m'en a jamais fait part.

— Bon, récapitulons, proposa Eliza en consultant son calepin. Vincent nous envoie à West Lake Road, où la voiture de Martin a été abandonnée. De là, un indice nous mène à Nine Chimneys, où nous parvenons à reconstituer le mot crématorium.

Eliza sentit Bill se raidir.

— Désolée, s'excusa-t-elle. Les cubes de bois nous entraînent ensuite vers la fontaine aux tortues de Pentimento, pour finalement nous conduire à ce hangar à bateaux et aux pontons.

— Vous avez découvert quelque chose là-bas ? questionna Bill.

— Une photo de Vincent et de Valentina sur le pont arrière de leur voilier, le *Gouv*, ainsi qu'un poisson empaillé, la perche que tenait justement Vincent sur la photo, lui dit Eliza.

— Tiens, j'y pense seulement maintenant, intervint B.J. Mais nous n'avons pas vu leur voilier amarré aux pontons.

— Ça, vous ne risquiez pas ! Il y a belle lurette que le bateau a disparu.

— Disparu ? sursauta B.J.

— Peut-être a-t-il coulé… Peut-être pas… Tout ce que je sais, c'est que du jour au lendemain il n'était plus là. Un soir il était là, le lendemain matin il avait disparu. Et ça j'en suis certain, j'y jetais toujours un coup d'œil en passant devant quand j'allais au travail, parce que je savais que c'est là que Martin et Mme Wheelock se retrouvaient. C'était leur petit nid d'amour.

130

Ils quittaient le bungalow de Bill O'Shaughnessy quand le téléphone d'Eliza sonna. Les yeux de cette dernière se fermèrent en entendant la nouvelle.

— Merci, mon Dieu ! dit-elle en raccrochant. C'était l'hôpital, Mack a repris connaissance. Vite, allons-y !

En route pour l'hôpital du Bon-Samaritain, ils échangèrent leurs impressions après les révélations de Bill.

— C'est de la bombe, ce qu'il vient de nous lâcher ! s'enthousiasma Annabelle.

— De la bombe atomique, tu veux dire ! renchérit B.J. On dirait bien que l'ex-petite fiancée de l'Amérique vient de tomber de son piédestal.

— Ça arrive, concéda Annabelle. Maintenant, la question est de savoir si l'on en parle ou pas…

— Mon sentiment est qu'il est préférable de garder cette information pour nous, répondit Eliza. Du moins pour le moment, tant que nous ne sommes pas absolument certains que cette liaison est la cause de la disparition et de la mort de Martin O'Shaughnessy.

— Il va en tout cas falloir qu'on ait une petite discussion avec Valentina, lança Annabelle.

— Et nous l'aurons, sois-en certaine. Je l'appellerai un peu plus tard pour lui demander si nous pouvons passer à Pentimento. Mais, dans l'immédiat, je n'ai qu'une envie : retrouver Mack.

*

Eliza entra dans la chambre d'hôpital, se dirigea vers le lit et embrassa Mack sur le front.

— Mack, murmura-t-elle. C'est moi, chéri. C'est Eliza.

Il souleva lentement les paupières. Il avait le regard terne et voilé, mais ses yeux brillèrent légèrement quand il la reconnut. Il porta la main à sa gorge quand il voulut prononcer quelques mots mais aucun son n'en sortit.

— Inutile de te fatiguer. Tu ne peux pas parler à cause de cet appareil respiratoire, dit-elle en lui prenant la main.

Elle sentit une légère pression de sa part.

— Oh, mon chéri ! J'ai eu tellement peur.

Elle le regarda dans les yeux. Eliza le sentit frustré de ne pouvoir parler.

— Tu pourrais cligner une fois des paupières pour dire oui, deux pour dire non.

Ses paupières clignèrent une fois.

— Tu vois, il existe d'autres moyens de communiquer.

Elle prit sa main et la porta à ses lèvres. Elle aurait tant aimé qu'ils aient une véritable discussion. Mais il n'y avait pas d'autre solution que d'attendre et d'espérer qu'à présent il se rétablisse au plus vite. Eliza voyait bien qu'il luttait pour rester éveillé. Aussi, bien qu'à contrecœur, lui dit-elle de se reposer et de se rendormir.

Il cligna une fois les paupières et ferma les yeux.

Constatant qu'il s'était assoupi, elle quitta la chambre et alla trouver une des infirmières.

— Est-il possible de lui enlever cet appareil respiratoire quelques instants ?

— C'est hors de question ! Le médecin a bien insisté sur ce point. Votre ami a beau avoir repris connaissance, il est encore extrêmement faible. Et, pour être franche avec vous, il n'est pas encore sorti d'affaire.

131

Après avoir quitté l'hôpital, Eliza appela les parents de Mack et leur annonça la bonne nouvelle. Elle composa ensuite le numéro de Valentina. Toutes deux convinrent qu'Eliza passerait à Pentimento le lendemain matin, après la diffusion de « Key to America ».

Après en avoir débattu, Eliza, Annabelle et B.J. décidèrent qu'il était trop tôt pour évoquer à l'antenne leurs dernières découvertes. Ils avaient de nouveaux indices, des pistes intéressantes mais, pour le moment, aucune conclusion satisfaisante. Inutile donc de diffuser un sujet incomplet. De même, ils se mirent d'accord pour ne parler à quiconque de la liaison entre Martin O'Shaughnessy et Valentina Wheelock avant qu'Eliza ait eu une conversation avec l'intéressée et entendu sa version des faits.

— Très bien, leur dit Eliza en montant dans la voiture de sécurité. On est sur la même longueur d'onde, pas un mot dans l'émission de demain.

— Compris, boss, lui répondit B.J.

— Pareil pour moi.

Dès qu'Eliza arriva chez elle, Janie ouvrit la porte et se précipita dans l'allée pour se jeter dans ses bras.

— Je pensais que tu rentrerais plus tôt comme je n'ai pas école aujourd'hui.

— Je suis là, mon petit singe, lui répliqua-t-elle en l'inondant de baisers. Je suis là rien que pour toi. Qu'as-tu envie de faire ?

— Des jeux de société ! s'exclama la fillette.

Elles firent un Scrabble, puis plusieurs parties de cartes. Eliza monta ensuite pour sa séance de yoga et Janie lui emboîta le pas. De manière comique, elle essaya d'imiter les mouvements de sa mère. Janie insista alors pour disputer une nouvelle partie de cartes avant le dîner, et Eliza céda.

Une fois leur repas terminé, Janie prit son bain. Eliza en profita pour appeler l'hôpital et demander des nouvelles de Mack. Il dormait.

Quand Eliza rejoignit Janie dans sa chambre, la fillette était déjà au lit.

— Que veux-tu lire, ce soir ?

— Mon livre sur saint François !

— Bonne idée, lui répondit Eliza. Et profitons-en pour bien regarder comment il était vêtu afin d'imaginer ton costume d'Halloween.

Une fois de plus, Eliza lui lut l'histoire de la vie exemplaire de l'homme pauvre d'Assise, qui voulut que sa vie soit une parfaite imitation de celle du Christ. Elles passèrent de nouveau en revue les épisodes de sa vie : son vœu de pauvreté, son dévouement pour les pauvres et les lépreux, son amour pour la nature…

— Je ne pense pas que je pourrai être aussi parfaite que saint François, dit Janie, une fois le livre terminé.

— Personne ne te demande d'être une sainte, Janie. Essaie seulement de devenir la meilleure personne qui soit.

Janie insista ensuite pour qu'Eliza lui lise *Le Cantique de frère soleil*.

— La dernière fois, je ne l'ai pas entendu jusqu'au bout…

Eliza s'exécuta et le lut à haute voix. Dès la troisième strophe, les paupières de Janie s'alourdirent. À la fin de la cinquième, elle s'était endormie. Eliza continua néanmoins sa lecture à haute voix.

Quand elle referma le livre, elle ne se demanda pas pourquoi Vincent avait choisi ce beau cantique pour sa messe d'enterrement, mais plutôt pourquoi il n'en avait retenu que ces quatre strophes.

Sans bruit, Eliza éteignit la lumière et quitta la chambre de Janie en emportant le livre avec elle. Elle gagna la sienne et mit la main sur la carte de prière distribuée après les funérailles de Vincent. Elle relut les quatre strophes imprimées au verso. Puis elle les compara à celles figurant dans le livre de Janie. Et c'est alors qu'elle eut une intuition.

Loué sois-tu, mon Seigneur, pour sœur notre mère la terre, qui nous soutient et nous gouverne, et produit divers fruits avec les fleurs colorées et l'herbe.

Cette strophe faisait-elle référence au premier indice? Les coordonnées menant à West Lake Road laissées sur le pot en terre cuite – un pot de fleurs… Était-ce aussi la raison pour laquelle Vincent s'était donné la mort juste à côté? Et ne l'avait-on pas retrouvé alors qu'il tenait une poignée de terre dans la main?

Loué sois-tu, mon Seigneur, pour frère feu, par lequel tu illumines la nuit,
et il est beau et joyeux, et robuste et fort.

« Frère feu » évoquait-il Nine Chimneys, cette belle demeure réduite en cendres à l'issue d'un incendie?

Loué sois-tu, mon Seigneur, pour sœur eau, qui est très utile et humble, et précieuse et chaste.

Se pouvait-il que « sœur eau » renvoie au lac de Tuxedo? Au hangar à bateaux et aux pontons?

Était-ce bien les messages que Vincent avait voulu envoyer en choisissant ces strophes et en les arrangeant dans cet ordre précis?

La terre, le feu, l'eau… Vincent avait choisi trois des quatre éléments. Quel quatrième indice pouvait bien contenir la dernière strophe?

Eliza la relut.

Loué sois-tu, mon Seigneur, pour frère vent, et pour l'air et le nuage et le ciel serein et tous les temps, par lesquels à tes créatures tu donnes soutien.

L'air, bien sûr ! Le dernier élément.

Songeuse, elle retourna la carte et trouva la solution.

Au recto se trouvait la reproduction du fameux sermon aux oiseaux de saint François d'Assise peint par Giotto. Au centre du tableau, on voyait un oiseau blanc volant vers le saint.

Les oiseaux volent dans le ciel !

« Animal volant » n'avait donc aucun rapport avec la perche empaillée mais désignait un oiseau. Le dernier indice laissé par Vincent menait à n'en point douter à la volière de Pentimento.

MARDI 13 OCTOBRE

132

Toutes les émissions matinales des chaînes d'information consacrèrent une large place aux « meurtres christiques de Tuxedo Park », tels qu'ils avaient été surnommés par les médias. Et toutes ouvrirent sur l'assassinat du père Michael Gehry, le dernier en date.

Linus Nazareth exultait. La concurrence était écrasée, laminée ! Aucune chaîne rivale ne possédait d'images intéressantes. Seule Key News avait pu filmer à l'intérieur même du parc pour offrir à ses téléspectateurs l'exclusivité. Le rêve de tout producteur exécutif.

Linus exultait et le fit bruyamment savoir au cours de la réunion de débriefing suivant la diffusion de « Key to America ». Il félicita chaleureusement Annabelle et B.J. devant le reste de l'équipe, ce qui ne lui arrivait presque jamais.

— Pour vous récompenser, tous les deux, vous irez couvrir le point presse du chef Coupe-en-Brosse, qui se tient à 13 heures. Allez écouter ce qu'il a à dire et voyez s'il manie toujours aussi bien la langue de bois.

— C'est une récompense ça, ou du travail supplémentaire ? glissa B.J. à Annabelle.

Après la réunion, Eliza prit Annabelle et B.J. à part.

— J'essaierai moi aussi d'assister à cette conférence. Je pense pouvoir vous y rejoindre après mon entrevue avec Valentina. Je la vois à midi. Mais, avant qu'on se sépare, je tenais à partager avec vous ma découverte d'hier soir.

Elle leur résuma ses déductions, avant de conclure :

— Si Vincent voulait nous mettre sur la piste d'un oiseau, alors la solution se trouve dans la volière de Pentimento. Il faut qu'on aille y jeter un coup d'œil.

— Et tu comptes t'y prendre comment ? questionna B.J. T'y faufiler en douce cette nuit ?

— Non, lui répondit Eliza. Nous demanderons tout simplement à Valentina l'autorisation de nous y rendre, et nous irons l'inspecter à la lumière du jour. Mais si notre assassin est parvenu aux mêmes conclusions que nous, il aura encore sans doute recours au meurtre pour nous empêcher de découvrir la vérité. Il faut donc lui tendre un piège pour l'obliger à se découvrir. Et je pense savoir comment nous allons procéder…

133

La voiture de Key News se gara devant le cottage d'Eliza, le véhicule du garde de sécurité toujours dans son sillage.

— Maintenant, rappelez-vous notre objectif, dit Eliza à B.J. et Annabelle avant qu'ils pénètrent dans la maison : obliger l'assassin à sortir du bois.

Ils entrèrent, s'assirent autour de la table et discutèrent des indices découverts dans le hangar à bateaux. Eliza leur expliqua de nouveau comment elle en était arrivée à la conclusion que la solution se trouvait dans la volière de Pentimento.

À l'autre bout du micro dissimulé dans le lustre, quelqu'un ne perdit pas un mot de la conversation.

134

Fitzroy Heavener se décida à répondre après la cinquième sonnerie.

— Allô ?

— C'est Clay. Peter est avec moi, il écoute notre conversation.

Fitzroy se raidit.

— Qu'y a-t-il encore ? Je ne pense pas que je pourrai supporter la situation encore longtemps.

— Il va pourtant bien le falloir ! Écoute, il y a du nouveau, dit-il d'un ton suffisamment ferme pour capter l'entière attention de ses deux interlocuteurs. Eliza Blake a découvert une nouvelle pièce du puzzle imaginé par ce traître de Vincent. S'il n'était pas déjà mort, je me ferais un plaisir de l'étrangler moi-même à mains nues, ce moralisateur de mes deux !

— Et qu'a-t-elle trouvé cette fois ? s'enquit calmement Peter.

— Je n'en sais rien pour le moment, admit Vitalli. Mais, selon elle, la solution de l'énigme est dans cette folie qu'a fait construire Vincent dans son jardin, cette volière prétentieuse.

— Et alors ? Qu'y pouvons-nous ? demanda Fitzroy.

— *Qu'y pouvons-nous !* répéta Clay. Tu n'étais pas aussi fataliste il y a vingt ans ! Tu ne te posais pas ce genre de questions ! Tu agissais, c'est tout ! Et, aujourd'hui encore, il faut agir. Voilà ce que nous *pouvons* faire !

— Je n'en ai plus la force, admit Fitzroy. Il y a vingt ans, j'étais jeune et courageux. Ce temps-là est révolu…

— Tout ce que je sais, dit Clay, menaçant, c'est que je ne vais pas laisser un mort tout foutre en l'air après ces années. Il faut stopper Eliza Blake, l'empêcher de mettre la main sur ce dernier indice.

135

Susannah se tenait sur sa terrasse, observant Pentimento en contrebas. Elle avait longtemps espéré un appel de Valentina pour la remercier du superbe bouquet de fleurs déposé la veille, mais le téléphone n'avait pas sonné.

Susannah avait vraiment besoin d'une discussion en tête à tête avec Valentina afin d'évaluer l'opinion qu'elle avait d'elle. Comment la jugeait-elle ? La manifestation de dimanche lui avait-elle permis de redorer son blason auprès de la communauté de Tuxedo Park ? Valentina userait-elle de son influence et de son entregent pour que Susannah devienne enfin membre du Club des cravates noires ?

En voyant deux berlines emprunter l'allée menant à Pentimento, Susannah se demanda si elle oserait de nouveau se rendre chez Valentina…

136

— Tu es sûre que tout va bien se passer ? interrogea Annabelle tandis qu'ils arrivaient à Pentimento. Je n'aime pas te laisser seule, ici.

— Ne t'inquiète pas, la rassura Eliza. Je vais juste voir Valentina pour qu'elle me parle de sa liaison avec Martin. Le sujet risque d'être un peu délicat, en tout cas personnel. Et, pour cela, je préfère être seule avec elle. Et puis mon garde du corps est toujours là…

— Tu nous promets que tu n'iras pas visiter la volière sans nous ? s'enquit B.J. Tu nous attends !

— Promis ! Filez, maintenant, je vous retrouve un peu plus tard à la fin de cette conférence de presse.

*

Valentina en personne lui ouvrit. Elle avait les traits tirés et semblait fatiguée. Ses cheveux n'étaient pas aussi impeccablement coiffés que d'habitude.

— Je t'attendais, lui dit-elle en la laissant entrer. Je n'ai pas beaucoup dormi, cette nuit. Je n'arrêtais pas de penser à tous ces événements, et aussi à la raison pour laquelle tu souhaitais me voir.

Eliza la suivit. Au lieu d'entrer dans le petit salon, Valentina se dirigea vers l'arrière de la maison.

— La température est si douce, sans doute l'une des dernières belles journées de la saison… J'ai pensé que nous pourrions nous installer dans le patio. Bonnie va nous servir un léger en-cas.

Elles s'assirent et l'employée de maison leur apporta du thé accompagné de clubs sandwichs au poulet. Quand elle fut certaine que Bonnie ne pouvait plus les entendre, Eliza évoqua l'objet de sa visite.

— Je tenais à te voir pour deux raisons, Valentina. La première est assez délicate… Et je ne sais pas trop par où commencer, hésita Eliza.

Valentina ne réagit pas, attendant qu'elle poursuive. Eliza se jeta à l'eau.

— Hier, j'ai eu une conversation avec Bill O'Shaughnessy et…

Avant qu'Eliza puisse prononcer un mot de plus, Valentina l'arrêta.

— N'en dis pas plus, Eliza. Je sais ce que tu vas me dire.

— Alors c'est vrai ? murmura calmement Eliza. Tu avais une liaison avec son frère Martin ?

— Je savais que tôt ou tard cette histoire referait surface. C'est même un miracle qu'elle n'ait pas été dévoilée plus tôt... Mais c'est en quelque sorte un soulagement pour moi. J'ai vécu pendant de si longues années avec ce lourd secret. À présent, ma carrière est derrière moi, et les mœurs ont bien évolué. Aujourd'hui, on ne fait plus tout un foin d'une aventure extraconjugale. Et qui sait, vu mon âge, cela pourrait peut-être même me rendre plus intéressante, plus mystérieuse, voire me conférer une petite touche glamour...

— Crois-tu que Vincent partagerait ton point de vue ? Qu'il s'agissait pour lui d'une aventure sans importance ?

— Non, répondit doucement Valentina. Vincent en a souffert. Jamais il n'a pu oublier. J'en suis même arrivée à me demander s'il ne fallait chercher là la cause de son suicide.

— Après toutes ces années ? Ta liaison avec Martin O'Shaughnessy datait d'une vingtaine d'années. Votre mariage a survécu. Vous avez eu une vie bien remplie, riche, jalonnée de succès... Pourquoi Vincent aurait-il attendu autant de temps avant de mettre fin à ses jours ?

— Parce qu'il ne supportait plus les conséquences de cette liaison...

137

C'était une leçon apprise il y a bien longtemps.

Il est extrêmement facile de surprendre une conversation quand les personnes que vous écoutez ne se doutent pas qu'elles sont espionnées, puisque complètement absorbées par leur discussion.

Valentina allait-elle tout révéler à Eliza?

Allait-elle lui avouer pourquoi et comment l'affaire s'était terminée? Dévoilerait-elle le rôle qu'avait ensuite joué chacun pour faire place nette? Valentina confesserait-elle qu'elle était la personne qui se trouvait avec Martin O'Shaughnessy au moment de sa mort?

Non, elle ne pouvait pas être à ce point stupide...

138

— Et quelles ont été les conséquences de cette liaison, que tu évoquais à l'instant, Valentina? lui demanda Eliza.

— Oh! Elles ont été si nombreuses que je ne sais pas par où commencer...

Valentina reposa sa tasse sur la table, se pencha en arrière dans son fauteuil en osier et changea de sujet.

— Tu me disais que tu étais venue me voir pour deux raisons. Quelle est la seconde?

— Je voulais que tu nous permettes, mes collègues et moi, d'aller inspecter la volière. L'un des indices que nous avons découverts récemment mène là-bas. Nous avons même toute raison de penser que nous y trouverons la solution finale de l'énigme. La dernière pièce du puzzle imaginé par Vincent. Ainsi nous saurons quel message il voulait nous transmettre...

Valentina se leva.

— Pourquoi n'irions-nous pas maintenant? proposa-t-elle.

Eliza pensa à la promesse adressée à Annabelle et B.J. Mais Valentina Wheelock ne représentait aucune menace. Et Eliza avait hâte de voir ce que renfermait la volière.

139

Des dizaines de journalistes étaient de nouveau présents pour le point presse. Comme la fois précédente, il se tenait en ville, à la bibliothèque municipale, les autorités refusant toujours que les médias pénètrent dans Tuxedo Park.

Annabelle, placée non loin de l'estrade, se retourna vers le fond de la salle pour essayer d'apercevoir Eliza. Elle allait manquer le début de la conférence.

Annabelle sortit son BlackBerry de sa poche et appela Eliza, mais elle tomba aussitôt sur sa messagerie vocale. Elle s'apprêtait à laisser un message quand un officier d'une quarantaine d'années se plaça derrière le micro pour lire un communiqué, puis répondre aux questions de la presse.

Ce n'était pas le chef Vitalli.

140

Les oiseaux se mirent à pépier et à gazouiller quand la porte de la volière s'ouvrit.

— C'est à couper le souffle, s'exclama Eliza. C'est vraiment somptueux.

— Effectivement, c'est superbe, dit Valentina. J'étais opposée à l'idée de cette volière. Mais Vincent ne voulait pas en démordre. Et, aujourd'hui, je suis bien obligée d'admettre que lui et Zack ont réalisé un petit chef-d'œuvre.

Surmonté d'un dôme en forme de cloche, l'édifice de taille rectangulaire était spacieux. Les murs en pierre d'Italie étaient percés de vitraux au plomb et le volume était tel que les oiseaux pouvaient s'ébattre à leur guise.

De nombreuses plantes exotiques, des fleurs et même des arbres avaient été plantés à l'intérieur de la volière, et des chemins aménagés pour que l'on puisse y déambuler. Çà et là, des bassins permettaient aux oiseaux d'étancher leur soif ou de s'y ébrouer et, bien évidemment, des perchoirs, des cages aux portes ouvertes – certaines très joliment ouvragées – et des abris avaient été disséminés un peu partout pour qu'ils puissent s'y reposer ou y confectionner leurs nids.

Mais le plus impressionnant était cette mosaïque romaine qui s'élevait du sol au plafond entre deux vitraux. Des dizaines de milliers de tesselles colorées avaient été utilisées pour reproduire *Le Sermon aux oiseaux*, la fresque de Giotto imprimée sur la carte souvenir distribuée à l'issue des funérailles de Vincent.

Eliza était désormais familière de cette fresque, pourtant en observant la mosaïque il lui sembla qu'il existait une différence minime avec l'original. Si elle avait eu la carte sur elle, elle aurait pu se livrer à une comparaison, mais elle avait laissé son sac dans le patio. Elle y jetterait un coup d'œil plus tard.

— Raisin !

Eliza sursauta en entendant le croassement suraigu.

— Raisin ! répéta le perroquet dont lui avait parlé Janie. Soleil, air, raisin !

— Ce satané perroquet me rend folle ! s'exclama Valentina. Et dire que Vincent perdait son temps et son argent à vouloir apprendre à parler à cette fichue bestiole ! Soleil, air, raisin… Il ne sait dire que ça !

*

Eliza et Valentina étaient dans la volière depuis une quinzaine de minutes et n'avaient toujours rien trouvé qui puisse de près ou de loin ressembler à un indice quand Bonnie appela Valentina depuis l'entrée.

— Veuillez m'excuser, madame Wheelock, lui dit-elle. Mme Lansing est de nouveau là.

Valentina ferma les yeux.

— Mince ! s'exclama-t-elle. Hier, quand j'étais absente, elle est venue m'apporter un joli bouquet et j'ai complètement oublié de l'appeler. Je voulais lui passer un coup de fil pour la remercier, mais ça m'est complètement sorti de l'esprit. Il faut que j'aille la voir. Ça ne t'ennuie pas si je te laisse seule quelques minutes ? demanda-t-elle à Eliza. Je vais essayer de ne pas m'éterniser.

— Ne t'en fais pas. Prends ton temps.

141

Où était la dernière pièce du puzzle ? Où Vincent avait-il bien pu la dissimuler ?

Eliza continuait à arpenter la volière sans avoir pour le moment découvert le début d'une piste. Elle s'arrêtait souvent pour regarder le ballet des oiseaux sous la coupole, qui voletaient quelques instants avant de plonger sur une branche d'arbre pour s'y reposer. Elle identifia les chardonnerets, les perruches et un couple de cacaotès, mais de nombreuses autres espèces lui étaient inconnues.

Elle regarda chaque perchoir, inspecta chaque cage, souleva des massifs de fleurs à la recherche d'un indice… Toujours rien. Au moment où elle passait de nouveau devant l'immense mosaïque, elle l'observa encore. Une merveille de précision, un véritable travail d'artiste ! Elle adressa une prière muette au saint homme afin qu'il l'aide à comprendre le message de Vincent.

C'est alors que la différence entre l'original et cette reproduction lui sauta aux yeux. Dans les deux cas, le visage de saint François était entouré d'un halo de lumière, mais, sur la mosaïque, quelques mots d'une belle écriture médiévale avaient été inscrits dans le cercle doré.

Eliza se mit sur la pointe des pieds pour les déchiffrer. C'était de l'italien.

Si trova tutto nel tavolo grande.

Elle ne parlait pas la langue mais en possédait quelques rudiments. Elle savait que *grande* voulait dire gros ou grand, et elle était presque certaine que *tavolo* signifiait table.

La grande table.

Elle avait aperçu tout à l'heure, au fond de la volière, une belle table italienne aux pieds savamment ouvragés. Elle s'était même fait la remarque qu'elle ressemblait à s'y méprendre à celle de la serre, à côté de laquelle le corps de Vincent avait été retrouvé. La solution se cachait-elle là-bas ?

Le chant des oiseaux masqua le grincement de la porte d'entrée.

142

L'officier de police avait tenu bon face à l'assaut des journalistes. Après la lecture d'un bref communiqué qui n'avait rien appris de nouveau à Annabelle, il avait vaillamment répondu à toutes leurs questions.

Il avait été visiblement bien briefé avant la conférence car il n'avait pas hésité un seul instant. Il avait détaillé les mesures de sécurité renforcées mises en place dans le parc ; il avait donné des nouvelles rassurantes de l'état de santé de Mack McBride ; et bien d'autres détails encore concernant la personnalité du père Michael Gehry, à qui personne ne connaissait d'ennemi. Comme tout bon policier dans ce genre d'exercice, il avait su rester évasif dès qu'on voulait savoir quelles étaient les pistes privilégiées.

Alors que le point presse touchait à sa fin, Annabelle se demanda pourquoi le chef Clay Vitalli n'était pas venu lui-même à la rencontre des médias.

143

La table était couverte de sacs et de boîtes contenant des graines, des fruits déshydratés, des granulés, des os de seiche, des compléments vitaminés et même des friandises au miel spécialement adaptées aux besoins des perroquets. En examinant ces différents aliments, Eliza se fit la réflexion qu'ils ne manquaient vraiment de rien. Mais elle ne releva aucun indice.

Elle scruta ensuite les pieds ouvragés mais ne remarqua rien. Elle vit alors un grand tiroir qui occupait toute une largeur de la table. Elle l'ouvrit mais ne trouva à l'intérieur que des manuels pour bien nourrir et soigner les oiseaux. Elle enleva tous les aliments, qu'elle posa à terre, et observa le plateau de la table. Il était nu et ne présentait aucune particularité.

Peut-être derrière? se dit-elle.

Elle essaya de décoller la table du mur mais, malgré ses efforts, elle bougea à peine. Elle assura une meilleure prise et tira de nouveau, plus fort cette fois. La table bougea d'un centimètre.

— Vous avez besoin d'aide? s'enquit une voix d'homme derrière elle.

144

Les journalistes rangeaient leur matériel et commençaient à quitter la salle. Annabelle essaya une nouvelle fois de joindre Eliza.

— Elle ne répond toujours pas, dit-elle à B.J. Je tombe une fois de plus sur son répondeur. Je n'aime pas ça.

— Filons à Pentimento, lui répondit-il en posant sa caméra sur le siège arrière de la voiture.

145

Eliza sursauta et se retourna vivement en entendant la voix dans son dos, mais se détendit aussitôt en voyant qui était là.

— Oh, Russell! dit-elle en posant ses mains sur sa poitrine. Tu m'as fichu une de ces trouilles!

— Désolé, ce n'était vraiment pas mon intention.

— Que fais-tu ici? Tu n'as pas cours aujourd'hui?

— Non. Uniquement les lundis, mercredis et vendredis.

— Pas mal comme emploi du temps.

— Effectivement, il a ses avantages.

Puis, regardant la table, il lui demanda :

— Qu'êtes-vous en train de faire?

— Je suis à la recherche d'un indice laissé par ton père. Il doit se trouver sur cette table, ou aux alentours.

— Éloignez-vous, je vais l'écarter du mur.

Les pieds de la table raclèrent le sol quand Russell la tira sans effort apparent. Eliza en fit le tour, l'examina sous tous les angles, s'agenouilla. Toujours rien. Tout était lisse et aucune inscription ne lui sauta aux yeux. Il n'y avait pas non plus de tiroir de ce côté-là.

— Je ne comprends pas, dit-elle. Ça doit pourtant être là.

Elle revint de l'autre côté, s'agenouilla et passa sa main sous le plateau. Soudain, elle sentit une protubérance. Un petit objet avait été fixé dans un angle. Au toucher, il était recouvert d'une bonne couche de gros scotch.

— Je sens quelque chose, dit-elle à Russell, mais je n'arrive pas à le décoller.

— Laissez-moi essayer.

Ils échangèrent de place. Russell agrippa l'objet et parvint à l'arracher.

— Je l'ai, dit-il en se relevant.

Il ôta le scotch qui protégeait la housse d'une caméra miniature.

— Génial! Appuie sur la touche *play*, vite! s'exclama-t-elle tout excitée. Il faut qu'on regarde ce qu'elle contient.

— Inutile de visionner ce film, répondit Russell. Je reconnais la caméra, elle appartenait à mon père. Et je sais déjà ce qu'il y a sur cette vidéo...

146

Le gardien, à l'entrée de Tuxedo Park, refusait obstinément de les laisser passer.

— Mais nous étions à l'intérieur ce midi encore ! s'énerva B.J.

— Depuis plusieurs jours, nous faisons des allers-retours incessants en compagnie d'Eliza Blake, tenta de négocier Annabelle. Vous avez bien dû nous remarquer, non ?

— Là, ce que je remarque, répliqua-t-il inflexible, c'est que vous n'êtes pas en compagnie de Mme Blake. Et elle n'a pas laissé vos noms sur ma liste…

147

— Je ne comprends pas, Russell ! Que se passe-t-il ? demanda Eliza qui commençait à craindre le pire. Comment peux-tu déjà connaître le contenu de cette vidéo ?

— Parce que je sais que Vincent a filmé en douce une certaine conversation que nous avons eue dans son bureau, il y a quelque temps de cela, dit-il en se rapprochant d'elle. Bien sûr, si j'avais su que notre petite discussion était enregistrée, je me serais montré moins bavard…

Il s'approcha encore d'elle et lui effleura le visage.

— Tu sais que tu es drôlement mignonne ? murmura-t-il d'une voix qui avait changé d'inflexion. Hein, tu le sais ?

Eliza recula.

— N'aie pas peur ! lui intima Russell en agrippant son bras. Je ne vais pas te faire de mal… Sauf si bien sûr tu me donnes une bonne raison…

Eliza réussit à se libérer et courut vers l'entrée de la volière. Malgré sa peur, elle entendit les croassements du perroquet. Raisin ! Et comprit que le perroquet ne disait pas « soleil, air, raisin » mais « fils, héritier, viols[1] » !

148

Annabelle se pencha par la vitre de la voiture pour apostropher le gardien :

— Le téléphone de Mme Blake ne répond pas. Mais nous savons qu'elle se trouve à Pentimento. Pourriez-vous prévenir Mme Wheelock, s'il vous plaît ? C'est urgent.

149

Le cœur d'Eliza battait à tout rompre tandis qu'elle essayait de gagner la sortie de la volière. Elle entendait dans son dos le bruit des pas de Russell, qui se rapprochait inexorablement d'elle.

Elle était paniquée. Une panique qui alla crescendo quand elle repensa au fait que le perroquet de Vincent

1. Ce jeu sur les mots et les sonorités est impossible à rendre en français. *Sun, air, grapes* se traduit par soleil, air, raisin. Tandis que *son, heir, rapes*, dont la sonorité est proche de *sun, air grapes*, signifie : fils, héritier, viols.

avait été entraîné pour répéter que le fils et héritier des Wheelock était un violeur…

Eliza allait atteindre la poignée de la porte quand Russell la rattrapa, la tira en arrière et la plaqua au sol. Lorsqu'elle leva les yeux vers lui, elle vit son regard empli de rage et de haine.

Réfléchis. Réfléchis. Il faut que tu réfléchisses !

Gagne du temps. Fais-le parler.

Le viol n'est pas qu'une histoire de sexe. La colère et le pouvoir entrent en ligne de compte…

Tandis qu'il s'asseyait à califourchon sur elle, Eliza tenta de se débattre. Mais il était bien plus fort qu'elle. Elle sentit l'une de ses mains caresser son chemisier.

— Arrête, Russell. Arrête ! cria-t-elle d'une voix qui s'envola dans les aigus. Pense à ce que tu t'apprêtes à commettre, Russell. Pense au choc qu'aura ta mère. Ton père est mort, Russell. Elle n'a plus que toi…

— Je n'ai aucune envie de penser à elle, ni à lui du reste. Vincent n'était pas mon père. Quant à Valentina, ce n'est qu'une misérable putain !

Eliza reçut un choc, bien plus violent que si Russell l'avait frappée.

— Ça fait longtemps que je suis au courant, même s'ils ne s'en sont jamais doutés. J'avais sept ans quand un soir j'ai surpris leur conversation alors qu'ils me croyaient endormi. Mon père biologique s'appelle – ou plutôt s'appelait – Martin O'Shaughnessy. C'était un jardinier avec qui ma mère s'envoyait en l'air sur un bateau, tandis que cette mauviette de Vincent trimait dans l'ombre comme un tâcheron pour qu'elle soit élue gouverneur.

Relance la conversation. Fais-le parler. Incite-le à continuer…

— Ça a dû être terrible pour toi d'apprendre la vérité, surtout si jeune…

— Mais ça, ce n'est rien ! Il y a bien pire. Apprendre, par exemple, que son vrai père est un vulgaire maître chanteur qui s'efforce de profiter de la situation pour monnayer son silence... Ou, peut-être mieux encore, que sa propre mère l'a tué...

— Quoi ? s'étrangla Eliza, incrédule. Valentina a assassiné Martin O'Shaughnessy ?

— Eh oui ! Bon, il paraît que c'était un accident... Mais cette salope disait-elle la vérité ? Toujours est-il qu'une fois le forfait commis Vincent et ses chers amis se sont chargés d'effacer toutes les traces. Ils ont coulé le voilier au milieu du lac, brûlé le corps de mon père à Nine Chimneys et mis en scène cet accident de voiture sur West Lake Road pour laisser croire que O'Shaughnessy avait mis les voiles...

— Je n'arrive pas à comprendre, dit Eliza. Le puzzle imaginé par Vincent a permis de faire resurgir cette vieille affaire, d'accord. Mais tout cela s'est déroulé avant ta naissance. Cette histoire ne te concerne pas.

— Exact ! lui répondit Russell. Toute cette histoire ne me concerne pas, sauf à partir du moment où l'on visionne cette foutue vidéo... Quand Vincent a découvert que j'avais eu des rapports, disons des « relations sexuelles non consenties », avec plusieurs jeunes femmes, il m'a juré qu'il mettrait tout en œuvre pour que je ne puisse jamais percer en politique. Et il m'a piégé en me filmant en caméra cachée.

— Est-ce que ta mère est au courant ?

— Pour les filles, oui. Elle et Vincent se sont suffisamment disputés à ce sujet. Vincent voulait régler le problème de manière frontale. Pas Valentina. Comme d'habitude, elle préférait la politique de l'autruche... Pas de vagues, pas de scandales ! En ce qui concerne la vidéo, je ne pense pas que Vincent lui en ait parlé. Elle aurait tout fait pour la récupérer et la détruire.

Russell se redressa un peu et observa Eliza. Soudain, une expression dure et froide envahit son visage.

— Tu m'as bien eu, salope ! Tu m'as fait parler pour gagner du temps ! Mais tu ne vas pas t'en tirer comme ça ! Fini de jouer. Place aux choses sérieuses, chérie…

150

Valentina et Susannah interrompirent leur conversation quand Bonnie entra dans le petit salon.

— Deux collègues de Mme Blake sont à l'entrée du parc, madame Wheelock. Ils n'arrivent pas à la joindre sur son portable et sont inquiets. Ils aimeraient que vous demandiez au gardien de les laisser entrer.

— Bonnie, expliquez-leur gentiment que je ne peux répondre au téléphone en ce moment. Mais dites-leur, si cela peut les rassurer, que le garde du corps d'Eliza est toujours là pour veiller sur elle et l'emmener où bon lui semble.

Valentina se tourna de nouveau vers Susannah.

— Où en étions-nous, très chère ?

151

Russell maintenait fermement les deux poignets d'Eliza contre le sol, au-dessus de sa tête, tandis que cette dernière se débattait et se contorsionnait pour essayer de se libérer de son emprise.

— Arrête de remuer, Eliza, lui dit-il en colère. Tout se passera bien si tu n'essaies pas de résister vainement. Je suis bien plus fort que toi, poursuivit-il en accentuant sa pression. Tu n'as aucune chance de m'échapper. Détends-toi. Et tout ira bien.

Eliza décida d'entrer dans son jeu et relâcha la tension de son corps.

— Tu vois quand tu veux ! Je savais que tu étais une fille intelligente.

Il libéra une de ses mains pour la porter à sa ceinture, qu'il commença à défaire.

— Ne songe même pas à tenter quoi que ce soit, la menaça-t-il. Je jure devant Dieu que je te tue si tu essaies de m'entourlouper.

De toute façon, il me tuera, même si je me laisse faire. Il a trop parlé. Je suis au courant pour la vidéo. Il ne me laissera jamais la vie sauve.

Rassemblant ses forces et son courage, Eliza lança son bras libre vers le visage de Russell, les doigts pointés en direction de ses yeux, tandis qu'elle lui assenait un coup de genou dans l'aine. Russell émit un long gémissement de bête blessée et ferma les yeux. Instinctivement, il eut un mouvement de recul et adopta une position d'autodéfense.

Eliza essaya alors de se libérer, mais Russell pesait encore de tout son poids sur ses jambes, la maintenant prisonnière. Disposant à présent de ses deux mains, Eliza se redressa et s'attaqua au visage de Russell, qu'elle lacéra de ses ongles. Il hurla de douleur mais, dans un dernier réflexe, s'affala sur elle de tout son poids, l'empêchant de bouger.

Non, ça ne peut pas m'arriver. Pas à moi !

Eliza savait qu'elle devait continuer à se battre, mais Russell était trop grand, trop lourd, trop fort. Il allait parvenir à ses fins et elle n'y pourrait rien. Eliza ferma les yeux, se préparant au pire.

— Dégage de là, sale porc !

Une voix, puissante et menaçante, venait de retentir.

— Écarte-toi d'elle, sinon je te descends !

Russell leva les yeux vers l'homme qui se tenait dans l'encadrement de la porte.

— Vous ne ferez jamais ça, Clay, lui dit Russell. Je vous connais…

— Regarde-moi bien, espèce de salopard ! lui répondit Vitalli en sortant le revolver de son holster pour le pointer sur Russell. Je t'ai pris sur le fait, cette fois. Je ne te protégerai plus désormais. L'époque où je couvrais les agissements de la famille Wheelock est révolue – même si je vais devoir assumer les conséquences de mes actes. Mais j'en ai assez de tout ça… Debout !

Russell s'écarta lentement d'Eliza et se releva.

— Tout va bien, madame Blake ? lui demanda Clay.

— Oui, murmura-t-elle en regardant sa jupe retroussée. Oui. Vous êtes arrivé juste avant qu'il commette l'irréparable…

Le chef Vitalli lui tendit la main pour l'aider à se relever. Russell profita de cet instant pour se ruer sur lui. En un geste réflexe, Clay pointa son arme vers Russell et appuya sur la détente.

Dans un vacarme étourdissant, le jeune homme s'écroula sur le sol de la volière.

ÉPILOGUE

Vendredi 30 octobre. Quelques jours après la fin…

Eliza entra dans la salle de montage, où B.J. et Annabelle mettaient la dernière main au sujet qui ouvrirait « Key to America ».

— Vous êtes prêts ? leur demanda-t-elle.

— Pas encore ! lui répondit B.J. On t'attendait.

— Que se passe-t-il ?

— Le script que j'ai écrit ne tient pas en deux minutes, le temps qui nous est imparti par Linus. Et encore, j'ai fait l'impasse sur la tentative de meurtre dont toi et Mack avez été victimes. De même, je n'ai pas évoqué l'agression que tu as subie dans la volière. Pas assez de place. Je pensais que toi et Harry pourriez revenir sur ces événements en direct, une fois le sujet diffusé. Mais, même sans les mentionner, on manque de temps. On voulait ton avis avant que B.J. finalise le montage.

Annabelle tendit à Eliza les quelques feuillets qu'elle venait d'imprimer.

Eliza commença sa lecture.

SCRIPT / TUXEDO PARK / DÉNOUEMENT

PISTE PRINCIPALE

Les faits se sont déroulés dans l'enclave privilégiée de Tuxedo Park, État de New York, et l'affaire, qui remontait à une vingtaine d'années, vient de connaître enfin son dénouement. Avant de se suicider d'une manière qui a frappé les esprits, Vincent Wheelock a imaginé une énigme qu'un homme ne voulait pas voir résolue. Russell Wheelock, vingt ans, le fils de Valentina Wheelock, ancienne gouverneur de l'État de New York et ex-ambassadrice en Italie, est accusé de quatre meurtres. Son mobile ? Empêcher la divulgation d'une vidéo qui aurait ruiné sa réputation et mis un terme définitif à ses ambitions politiques.

Ses victimes ? Un architecte multi récompensé, son assistante et un prêtre catholique. Sans oublier l'employée de maison des Wheelock. Après avoir initialement conclu à une mort accidentelle, les autorités ont procédé à une nouvelle autopsie révélant qu'elle était morte étouffée par une main criminelle.

Depuis que les charges ont été prononcées, plusieurs jeunes femmes se sont fait connaître pour accuser Russell Wheelock de viol.

INTERVIEW

Dr Margo Gonzalez, consultante médicale de Key News, psychiatre.

Un viol n'est pas qu'une histoire de sexe. Il s'agit avant tout d'une démonstration de pouvoir. L'agresseur veut prendre l'ascendant sur sa victime et la dominer. Un tel acte puise ses racines dans la crainte que lui inspirent les femmes, mais il met aussi en lumière le peu de respect et la colère – pour ne pas dire la haine – qu'il leur voue.

PISTE PRINCIPALE

La défense de Russell Wheelock plaide une colère légitime. Son père biologique, qu'il n'a jamais connu, a en effet été tué par sa mère - un fait dont il a pris connaissance en surprenant une conversation alors qu'il était âgé de sept ans, mais dont on ne lui a jamais ouvertement parlé. La défense met en avant que Russell Wheelock en a été profondément et irrémédiablement affecté, et que c'est pour cette raison qu'il a développé cette haine des femmes le menant au viol.

Valentina Wheelock a de son côté admis avoir tué de manière accidentelle son amant, Martin O'Shaughnessy, il y a vingt ans de cela, alors qu'elle et lui se trouvaient à bord d'un voilier. Trois amis de la famille ont reconnu avoir par la suite fait disparaître toutes les preuves de cet accident, dont le corps de la victime, qu'ils ont brûlé, afin que la famille Wheelock ne soit jamais inquiétée. Si le voilier qui a été coulé dans le lac de Tuxedo et les restes de la victime étaient prochainement mis au jour, Valentina Wheelock risquerait de comparaître devant un tribunal, le délai de prescription habituel de cinq ans n'ayant pas cours dans cette affaire.

INTERVIEW

William O'Shaughnessy, frère de la victime.

Il est horrible d'imaginer ce qu'on lui a fait subir. Mais, après toutes ces années, c'est un soulagement de savoir enfin ce qui est arrivé à Martin.

PISTE PRINCIPALE

L'accusation, elle, s'appuie sur une preuve irréfutable: la vidéo enregistrée à l'insu de Russell Wheelock, dans laquelle il reconnaît le viol de trois jeunes femmes. Cette vidéo était la pièce finale du puzzle conçu par Vincent Wheelock pour empêcher Russell de nuire et faire toute la lumière sur cette sombre histoire du passé.

Lors des audiences préliminaires, la défense de Russell Wheelock a plaidé de graves troubles psychologiques et l'irresponsabilité de son client au moment des faits qui lui sont reprochés. Le ministère public affirme au contraire qu'il était en pleine capacité de ses moyens et savait exactement ce qu'il faisait, pour preuve les mises en scène «christiques» après chaque meurtre, montrant ainsi qu'ils étaient prémédités et qu'il n'avait pas agi sous le coup d'une folie passagère.

La juge doit annoncer aujourd'hui sa décision. Enverra-t-elle ou non Russell Wheelock devant un tribunal? Sans vouloir préjuger de la décision de la cour, il est fort probable qu'un procès se déroulera prochainement.

Nous vous tiendrons évidemment au courant des suites de cette affaire dans nos prochaines éditions.

— Ce sujet est excellent ! Très bon script, la félicita Eliza une fois sa lecture terminée. Mais, effectivement, on ne pourra jamais tenir en deux minutes. Vous avez un plan B qui, lui, ne dure que deux minutes ?

— Oui, répondit Annabelle. Mais il est évidemment moins bon et bien moins complet. En fait, je voulais savoir si celui-ci te convenait...

— ... Et si tu avais mon aval pour tenter de convaincre Linus de nous accorder plus de temps... C'était bien ça ton idée ? lui demanda Eliza.

— Oui, admit Annabelle.

— Alors vas-y, fonce ! Appelle-le tout de suite, on n'a pas de temps à perdre.

Tandis qu'Annabelle négociait au téléphone avec le producteur exécutif de « Key to America », Eliza repensa à toute cette affaire. Vincent s'était donné la mort, quatre personnes innocentes avaient perdu la vie, et celle des autres protagonistes serait bouleversée à tout jamais...

Mais la vérité avait éclaté. La justice avait triomphé. Eliza, surtout, était fière d'avoir pu honorer la confiance que Vincent avait placée en elle quand ils avaient eu cette discussion auprès de la fontaine aux tortues de Pentimento.

*

— Tu veux qu'on déjeune ensemble ce midi ? demanda Annabelle quand Eliza eut fini d'enregistrer le texte.

— C'est gentil, mais je te remercie. Non. Je file à la maison une fois l'émission terminée. C'est mon dernier week-end avec Mack avant qu'il reparte à Londres, et je compte bien profiter pleinement de chaque minute qui nous est accordée. Et puis cet après-midi, nous devons assister à la parade d'Halloween qu'organise l'école de Janie. Malgré tous les événements, j'ai envie de voir mon petit saint François défiler…

DU MÊME AUTEUR

CHEZ LE MÊME ÉDITEUR

VOUS PROMETTEZ DE NE RIEN DIRE ?

Dans la salle des ventes de Churchill's, la tension est à son comble. L'un des plus célèbres joyaux de la collection Fabergé, que l'on croyait disparu avec la famille impériale russe, est mis aux enchères.

Un million de dollars… deux millions… trois millions… Au fond de la salle, Faye Slater, la journaliste vedette de la chaîne Key News, retient son souffle : cette vente est pour elle l'occasion inespérée de relancer sa carrière.

D'autant que, au moment où le marteau du commissaire-priseur s'abat, un artisan joaillier de Little Odessa, le quartier russe de Brooklyn, est assassiné…

« L'histoire complexe, terrifiante,
d'un complot réglé à la perfection. »
Mary Higgins Clark

ISBN 978-2-35287-882-7 / H 83-2052-1 / 312 pages / 7,80 €

SI PRÈS DE VOUS

Qui laisse des messages inquiétants sur le répondeur d'Eliza Blake, la présentatrice vedette de Key News ? Qui dissèque tout ce qu'elle dit à l'antenne et note scrupuleusement ce qu'elle porte chaque soir, lorsqu'elle présente le journal télévisé ?

Qui lui adresse des lettres anonymes de plus en plus menaçantes, pour elle et sa fille âgée de cinq ans ? Qui épie ses moindres faits et gestes ?

Le nombre de suspects est infini : il pourrait s'agir de n'importe quel téléspectateur. À moins que le danger vienne de plus près, bien plus près…

« Derrière le strass et les paillettes
du petit écran, un univers terrifiant. »
CBS Evening News

« Montée d'adrénaline garantie ! »
Marie-France

978-2-35287-913-8 / H 32-8273-2-1610 / 288 pages / 7,80 €

Cet ouvrage a été composé
par Atlant'Communication

Impression réalisée par
CPI France
en janvier 2017
pour le compte des Éditions Archipoche

Imprimé en France
N° d'édition : 439
N° d'impression : 3020396
Dépôt légal : janvier 2017